世界科幻大师丛书
主编：姚海军

THE FOUNTAINS OF PARADISE
天堂的喷泉

[英] 阿瑟·克拉克 著　陈经华 江昭明 译

四川科学技术出版社

THE FOUNTAINS OF PARADISE by Arthur C. Clarke
Copyright © Rocket Publishing Company Ltd, 1978
Simplified Chinese edition copyright:2018 SCIENCE FICTION WORLD
All rights reserved.

图书在版编目(CIP)数据

天堂的喷泉/［英］阿瑟·克拉克 著； 陈经华,江昭明 译.
- 成都：四川科学技术出版社， 2018.8(重印2022.2)
(世界科幻大师丛书)
ISBN 978-7-5364-9133-5

Ⅰ.①天… Ⅱ.①阿… ②陈… ③江… Ⅲ.①科学幻想小说–英国–现代 Ⅳ.①I561.45

中国版本图书馆CIP数据核字(2018)第173723号
图进字：21-2015-159号

世界科幻大师丛书
天堂的喷泉

出 品 人	程佳月
丛书主编	姚海军
著 者	［英］阿瑟·克拉克
译 者	陈经华 江昭明
责任编辑	丁大镛 姚海军
封面绘画	郭 建
封面设计	施 洋
版面设计	施 洋
责任出版	欧晓春
出版发行	四川科学技术出版社
	四川省成都市槐树街2号出版大厦 邮政编码：610031
成品尺寸	147mm×208mm
印 张	10
字 数	210千
插 页	2
印 刷	成都国图广告印务有限公司
版 次	2018年9月成都第一版
印 次	2022年2月成都第四次印刷
定 价	48.00元

ISBN 978-7-5364-9133-5

■ 版权所有·翻印必究 ■

■本书如有缺页、破损、装订错误，请寄回印刷厂调换。
厂址：成都市金牛区沙河源街道办陆家村三组　邮编：610081

世界科幻三巨头之一
——阿瑟·克拉克

如果你是科幻小说读者,就很可能已经读过阿瑟·克拉克,因为他是世界科幻最具影响力的三巨头之一;即使你很少看科幻小说,你也可能会"认识"这位英国科学家,因为他是全球卫星通信理论的奠基人。当你使用手机或收看卫星电视时,应该对这位技术创想家心怀敬意。

作为当代最著名的科幻作家,阿瑟·克拉克获得了三次雨果奖、三次星云奖,于1986年被美国科幻与奇幻作家协会(SFWA)授予了终生成就奖——大师奖。在世界科幻史中,只有罗伯特·海因莱因和艾萨克·阿西莫夫能与其比肩。

1917年12月16日,克拉克出生在英国萨默塞特郡的迈因赫德镇。他从小就喜欢阅读美国科幻杂志，沉溺于对未来的神奇幻想之中。但是在中学毕业后，由于无法支付上大学的费用，他只好在伦敦教育委员会负责养老金的部门中担任审计员。第二次世界大战期间，他在英国皇家空军服役，从事与雷达技术相关的工作。

在克拉克服役的最后一年，即1945年，他在《无线电世界》(Wireless World)杂志十月号上发表了一篇具有历史意义的关于卫星通信的科学设想论文：《地球外的中继——卫星能提供全球范围的无线电覆盖吗？》(Extra-Terrestrial Relays, Can Rocket Stations Give World-wide Radio Coverage?)。该论文详细论述了卫星通信的可行性，为日后全球卫星通信系统的建立奠定了理论基础。战后，克拉克到伦敦的国王大学攻读物理学和数学，1948年获物理学学士学位。

1946年，克拉克在《惊奇科幻故事》(Astounding Science Fiction)杂志上发表了第一篇科幻小说《援救队》(Rescue Party)。在进行写作的同时，他还担任了《科学文摘》(Science Abstracts)杂志的助理编辑。1951年，克拉克出版了他两部科幻长篇《太空序曲》(Prelude to Space)和《火星之砂》(The Sand of Mars)，成为一名全职作家。克拉克的早期小说深受英国早期科幻代表人物奥拉夫·斯特普尔顿的影响，充满了利用科学知识探索开发太阳系的乐观主义情绪。

1951年，克拉克为BBC(英国广播公司)创作了短篇小说《岗哨》(The Sentinel)。尽管该作品最后并没有被采用，但它却深刻地改变了克拉克的作家生涯。因为克拉克最著名的作品之一《2001：太空漫游》(2001: A Space Odyssey, 1968)便是以《岗哨》为蓝本写成的，而且从此之后，克拉克的小说中开始出现神秘主义元素,并将背景放在宏大的宇宙之中,讲述的大都是技术高度发达却又充满偏见的人类在遭遇了更高级的外星智慧生物后的故事。在这类小说的代表作《童年的终结》(Childhood´s End, 1953)、《城市与群星》(The City and the Stars, 1956),以及"太空漫游系列"(2001 Series)和"拉玛系列"(Rama Series)中,这种不同文明之间的遭遇最终促使人类"进化"到了一个新的阶段。

《童年的终结》是克拉克第一部堪称经典的科幻小说。小说开始的场面,即外星人的太空飞船突然降临人类各大主要城市,曾先后被多部影视剧借鉴,比如著名的《独立日》。而在风靡世界的即时战略游戏《星际争霸》中,虫族(Zerg)也与小说中的外星人颇为相似:它们都拥有"母巢"(hive mind)式的集群意志,而虫族的宿主的名字"overlord"甚至就是直接照搬小说中外星人的称谓。在1988年《轨迹》(Locus)杂志读者投票奖中,《童年的终结》位列"永恒经典"(All-Time Best)排行榜第三位,其深远影响可见一斑。

《城市与群星》描绘了一座与外部世界完全隔绝的宇宙城市,亿万年的时光流逝,城市居民已经忘却了城市穹顶外灿烂的星光。英国《星期日泰晤士报》称其为"描写远未来最富想象力的作品"。

在1961年的《月海沉船》(A Fall of Moondust)中,克拉克的目光重新回到了太阳系,它讲述了月球旅游资源开发过程中的一场灾难。一艘满载游客的游轮在由尘埃构成的月"海"中沉没,由于月尘有着独特的物理特性,加之月球没有大气,一场太阳系瞩目的救援行动一开始就困难重重。英国著名科幻作家约翰·温德姆说《月海沉船》是克拉克最好的一本书。笔者对此并不认同,笔者认为克拉克最好的五本书当数《天堂的喷泉》《与拉玛相会》《2001：太空漫游》《童年的终结》和《城市与群星》，但无法否认，《月海沉船》有其独特的魅力。

1968年，《2001：太空漫游》出版。这部史诗般的作品场面宏大、气势雄伟，展现出人类的过去、现在以及可能的未来，与另一位英国作家乔治·奥威尔的《1984》分享硬、软科幻最佳作品的宝座。这部作品首先是以电影的形式展现给观众的，由著名导演斯坦利·库布里克执导。影片一经公映便引起巨大反响，使科幻电影在人们心目中的地位迅速提高。它吸引、激励、启发了整整一代人，而这部影片也获得了奥斯卡最佳导演、最佳电影剧本、最佳艺术指导等多项提名，并赢得了最佳视觉效果奖。

凭《2001：太空漫游》名声大噪之后，克拉克经常以评论家的身份出现，讲评科学技术的发展现状与前景。1968年～1970年，克拉克在哥伦比亚广播公司电视部主持了关于"阿波罗"11号、12号和15号的节目；1980年，克拉克开始写作并主持十三集国际电视系列片《阿瑟·C.克拉克的神秘世界》和《阿瑟·C.克拉克的奇异力量》，这两部电视系列片分别于1981年和1984年在世界各国播出。

1972年，《与拉玛相会》(Rendezvous with Rama)出版，旋即将几乎所有的科幻奖项收入囊中，成为克拉克最受欢迎的小说。随后，它被扩展为一个独立的系列，与"太空漫游"系列并驾齐驱，成为克拉克晚年创作的核心。

1979年，克拉克创作了另一部代表作《天堂的喷泉》(The Fountains of Paradise)。在这部小说中，他构想出了一种新技术——"太空升降机"(space elevator)。克拉克预言，这一技术将来必定会取代航天飞机，从而超越他以前做出的关于地球同步卫星的设想，成为新的传奇。

1986年,克拉克出资创建了"阿瑟·C.克拉克奖",每年评奖一次,以奖励前一年出版的最佳英国科幻小说。

从1956年起,克拉克便移居到斯里兰卡居住。1988年,克拉克不幸罹患后小儿麻痹症候群,从此只能靠轮椅生活,但他仍然笔耕不辍。进入21世纪之后,步入耄耋之年的克拉克又与英国新锐科幻领军人物斯蒂芬·巴克斯特合写了三部小说。

总的来说,克拉克的科幻小说以出色的科学预见、东方式的神秘情调以及海明威式的硬汉笔法而著称,光明的前景和成就往往同怀疑和自我反省并存,具有深刻的哲理性,能够引发读者深层次的思考。

除科幻小说外,克拉克在科学写作方面也硕果累累。1962年,联合国教科文组织为表彰克拉克在科普方面的贡献,授予了他卡林加奖。1969年,克拉克荣获华盛顿美国科学发展协会科学作品奖。1994年,克拉克因其在1945年提出的有关全球卫星通信的贡献而被提名诺贝尔和平奖。2000年5月26日,克拉克在获得英国女王授予的爵士爵位两年之后,在斯里兰卡首都科伦坡被授予"爵士奖"。克拉克的名字甚至被用于命名一颗小行星和一种在澳大利亚发现的角龙。此外,克拉克还是多个国家的科学和文学协会的会员,并被多所大学授予科学和文学博士学位。2008年3月25日,克拉克因呼吸衰竭在斯里兰卡首都科伦坡家中去世,享年90岁。

克拉克在数十年的科幻创作和科技研究中,积累了丰富的经验,并以"定律"的形式加以总结,这就是所谓的"克拉克定律"。

定律一:一个德高望重的前辈科学家,如果他说某件事是可能的,那他几乎肯定是正确的;如果他说某件事是不可能的,那他非常可能是错误的。

定律二：只有一个方法能够弄清什么是可能的，什么是不可能的，那就是：稍稍突破两者的分界线，进入不可能的领域。

定律三：任何技术，只要足够高深，都无法与魔法区分开来。

这三条定律虽带有一定的诙谐成分，但也包含很强的真理成分，成为人们在进行科学研究时时常参考的规范和准则。

纵观阿瑟·克拉克的一生，他当之无愧地是世界科幻史上最伟大的作家，而他的作品也将永远是所有科幻爱好者必读的绝对经典。

CONTENTS

第一部 宫 殿
/1

第二部 寺 庙
/67

第三部 洪 钟
/125

第四部 高 塔
/171

第五部 攀 登
/205

后记：资料来源和鸣谢
/301

后记补记
/308

第一部　宮　殿

1. 卡利达萨

　　岁月流逝,王冠变得越来越沉了①。当初,令人尊敬的菩提达摩·马哈纳亚凯法师在加冕典礼上违心地把王冠戴到卡利达萨王子头上时,新国王惊讶地发现它轻得出奇。如今二十年过去,只要不违背宫廷礼仪,卡利达萨国王便会以最快的速度卸下这个镶满宝石的金头箍。

　　这座巨岩要塞位于狂风呼啸的山脉之巅,需要讲究宫廷礼仪的场合不多,难得会有几个外交使节或请愿者攀登这座险峻的高山,请求觐见国王。许多到亚卡加拉山来的人,未及登上最后那段上坡路便止步折返。那条路穿过一头石雕雄狮的血盆大口,狮子拱身蹲伏着,似乎随时要从岩石表面纵身跃起。任何一位虚弱的国王都无法稳坐在这个高耸入云的宝座上。总有一天,卡利达萨会变得孱弱无力,甚至无法步行到自己的王宫。然而,他怀疑自己能不能活到那一天,他的许多仇敌不会让他活到尽头方才消受失败的耻辱。

　　眼下,敌人正在扩军备战。他眺望北方,仿佛看见同父异母

---

①历代帝王一般都会将新得到的稀世奇珍加缀到王冠上,因此它的重量会一代代增加。

兄弟马尔加拉领兵返回故土,企图夺回塔普罗巴尼血迹斑斑的宝座。好在那种威胁暂时还远在天边,隔着季风肆虐的滔滔大海。卡利达萨相信密探甚于相信占星学家,但是得知占星学家在这一点上与他所见略同,他深感欣慰。

马尔加拉已经等待将近二十年了,他运筹帷幄,四处游说,争取外国国王的支持。另一个仇敌则更加沉得住气,更加阴险狡猾,而且近在咫尺,永远虎视眈眈、高踞蓝天①——斯里坎达圣山的正圆形火山锥耸立在中央平原之上,今天显得格外近。任谁看见那座山都会心生敬畏,而卡利达萨每时每刻都能感受到这座森然逼近的高山以及它所象征的力量。

幸好,马哈纳亚凯法师既没有军队,也没有一边尖声长啸、一边挥动利牙冲锋陷阵的战象。这位高僧是个身穿橙黄色佛袍的老头子,全部家当仅包括一个化缘钵头和一片用于遮阳的棕榈叶。小和尚和侍僧们围着他诵经时,他盘腿静坐,以某种的玄妙方式摆布着众国王的命运——某种神秘莫测的方式……

今天天空格外晴朗,卡利达萨看得见斯里坎达圣山顶峰的寺庙。由于距离遥远,它显得很小,犹如一个白箭头。那座寺庙压根儿不像人类的建筑,它让这位国王想起年轻时见过的更大的山。当时他置身于马欣达大帝宫中,既是客人,又是人质。守卫马欣达帝国的巨人戴着箭头形头盔羽饰,它们用一种炫目的晶状物质制成,在塔普罗巴尼语中没有对应名称。印度人认为它是用魔法变出的水,但卡利达萨对这种迷信说法嗤之以鼻。

前往那座闪着象牙亮光的寺庙需要跋涉三天,第一天顺着

①这个仇敌就是给卡利达萨加冕的马哈纳亚凯法师,住在将近五千米高山顶峰的寺庙里,所以有"高踞蓝天"之说。"尊敬的菩提达摩·马哈纳亚凯法师"是斯里兰卡佛教神职系统的名号之一,名号世代相传,类似我国活佛转世系统的名号。

王家道路走,穿过森林和稻田,后两天沿蜿蜒的阶梯拾级而上。卡利达萨从没登上过那座山峰,因为路的尽头是他惧怕又唯一无法征服的仇敌。有时候,看着香客们手中的火把在山壁上映出一条细长的光带,他心中油然产生了妒忌之情——最下贱的叫花子都可以迎接圣洁的黎明,得到神灵的祝福,这片土地的统治者却没有这种福分。

但他有自己的精神寄托。放眼望去,在护城河及防御土墙的护卫下,有一泓泓水池、一个个喷泉和一座座游乐园,他为此耗尽了王国的财富。当他在这些景致中玩腻了的时候,还有那巨岩上的女郎——他已越来越少召见有血有肉的姑娘了——那两百名不变的女神陪伴着他。他常常向她们倾吐心声,因为别人他都无法信赖。

西天响起隆隆雷声。卡利达萨不再顾及大山咄咄逼人的威胁,茫然企盼着天降喜雨。这个季节的季风姗姗来迟,为岛上复杂的灌溉系统供水的人工湖差不多都干涸了。每年的这个时候,他本来应该看着最大的人工湖闪烁着粼粼波光——据他所知,他的臣民仍然胆敢沿用他父亲的名字,把这个湖称作帕拉瓦纳·萨穆德拉,意为帕拉瓦纳海。这个人工湖经过几代人的艰辛挖掘,直到三十年前才告竣工。在早年较为幸福的日子里,年轻的卡利达萨王子会站在父王身边,满怀豪情地望着大闸门徐徐打开,生命活水随之滚滚流向干涸的土地。整个人工湖浩瀚无垠,涟漪轻荡,像镜面一样映出金城拉纳普拉的圆屋顶和塔尖,王国里没有哪处景观比得上它妩媚动人。

拉纳普拉是王国的旧首都,卡利达萨为实现梦想,已把它放弃了。

又一阵滚滚雷鸣,但是卡利达萨知道,雷声不会带来雨水。

即使在这魔岩①的顶点,空气也依然静息不动,没有丝毫突发的不定向阵风预示着季风的来袭。在雨水最终降临之前,饥荒可能会给他增添新的麻烦。

"陛下,"侍臣阿迪加柔声禀报,"使节就要走了。他们希望再一次拜见您。"

啊,是的,横渡西洋、远道而来的两个脸色苍白的大使!卡利达萨舍不得就这么送走他们,因为他们用蹩脚透顶的塔普罗巴尼语讲述了许多海外奇迹,而且他们愿意承认,他们所说的奇迹没有哪一件比得上这座空中的要塞宫殿。

于是卡利达萨转过身,背对那座顶部发白的高山和周围干焦晃眼的土地,步下花岗岩阶梯,向接见厅走去。在他身后,内侍们捧着象牙和宝石,准备作为礼品送给那两位高大傲慢的大使。向国王告别后,他们将带着塔普罗巴尼的珍宝,渡海前往一个比拉纳普拉年轻几个世纪的城市,去暂时转变哈德良皇帝②咄咄逼人的扩张野心。

马哈纳亚凯法师③缓慢地向北堞墙走去,佛袍在寺庙的白色灰泥墙衬托下映射出橙色的亮光。遥远的山脚下,棋盘似的稻田从一边地平线扩展到另一边地平线,条条深色灌溉渠纵横其

---

①亚卡加拉山的顶峰,常常又称为巨岩。卡利达萨放弃旧都拉纳普拉,在亚卡加拉山上建造天堂,在魔岩顶上建造他的天国。

②哈德良(76~138),古罗马皇帝(117~138),生于西班牙,从军随图拉真皇帝转战各地。图拉真死后,哈德良被军队拥立为帝,对外采取慎守边境政策,在不列颠境内修筑"哈德良长城";对内加强集权统治,提倡法学,奖励文学艺术。

③前文提到的马哈纳亚凯法师生活在公元2世纪上半叶,与罗马帝国皇帝哈德良为同时代人。这里的马哈纳亚凯是八十五世法师,生活于22世纪。下文中,他凭想象看见的亚卡加拉山上的石狮已不复存在。

间,帕拉瓦纳海闪动着蓝色波光——这片内陆海对面便是拉纳普拉城,那里神圣的圆屋顶犹如一个个漂浮着的魔法气泡,假如你知道准确的距离,便会意识到那些圆屋顶实际上大得出奇。

三十年来,法师一直关注着随时变化的自然现象。但他知道,大自然变化神速,且十分复杂,他永远无法把握所有的细枝末节。随着季节交替,色彩变换,分界线的迁移——在云朵飘过的一瞬间就有物换景移。菩提达摩思忖着,直到他逝去的那一天,他依然会看到新景象。

只有一个地方与所有赏心悦目的景色格格不入。从这个高度看去,魔岩虽然显得很小,但它灰色的岩体仿佛是个天外飞来的入侵之物。据传说,亚卡加拉山原是盛产草药的喜马拉雅山顶峰的一块断岩,拉马亚纳战役结束时,神猴哈奴曼为拯救受伤的伙伴,匆忙间连药带山一起搬走,不慎让断岩掉落下来,成了亚卡加拉山。

不消说,在这么远的地方不可能看到卡利达萨劳民伤财建造的山顶都城的细节,只能隐隐约约看见一道细线,大概是游乐园的外围防御土墙。然而,魔岩确有非凡的魅力,令人永世不忘。马哈纳亚凯法师想象着巨狮的爪子从悬崖峭壁上伸出来,仿佛自己就站在狮子的双爪之间——头顶是堞墙围绕的平顶高地,而该死的国王依然在上面踱步……

天上忽然传来隆隆雷鸣,声音迅速增强到最大,震撼了山岳。雷声持续不断,响彻天空,渐渐消逝于东方,回声则回荡于地平线四周边缘,长达数秒之久,但谁也不会误认为那是雨水来临的前奏。根据预报,三星期之内都没有雨水——季风监控台预报的误差从不大于二十四小时。等回声消逝,马哈纳亚凯转过身来望向随员。

"专用的再入走廊①也不过如此嘛。"他的话中略带几分愠怒,作为佛法的阐述者,是不应如此动情的,"咱们记下仪表读数了吗?"年岁较小的和尚向戴在手腕上的麦克风简短地问了几句,然后等待回答。

"记下了。最高值是一百二十。比上次记录高五分贝。"

"照例给肯尼迪或者加加林控制中心发抗议,随便发给哪个都行。不,给两个控制中心都提提意见。当然啦,这么做并不是因为它能起什么作用。"

他的目光跟随着天上渐渐消散的雾化尾迹,菩提达摩·马哈纳亚凯法师——他已是顶着这一名号的第八十五世高僧——突然萌生了一种违背佛门的幻想:卡利达萨一定有手段治治宇航公司的经营者,这些家伙只会盘算着将每公斤货物送入轨道能挣多少美元……对付他们,卡利达萨可以动用尖桩、装有铁蹄的大象或者沸腾的油锅。

两千年前的生活毕竟要简单得多。

---

①航天飞机从外层空间重新进入地球大气层的航线。

2. 工程师

他的朋友们叫他约翰,可悲的是,这些朋友正在逐年减少。世界倘若记得他,会叫他拉贾。其实,他的全名是约翰·奥利弗·德·阿尔维斯·斯里·拉贾辛哈,这个名字体现了五百年的历史。

有个时期,来魔岩的游客会带着照相机和录音机寻觅他的踪迹,但到如今,距他曾是太阳系最熟悉面孔的那个时代已经过去了整整一代人时间。他不怀念过去的荣耀,因为荣耀固然给他带来了全人类的感激之情,也给他带来对自己所犯错误的枉然悔恨,使他为自己浪费掉的生命深感痛心——当时倘若多一点远见和耐心的话,那些生命本来是可以得到挽救的。回头看去,现在很容易看出当时该怎么消除奥克兰危机,或者把不情愿签署撒马尔罕条约的各方召集在一起。责怪自己以前犯下的不可避免的错误是愚蠢的,然而有时候,良心的自责仍使他痛苦不堪,比昔日巴塔哥尼亚人的子弹残留的伤痛更加令人难以消受。

没人相信他会死心塌地退隐这么久。"不出六个月你就会出山的,"世界联邦①的朱总统对他说过,"权力使人上瘾。"

---
①历史发展到现在(22世纪),全世界已统一成一个世界联邦,或谓世界国,没有独立于联邦之外的国家。朱是现任世界国总统,拉贾辛哈曾经担任全球政治事务调解员。

"对我可不起作用。"拉贾辛哈坦诚地回答。

过去都是权力来找他,他从不谋求权力。他拥有一种非常特殊的权力——咨询权,但不是行政权。他是政治事务特别助理(代理大使),直接对世界联邦总统和枢密院负责,手下人员从不超过十人,如果连亚里士多德①也算在内,那就是十一人(他的控制台仍然有权直接享用亚里的存储器,他们每年交谈几次)。但最终,枢密院总会采纳他的意见,世界因此给了他很高的荣誉,其中许多荣誉本应属于和平局里那些默默无闻的官员。

就这样,巡回大使拉贾辛哈一人独享盛名,从一个不安定地区赶到另一个可能产生纠纷的地区,到处息事宁人,排除危机,用娴熟的手腕摆弄真理。不消说,他从不胡乱撒谎,那是大忌。假如没有亚里那绝对正确无误的记忆力,他是无论如何也无法查核那一大堆极为复杂、然而为了使人类保持和平有时又不得不编造的谎言的。

就在他干得得心应手的时候,他却悄然引退了。

那是二十年前的事,而他对自己的决定从不后悔。有些人说,一旦失去权力,人就会觉得百无聊赖,但说这种话的人不了解他,也不清楚他的来历。他返回年轻时居住过的田野和森林,住处离笼罩他整个童年人生的阴森大魔岩只有一公里。他的别墅位于围绕游乐园的宽阔护城河内,卡利达萨的建筑师设计的喷泉,经过两千年的沉寂,眼下就在约翰的庭院里喷涌着。水仍然在原先的石砌沟渠里流淌,一切如故,只不过魔岩顶上的蓄水池如今改用电动泵注水,而不是由汗流浃背的奴隶接力传送了。

能在这片富于历史韵味的土地上颐养天年,胜于外交生涯中得到的任何东西,约翰对此心满意足,他实现了自己不相信会

---

①这里指一种信息系统,即所谓"全球的大脑"。下文简称"亚里"。

成真的梦想。为弄到这块土地,他耍尽外交手腕,还在考古办事处进行了一点微妙的讹诈。事后,州议会有人提出质疑,幸好没有发展到立案的程度。

护城河的支流将他与外界隔绝开来,只有铁心来访的游客和学生可以见到他。屋外种着突变的阿育王树,形成厚实的绿墙,终年鲜花盛开,挡住了外人的视线。这些树还养育了几窝猢狲。猢狲远看倒是挺好玩,但它们偶尔也会闯入别墅,看上什么东西,只要拿得动,拿了就走。接着就是一场短暂的人猴战争,人类的武器是鞭炮和动物遇险时嚎叫的录音——这种叫声令猴子痛苦不堪,人听了也是难以消受。但猴子们很快会卷土重来,因为它们早就知道,没有人会真正伤害它们。

塔普罗巴尼殷红的夕阳映照得天西霞光万丈,一辆小型电动三轮车悄悄穿过树林,停在门廊的花岗岩圆柱旁。(圆柱是朱罗王朝[①]的真品,出自拉纳普拉晚期,因此摆设在这里与时代完全格格不入。但只有萨拉特教授对此发表过评论——不消说,他来到这里总要说三道四。)

根据自己在漫长岁月中获得的令人忧伤的经验,拉贾辛哈学会了永远不轻信第一印象,但也永远不忽视第一印象。他心里捉摸着,万尼瓦尔·摩根取得了那么伟大的成就,应该是个身材魁伟的堂堂男子汉。没想到,这位工程师的身量却远在常人之下,乍一看,简直可以说他弱不禁风。然而,他瘦小的身材筋强力壮,乌黑的头发衬托着一张朝气蓬勃的脸,怎么也看不出他

[①]古代印度南部的泰米尔人王朝(10世纪~13世纪)。11世纪时达到鼎盛,文化艺术空前繁荣,社会安定。罗阇一世(985~1014在位)消灭了西恒伽国,征服喀拉拉,攻占锡兰北部,后又占据拉克代夫和马尔代夫群岛。其子拉金德拉·朱罗·提婆一世(1014~1044在位)先后征服锡兰,横扫德干高原,派军直捣恒河。1259年王朝覆灭。

已经五十一岁了。从亚里的人物传记档案里调出的录像没有把他拍摄好,他看起来像是一位浪漫派诗人,或者音乐会上的钢琴演奏家——抑或是个伟大的演员,以精湛的演技使千千万万人倾倒。拉贾辛哈一眼就能看出摩根的才华。他常常告诫自己,别小看矮子——从古至今,他们都是震撼世界的人物。

他不免有些忐忑不安。虽然说,差不多每星期都有老朋友或老对手到这个僻静地方来,或谈论新闻,或缅怀往事,但对来访者的意图和他们所要谈论的话题,他总是心中有数,了如指掌。他欢迎他们的到来。然而,就拉贾辛哈所知,他和摩根没有共同兴趣。他们没见过面,以前也没过通信联系。说真的,刚听到摩根的名字时,他还没闹清楚对方是何方神圣。更不寻常的是,这位工程师还请求他对这次会晤绝对保密。

拉贾辛哈答应了对方的请求,但心里面对此不免有一种厌恶。如今,他过着安宁的生活,再也不需要保守任何秘密,尤其唯恐某些重要秘密影响了他井然有序的人生。他与安全局已经一刀两断,十年前——或许更早——他的私人警卫也应他本人的要求被撤销了。最令他心烦意乱的还不是保守秘密,而是他对来访者的意图一片茫然。地球建设公司的总工程师(陆地部的人)千里迢迢赶来,不会是为了求得他的亲笔签名,或者重弹一般游客的陈词滥调。对方此行一定有什么特殊目的——但拉贾辛哈对此百思不得其解。

即便在担任公职的日子里,拉贾辛哈也从来没有机会跟地球建设公司打过交道。该公司的三个部门——陆地部、海洋部、太空部——虽然规模庞大,但在世界联邦的专业化机构里也许是最无声无息的了。只有出现惨重的技术事故,或者与环境、历史部门迎头发生冲突的时候,地球建设公司才会从阴影里冒出来。上一次争端涉及南极管道——那是21世纪的工程奇迹,用于把液化煤从广袤的极地矿床汲送到全世界的发电站和工厂。为保护生态,地球建设公司建议拆除至今还保留着的最后一段遗留的管道,将土地归还给企鹅。一时抗议之声四起,工业考古学家对这种毁坏文物的行为怒不可遏,自然主义者则指出,企鹅偏偏喜爱废弃的管道。残留的管道为企鹅提供了它们以前从未享受过的标准住房,从而有助于它们的迅猛繁殖,就连逆戟鲸对此也无可奈何。到最后,地球建设公司只好不战而退了。

拉贾辛哈不知道摩根与这次小溃败是否有牵连,反正这也无关紧要,因为他的名字是与地球建设公司最辉煌的业绩连在一起的……

这项业绩被命名为终极大桥,几乎是名副其实的。拉贾辛哈同半个地球的人一起观看了大桥最后一个组装部件由"齐柏林伯爵"号飞船轻轻起吊到空中——飞船本身已是当代一大奇迹。为减轻自重,飞船上所有豪华设施均已被拆除,著名的空中游泳池排空了水,反应堆则把超额热量泵入气囊,以增加起吊力。在历史上,将一千多吨重的东西垂直吊上三千米高空,这尚属首次,而且一切进行得十分顺利、波澜不惊——这无疑会让千百万观众觉得不太过瘾。

它是人类建造的最伟大的桥梁——很可能今后一直都是,所有船舶驶过赫拉克勒斯桥墩,都会鸣笛向它们致敬。大桥双塔位于地中海和大西洋交汇处,是世界最高的建筑(达到了五千米),双塔间隔十五公里遥遥相望——其间空无一物,只有直布罗陀大桥优美雅致的拱形桥身飞架其间。同超级大桥的缔造者会面是莫大的荣幸,尽管他比约定时间迟到了一小时。

"请接受我的歉意,大使。"摩根爬出三轮车,"希望我的迟到没有给你带来不便。"

"没关系,反正我没什么事。你吃过了吗?"

"吃啦。他们取消了到罗马的联运航班,至少给了我一顿挺美的午餐。"

"也许比你在亚卡加拉饭店能吃到的要好些。我已经在那儿订了一间客房供你过夜,离此只有一公里。恐怕咱们只能把讨论推迟到早饭时间进行了。"

摩根露出失望的神情,但依然耸耸肩表示默许,"喏,有好多事够我忙的。我想,饭店应该有成套办公设施,至少会有一个标准终端吧?"

拉贾辛哈笑了,"电话肯定有,更高级的设备我就不敢保证啦。但我有一个好建议,半个多小时后,我要带几个朋友到巨岩去。那儿有一场声光表演,我认为非常值得一看,欢迎你跟我们一道去。"

他看得出摩根犹豫不决,正在动脑筋找借口婉言谢绝。

"感谢盛情邀请,不过我确实有事要跟我的办公室联系……"

"你可以用我的控制台嘛。我向你保证,表演引人入胜,而且只有一小时。哦,差点忘了——你不想让别人知道你到这里来的事。那好,我介绍你时,就说你是塔斯马尼亚大学的史密斯博士。我敢肯定,我的朋友们不会把你认出来的。"

拉贾辛哈无意惹他的客人生气,但对方脸上一闪而过的愤愤之情没有逃过他的眼睛。于是这位前外交官的本能自动开启——他把摩根的反应记在心里,以备将来做参考。

"我肯定他们认不出我。"摩根说。拉贾辛哈觉察到,对方的话语里包含着不太愉快的音调。"叫史密斯博士挺好的。现在

——希望我可以用用你的控制台。"

拉贾辛哈把摩根带进别墅,边走边思忖,真有趣,姑且假设摩根是一个工作受挫乃至失意的人吧。这很难解释,因为很显然,他在那一行里算是排头兵。他还想要什么呢?这个问题有一个明显的答案——拉贾辛哈对其症状了如指掌,因为在他自己身上,那种毛病曾长期作祟,直至最后被消灭。

"名望是前进的动力。"他心里默诵,下面几行是怎么写的?"高尚思想最终的弱点……摒弃欢乐,过劳碌的日子。"

是的,这也许可以解释他仍然敏感的天线探出的摩根的不满足心态。他突然想起,联结欧洲和非洲的巨虹几乎总是被称为"大桥"……偶尔被称为"直布罗陀大桥"……但压根儿没有人称它为"摩根大桥"。拉贾辛哈思忖:得啦,摩根博士,假如你在追名逐利的话,到这儿来是什么也寻觅不到的。

你到底为什么要辛辛苦苦地跑到塔普罗巴尼这个安静的弹丸之地来呢?

3. 喷　泉

几天以来，大象和奴隶们在毒日下受尽煎熬，没完没了地把一串串水桶拉到悬崖峭壁上。"注满了吗？"国王反复询问。

"还没有，陛下，"工匠总管回答，"水池还没有灌满。不过，明天也许……"

这一天终于来了。宫廷上下都聚集到游乐园里，躲在一张张五彩斑斓的布篷下面。国王自有几把大扇为他送爽，摇扇子的是一些恳求前来效劳的人，他们贿赂了国王的内侍才捞到这份危险的美差。

这份荣耀可能使他们发达，也可能使他们丧命。

一双双眼睛瞪着巨岩表面，望着悬崖顶上走动的细小人影。一面旗子挥动了一下，下方远处便响起一阵短促的号声。悬崖脚下，工人们狂热地操纵着杠杆，把绳索拉起来。接下来却许久不见动静。国王眉头一皱，露出不悦的神色，廷臣们战战兢兢，连扇子也怠慢了几秒钟，只是摇扇的人猛省到失职的危险，方才加快速度摇动。

不一会儿，亚卡加拉山脚下的工人爆发出一阵呐喊，那是欢乐和狂喜的声音，前呼后应，沿着两旁种满鲜花的小道传上来。

伴随欢呼声又传来了另一种声音,虽然不那么高亢,但蕴含着饱满而不可抗拒的力量。

它正在冲向目标。

一股股细长的水柱好像受到魔力驱使般,从地下冒了出来,冲向无云的天空。到达四个人那么高时,水柱绽开,化成朵朵水花。阳光穿过水花,映射出霓虹般五彩缤纷的雾霭,使这景观变得更加奇异绚丽。在塔普罗巴尼的历史上,从没有人目睹过这样的奇观。

国王露出了笑容,侍臣们终于吐出一口气。这一次,埋设的管道没有在水压下破裂,敷设管道的石匠可以免遭前人的厄运,有希望活到寿终正寝。

喷泉渐渐降低高度,几乎像太阳西斜一样难以察觉。过了一会儿,它已不足一人高,因为千辛万苦灌满的蓄水池就要干涸。但是国王心满意足了。他举起一只手,喷泉降落又升起,仿佛在君王面前行最后一次屈膝礼,最后默默坍落下去。人工湖的水面重又波平如镜,映射出永恒的魔岩的影像。

"奴隶们干得好。"卡利达萨说,"给他们自由吧。"

干得有多好,奴隶们当然永远无法明白,因为谁也无法站到艺术家国王的高度去观赏。一座座赏心悦目的游乐园环绕着亚卡加拉山建立起来,卡利达萨在巡视时感到全身心的满足。

在这巨岩脚下,他建成了天堂,下一步是要在巨岩顶部建造天国了。

4. 魔 岩

精心编排的声光表演仍然魅力不衰,令拉贾辛哈感动,虽然他已看过十来遍了,对每个细节都了如指掌。不消说,到魔岩来的游客是非看这表演不可的,尽管萨拉特教授这样的批评家会埋怨说,那只是历史的小插曲。然而,小插曲总比压根儿什么都没有强。萨拉特和他的同事们吵吵嚷嚷,对这里两千年前所发生的事件的确切顺序提出各种异议,但这段历史还得照样演下去。

小小的圆形露天舞台面向亚卡加拉山的西边峭壁,两百个座位全都是精心安排的,以便每个观众都能从最佳角度仰望激光放映机。演出一年到头都在同一时间准时开始——19:00。由于赤道日落的时间是恒定的,每到这时,夕阳的余晖就从天空中消逝了。

天色暗下来,巨岩看不见了,只剩下一个巨大的黑影,遮蔽了空中第一批出现的星星。黑暗中传来一阵缓慢低沉的鼓声,紧接着,一个平静而不带感情的声音朗诵道:

"这是一个国王的故事,他谋杀了父亲,又被兄弟杀死。在人类血迹斑斑的历史中,这本不足为奇。但是这位国王留下了一座不朽的丰碑,一段经世不衰的传奇……"

拉贾辛哈偷偷瞥了万尼瓦尔·摩根一眼,对方坐在右侧的黑暗中,只能看见五官轮廓,但他看得出,客人已经被解说词吸引住了。左边的另外两位客人——他当外交官时的旧友——同样入了迷。正如他告诉摩根的,他俩都没有认出"史密斯博士"是何许人也,即便认出了,他们也知情知趣,姑且不去戳穿这位假冒的博士。

"他名叫卡利达萨,于公元100年生于金城拉纳普拉——在几个世纪里,拉纳普拉都是塔普罗巴尼历代国王的都城。然而,一道阴影自他诞生时起就笼罩着他……"

音乐声增强,长笛和弦乐器齐鸣,伴着咚咚擂鼓,共同演奏出庄严而动人心弦的曲调,萦绕在夜空。一点亮光开始在巨岩峭壁上燃烧,然后,亮光骤然扩大——似乎一扇窗户突然间打开了,它面向过去,展现出一个比现实更生动、更加色彩斑斓的世界。

摩根边看边想,戏的改编堪称上乘,他很高兴自己破例按捺住了工作的冲动。他看到国王帕拉瓦纳欢欢喜喜地从爱妃手上接过他的头生儿子——仅仅二十四小时以后,王后本人便又生了一个更为正统的王位继承人。摩根明白国王的复杂心情。卡利达萨虽然在出生时间上领先一步,可在继承权上并没有独占鳌头,悲剧就是这样酿成的。

"然而,在孩提时代,卡利达萨和他的同父异母兄弟马尔加拉却是最亲密的伙伴。他们一同长大成人,全然没有意识到彼此势不两立的命运以及在他们周围愈演愈烈的阴谋斗争。导致他们不合的最初原因与诞生先后次序无关,祸根只是民间送来的一件善意而无辜的礼物。

"许多使节来到帕拉瓦纳国王的宫中,带来各地的贡品——中国的丝绸、印度的黄金、罗马帝国的盔甲。某天,一个纯朴的丛林猎户冒险进入这个伟大的城市,带来一件礼物,希望能赢得王室的欢心……"

摩根听见周围观众不由自主地发出一阵"哦"、"啊"的赞叹声。他历来不太喜欢动物,但他不得不承认,那只乖乖躺在小王子卡利达萨怀里的雪白小猴十分惹人喜爱。它皱巴巴的小脸上长着两只巨大的眼睛,专注的目光仿佛跨越了若干世纪的时光——跨越了人与兽之间神秘的,但不是完全不可逾越的鸿沟。

"据史书记载,以前没人见过这种猴子。它的毛色洁白如乳汁,眼睛粉红如红宝石。一些人认为,这是吉兆——另一些人则认为,这是凶兆,因为白色象征死亡和哀悼。呜呼!他们的恐惧是完全有道理的。

"卡利达萨王子喜爱他的小宠物,把它叫作哈奴曼,这是《罗摩衍那》史诗中勇敢的神猴的名字。国王的宝石匠造了一辆小金车,哈奴曼一本正经地坐在里面,让人拉着跑遍王宫,看热闹的人无不喝彩。

"哈奴曼喜爱卡利达萨,不许别人碰它,它又特别嫉妒马尔加拉王子,仿佛预感到兄弟俩争斗在即。在一个不幸的日子里,它咬了这个王位继承人。

"这本是小事一桩,后果却十分严重。几天以后,哈奴曼被毒死了——无疑是王后授意的。卡利达萨的童年就此终结,据说他从此再也没有爱过或信任过任何世人。他与马尔加拉反目成仇。

"一只小猴之死惹出的祸患还不止于此。国王下令为哈奴曼建造一座特殊的坟墓,那是传统的钟形圣陵,或谓舍利塔。此事非同小可,它立刻激起僧侣们的敌对情绪。因为舍利塔是专用于收埋佛陀圣骨的,国王此举显然存心亵渎神圣。

"那完全可能是建造舍利塔的真实用心所在,因为国王帕拉瓦纳深受某位印度教教师的影响,反对佛教信仰。虽然卡利达萨王子年纪太小,没有卷入这场冲突,但僧侣们还是把大部分仇恨算在他身上。

"于是爆发了世仇争斗,导致王国分崩离析。

"如同塔普罗巴尼古代史书中记载的许多故事一样,哈奴曼和年轻的卡利达萨王子仅是一段迷人的传说,此后近两千年里没有任何证据可以佐证它。但到了2015年,哈佛大学的一支考古队在拉纳普拉王宫的旧址中发现了一座小圣陵的地基。那座小圣陵似乎已被故意拆毁,因为其上部建筑的砖结构荡然无存。

"地基里的圣骨室是空的,显然在几个世纪前就被偷盗一空。然而,考古学家们有古代盗宝贼做梦也想不到的工具——中微子勘测器。利用它,他们在深得多的地层里发现了第二个圣骨室。原来,上面的圣骨室不过是摆设,起到以假乱真的作用。下面的圣骨室仍然存放着那容纳了爱与恨的生物,经历了无数世纪的光阴,它这才进入拉纳普拉博物馆的安息处。"

摩根有自知之明，他历来认为自己注重理性，讲求实际，从不多愁善感。然而，令他十分尴尬的是，眼下他觉得自己双眼里竟然噙着突然涌出的泪水。他希望同伴们没有发现。他气愤地思忖着，甜蜜的音乐，加上伤感的解说词，竟能如此强烈地震撼有识之士的感情，真是咄咄怪事！他本来怎么也不会相信，看见小孩儿的宠物会让他落泪。

他突然忆起四十多年前的一段往事，明白了自己为什么会这样深受感动。他仿佛又一次看见心爱的风筝在悉尼公园上空起伏摇摆，他曾在那里度过了童年的大半时光。他感觉阳光和煦，清风吹拂着赤裸的背——忽然，变化莫测的风停了，风筝直往下栽，一棵巨大橡树的枝丫戳破了它，据说那棵树的历史比这个国家更为久远。他傻乎乎地使劲拽风筝线，想把它拉下来。

这是他在材料强度学方面的第一课，也是终生难忘的一课。

线断了，就在被钩住的那一点断开，风筝发疯似的转动着飘上夏日的天空，又慢慢地往下坠落。他向水边冲去，希望风筝落在陆地上，但是风不愿倾听小男孩的祈祷。

他站在原地哭了很久，望着风筝的残片像断桅帆船一样飘过大港湾，飞向外海，直到从视野中消失。这是他童年经历的第一个悲剧——无数芝麻绿豆大的悲剧组成了人类的童年，无论你记得不记得。

然而，摩根当时失去的仅是一个无生命的玩具，他流下的眼泪是因为受挫，而不是悲伤。卡利达萨王子有更深刻的理由去悲伤。画面中的小金车看起来仍然崭新如故，仿佛刚从工匠作坊里推出来的，车里却只有一撮细小的白骨。

出于感伤，摩根漏看了后面的几段历史。等他擦干眼泪，十年的时光已经逝去，一场错综复杂的王室斗争正在进行，他不太清楚是谁在谋杀谁。不过,当战斗停息之后,王储马尔加拉及其母后已经逃往印度,卡利达萨篡夺了王位,并把父王投入监狱。

篡位的君王暂时没有处死帕拉瓦纳,这绝不是因为他心存孝道,而是他相信老国王还有一些秘藏的财宝准备留给马尔加拉。帕拉瓦纳也知道,只要让卡利达萨相信这一点,他就可以保住性命,但到最后,他对这种骗局腻烦了。

"我让你看看我真正的财富。"他告诉儿子,"给我一辆战车,我带你去看。"

帕拉瓦纳的最后一次出行不像小猴哈奴曼那样风光,他乘坐的是一辆年久失修的破牛车。据史书记载,车子的一个轮子损坏了,一路上吱吱嘎嘎响个不停——这类细节必定是真实的,因为没有哪个历史学家会费心捏造这种小事。

令卡利达萨惊讶的是,父亲命令车子把他载到灌溉中部王国的那个浩瀚的人工湖旁,老国王花了在位的大半时间来建这个湖泊。他沿着大堤岸边缘行走,凝望着自己的雕像,它有真人的两倍大,眺望着辽阔的水域。

"再见了,老朋友。"他对高耸的石像说。石像象征着他失去的权力和荣耀,它的双手则永远捧着这个内陆海的石雕地图。"请把我的遗产照看好。"

接着,在卡利达萨及其卫兵的严密监视下,老国王走下溢洪道的台阶,来到湖边。走到齐腰深的时候,他掬起湖水,浇过头顶,然后转过身来,满怀豪情和得胜的喜悦望着卡利达萨。

"这里,我的儿。"他挥手遥指带给万物生机、浩瀚又清澈的湖水说,"这里——我的全部财富都在这里!"

"杀了他!"卡利达萨尖叫道,愤怒和失望使他发了狂。

士兵们执行了命令。

就这样,卡利达萨成了塔普罗巴尼的国君,但他付出了很少有人愿意付出的代价,如同史书上记载的,他始终生活在"对阴间和他兄弟的恐惧之中"。马尔加拉迟早会来夺回自己法定的王位。

此后几年间,卡利达萨像他的列祖列宗一样在拉纳普拉主持王政。后来,由于史书没有记载的原因,他放弃王国首都,迁到亚卡加拉与世隔绝的巨岩独石上,那里距离旧都四十公里,位于丛林之中。

有人说,他在寻觅一处坚不可摧的要塞,以免遭到兄弟的报复。可他最终并没有用它来保护自己——假如他仅仅需要一座安身立命的堡垒,干吗要用一座座广大的游乐园把亚卡加拉包围起来呢?建造这些游乐园一定跟建造城墙和护城河一样需要大量劳力。最令人费解的是,干吗还要画那些湿壁画?

解说员提出这个问题时,巨岩的整个西边峭壁都从黑暗中显现了出来——那不是现在的模样,一定是两千年前的景象。一条光带出现在离地一百米的高度上,把巨岩拦腰箍住,光带所在的岩壁被凿平并用灰泥覆盖,上面描绘了好几十个美女——她们与真人一样大小,画的是腰部以上的半身像。一些是侧面像,另一些是正面像,全都按照同一种格调画成。

这群女人皮肤呈暗棕色,胸脯性感,有的只戴珠宝不着衣裳,有的穿着薄如蝉翼的上衣,有的戴着精心制作的高耸头饰,还有的显然戴着王冠。她们中有许多人托着花盆,或在拇指和食指间轻轻拈着一支鲜花。约莫一半的女人肤色比较深,好像是侍女,但发式同样做得精致入微,珠光宝气也同样浓重。

"原先有两百多个女神画像。经过无数世纪的风雨损毁,只留下二十个,因为它们受到一块突出岩架的保护……"

镜头向前推近。随着"阿尼特拉"舞曲的旋律,卡利达萨那些幸存下来的姑娘们一个个从黑暗中飘然而出。虽然历经风雨侵蚀和人为破坏面目受损,但她依然保持着两千年前的曼妙身姿。她们的颜色仍然艳丽如初,经受了五十多万次西斜太阳的照射而不褪色。女神也好,女人也罢,她们使巨岩的传说得以代代相传。

"没人知道她们是谁,代表什么;没人知道为什么要煞费苦心在一个可望而不可即的地点创作一批美女画。人们最信服的说法是——她们是天上的神女,而卡利达萨费尽心血、一心一意要在地上建立一个天国,并配有伺候他的女神。也许他像埃及的法老一样,相信自己是集神权和王权于一身的"神王",或许正因如此,他才会把斯芬克斯的形象拿来,守卫王宫的入口。"

现在镜头推向巨岩的远景,巨岩倒映在悬崖脚下的小湖中。湖水荡漾,亚卡加拉山的轮廓摇曳不定,旋即消失。当山影再次出现时,只见巨岩顶上布满了围墙、雉堞、尖塔。它们附着在整个魔岩的最高表面上,你无法看清它们的真面目。它们若隐若现,模糊不清,犹如梦中的影像。谁也不知道,卡利达萨的空中宫殿被那些试图抹掉他名字的人摧毁之前到底是个什么样子。

"他在这里生活了近二十年,等待着必将来临的末日。密探一定禀告过他,马尔加拉正在印度斯坦南方诸王的帮助下,耐心地扩充军队。

"到最后,马尔加拉终于来了。卡利达萨站在巨岩顶上,看着入侵者从北面进军。他的防御工事本来固若金汤,但他对此不屑一顾,因为他走出大要塞的安全地带,策马到两军中间去迎接他的弟弟。人们都好奇他们在最后一次见面时说了些什么。有人说,他俩在分手之前还互相拥抱过,也许真有其事吧。

"此后两军交战,如大海翻滚,波涛汹涌。卡利达萨是在本土作战,士兵熟悉地形,起初似乎稳操胜券。然而,一宗决定人类命运的偶然事件却扭转了整个战局。

"卡利达萨的雄伟战象披挂着王家旌旗,冲锋陷阵时突然转向侧面,以绕过一片沼泽地。官兵们以为国王要撤退,顿时士气大衰,四散逃窜,据史书记载,那景象如同簸箕扬谷糠。

"人们在战场上找到了卡利达萨的尸体,他已自杀身亡。马尔加拉成为国王。亚卡加拉山被遗弃了,湮没在丛林之中,沉睡一千七百年以后才被发现。"

5. 透过望远镜

"我这见不得人的坏习惯哟。①"拉贾辛哈的话语中带着自嘲自娱,也带着懊丧之情。他已经几年没有爬过亚卡加拉山了。只要愿意,他可以随时驾机飞上山去,但飞上去没有爬上去的成就感。轻轻松松飞上山,山坡上那些迷人的建筑细节便会一掠而过;不跟随卡利达萨的脚步一路从游乐园攀登到空中宫殿的话,谁也不能领略卡利达萨的思路。

但另有一种办法可以满足上了年纪的人。几年前他买了一副小型大功率的二十厘米望远镜,透过望远镜,他可以漫游巨岩整个西边峭壁,回顾他过去多次登上顶峰所走的路线。

当他透过双筒望远镜的目镜远眺时,可以轻易想象自己高悬在半空中,紧挨着陡峭的花岗岩石壁,似乎伸手便摸得着石头。日近黄昏,西斜的太阳照到岩架下面,拉贾辛哈总爱观看受岩架保护的湿壁画,欣赏那些宫廷仕女。那些仕女他无一不识,其中有他的至宠至爱。有时他会默默地跟她们交谈,用的是他懂得的最古老的词语——但他心里完全明白,他所用的最古老

---

①指的是用望远镜偷看他人行为的恶习。拉贾辛哈用望远镜观察魔岩上的女神壁画和游客,他自称这种行为是"见不得人的坏习惯",以此自嘲。

的塔普罗巴尼语也是在她们落成的一千年之后才出现的。

他也饶有兴致地观看活人,看着他们攀登巨岩、在顶峰上面相互拍照或者观赏湿壁画。他们压根儿不知道有一个看不见的、嫉妒的、旁观者尾随着他们,像无声幽灵一样跟在他们身旁走动,而且紧挨着他们,可以看清他们的每一副表情,还有他们衣着的每一个细节。望远镜的放大倍率极高,假如拉贾辛哈能够通过观察说话人的嘴唇理解话意,便可以窃听游客的谈话。

倘若这么做算是窥探癖的话,那也完全无害——他那小小的"坏习惯"算不上什么见不得人的事,因为他乐意跟客人分享这秘密。望远镜是观察亚卡加拉山最好的途径之一,它还能派别的用场——拉贾辛哈多次告诫看守员警惕企图留下纪念的游客,不止一个游客在巨岩峭壁上刻写自己姓名的首字母时,因被当场捉住而大为惊愕。

但拉贾辛哈很少在晨间使用望远镜,因为那时太阳照在亚卡加拉山的另一侧,西边背阴,看不出什么名堂。按照当地习俗,这是享用"床茶"的时间,该习俗是三个世纪以前由欧洲种植园主带入的。可是今天,他透过宽大的观景窗往外瞥了一眼——窗外几乎可以看到亚卡加拉山的全景——惊讶地发现一个细小的人影正在巨岩绝顶上走动,在蓝天衬托下只显现出一道剪影。从来没有游客天一亮就爬上巨岩顶部——再过一小时,看守员才会打开通往湿壁画的电梯——拉贾辛哈不知道那个早起的人是谁。

于是他翻身下床,套上鲜艳的蜡纺印花莎笼①,赤膊走到外

---

① 马来群岛居民穿的一种用于遮盖下身的裙子,由一块色彩鲜艳的绸缎、棉布或化纤织物做成,在腰部收拢打结。裙子长短不一,或及膝,或及脚踝,男女皆可穿。

面的走廊,向架在一根粗水泥柱上的望远镜走去。他把粗短的镜筒转向巨岩,这才大概第五十次想起,非得给望远镜换一个新的防尘罩不可了。

"我本来猜得到的!"他一边乐呵呵地想,一边把望远镜的放大率调到高倍。这么说,昨晚的演出果然生效,给摩根留下了深刻的印象。这位工程师正在利用这段短暂的时间,亲眼看看卡利达萨的建筑师是怎样迎接强加在他们身上的挑战的。

拉贾辛哈注意到一件令他惊愕不已的事——摩根在魔岩平顶的边缘信步走动,离峭壁只有几厘米,没有几个游客敢靠得那么近,也没有几个人有勇气坐在"大象宝座"上,让双腿悬在深渊上空晃荡。眼下这位工程师却跪在宝座旁边,用一只胳膊随随便便地勾住石雕大象,探身到空中,查勘下面的峭壁。拉贾辛哈素来有恐高症,熟悉的亚卡加拉山都能让他胆怯,眼下的情形更是让他难以置信。

他抱着怀疑的态度观察了几分钟,认定摩根准是完全不受高度影响的罕见人物之一。拉贾辛哈的记性很好,他正在竭力回忆。不是有一个法国人踩着钢丝跨过尼亚加拉瀑布,还在中途停下来煮了一顿饭吗?如果不是有铺天盖地的书面证据,拉贾辛哈说什么也不会相信这传闻的。

另一件事与此有关,那是涉及摩根本人的事件。什么事呢?摩根……摩根……一星期以前拉贾辛哈对他还一无所知呢……

不错,是那件事。一场争论让新闻媒体热闹了一两天,那一定是他第一次听到摩根名字的时候。

当时,直布罗陀大桥的总设计师宣布了一项惊人的革新——由于所有车辆都将采用自动制导,因此没必要在车道边缘加胸墙或护栏,省略这些设施将为大桥减少上万吨重量。不消说,人们认为这是一个可怕的馊主意。公众责问道,假如车子制导失灵,向车道边缘直冲而去,会造成什么后果呢?

总设计师对此做出了回答。众所周知,倘若自动制导失灵,制动器会自动起作用嘛,车子会在一百米之内停下,只有在最外侧车道上行驶的车子才有可能越过车道边缘。而这就要求制导器、传感器连同制动器全都一起失灵,其可能性是二十年一遇。

说到这里倒还好,但是后来总工程师补充了几句话。他或许没打算公开发表,也可能是在半开玩笑。他继而说:万一真的发生这样的事故,车子越快掉下桥去越好,但愿车子不要东闯西撞损坏他美丽的大桥。

不消说,大桥最终建成时,外车道装了钢索遮护网。就拉贾辛哈所知,至今还没有人玩高空跳水潜入地中海。但摩根似乎是活腻了,非要在亚卡加拉山上以自己的肉身作为地球引力的祭品。如果不是这样,你很难对他的行为做出解释。

他在干什么呢? 只见他跪在大象宝座旁边,拿着一个长方形小盒子——形状和大小像一本旧式的书。拉贾辛哈看不出这位工程师摆弄那个盒子到底在干啥。它可能是某种分析仪,但他想不通摩根为什么会对亚卡加拉山的地质结构有兴趣。

他打算在这里建造什么吧? 当然,那是不可能获准的,拉贾辛哈无法想象在这么一个地方能建造什么想得到的景点。不管怎么说,从工程师前天晚上的反应来看,拉贾辛哈确信,摩根到塔普罗巴尼来之前压根儿没听说过亚卡加拉山。

拉贾辛哈一向引以为豪的是,即便遇到最惊人或最意料不到的局面,他也能控制住自己。不料,这时他竟然被吓得情不自禁地大叫一声。万尼瓦尔·摩根漫不经心地倒退几步,从悬崖峭壁上跌落,径直坠向了空荡荡的虚空。

6. 艺术家

"把波斯人带来。"卡利达萨喘过气来立即说道。从湿壁画那儿爬山返回"大象宝座"没有危险，因为陡峭石壁上的阶梯两侧已经筑墙围了起来。但爬山总是很累人的，卡利达萨思忖着，靠自己的体力走完这段路，他还能坚持几年呢？他满可以叫奴隶抬着他走，但这么做有损国王的尊严。更让他无法容忍的是，抬他的人竟然可以跟他一样举目观看那一百位女神和一百位同样秀丽的女侍，那些都是他在天庭的侍从。

当然，无论白天黑夜，眼下都有卫兵站立在梯道的入口处，把守着从王宫通向卡利达萨私有天国的唯一通道。经过十年辛劳，他的梦想实现了。不管山顶上那些嫉妒的僧侣唱什么反调，反正他终于成为神了。

菲尔达兹已经在塔普罗巴尼的骄阳下生活了几年，但他的皮肤仍然像罗马人一般白皙。今天，当他在国王面前鞠躬时，他的脸色看上去比平时还要苍白。卡利达萨若有所思地打量着他，继而露出难得的嘉许笑容。

"你干得很出色，波斯人。"他说，"世上还有比你更出色的艺术家吗？"

菲尔达兹内心的骄傲显然与戒心抗争了一番,然后他迟疑不决地回答:

"据我所知,没有,陛下。"

"我赏给你的报酬够丰厚吧?"

"我心满意足。"

卡利达萨想,这个回答并不属实。菲尔达兹总是没完没了地要钱,要助手,要昂贵的材料——只能从遥远的外邦买到的材料。但艺术家就是艺术家,他们不可能通晓经济,也不知道建造王宫及其周围配套设施的巨额开支已经掏空了王室的金库。

"你在这里的工作完成了,有什么愿望吗?"

"但求陛下恩准,让我返回伊斯法罕,好让我与我的同胞重逢。"

卡利达萨早就料到他会这样回答的,他为自己必须做出的决定深感遗憾。在通往波斯的漫长道路上还有许许多多统治者,他们不会让这位亚卡加拉的艺术大师从他们贪婪的掌心里溜过去。西边峭壁上的女神必须是吾家独有、世上无双、永远不受挑战。

"这可不是那么简单的事。"国王直截了当地说。菲尔达兹一听,脸色更加苍白了,肩膀也耷拉下来。国王用不着对任何事情做出解释,然而眼下是一位自封的艺术家在与另一位艺术家谈话,"你帮助我变成了神。这个消息已经传遍诸国。假如你离开我的庇护,必有他人向你提出同样的请求。"

艺术家沉默了一阵子,耳边只有风的低吟,它一路吹拂,碰到魔岩这个意外的障碍,难免不会发出哀鸣。菲尔达兹开口时,声音很低,卡利达萨勉强才听得见,"这么说,不允许我走吗?"

"你可以走,还可以带上够你今后一辈子享用的财富。但有一个条件,你不得为其他任何君主效力。"

"我愿意做出这个承诺。"菲尔达兹迫不及待地回答,急切程度简直有失体统。

"我已经无法再相信艺术家的话了,"卡利达萨伤心地摇摇头,"尤其是他们不再受我权力管辖的时候。因此,我只好想个办法保证你的承诺能够得以履行。"

令卡利达萨惊讶的是,菲尔达兹不再显得那么彷徨失措,仿佛他已经做出重大决定,终于定下心来。

"我明白。"他说着,把身子挺得笔直。然后从容不迫地转过身,背对国王,仿佛国王主宰一切的威严已不复存在,然后睁大双目直视着太阳。

卡利达萨知道,太阳是波斯人的神,菲尔达兹的低语一定是用波斯语在做祈祷。这算不了什么,有些人还会祭拜恶神呢!可是,画家凝视着辉耀夺目的光轮的神情,仿佛那便是他命中注定最后一次看到的东西……

国王明白得太迟了。

"抓住他!"卡利达萨失声叫道。

卫士迅速冲上前去,但是太晚了。这时,菲尔达兹的眼睛必定已经什么都看不见了,但他的行动准确无误。他跨出三步,跳过了堞墙。他无声无息地划出一条长长的曲线跳向他花了多年心血打造的游乐园,当亚卡加拉的建筑师跌落到他杰作的地基上时,没有一丝回声传上来。

卡利达萨悲伤了好几天。但最终,这位波斯人寄往伊斯法罕的最后一封信被拦截下来,国王读了之后转悲为怒。原来,有人提醒过菲尔达兹,说工作做完之时,他将被弄瞎。这是可恶的谎言,国王却始终查不出是谁传出了这个谣言。不少人在审问的时候,还没有证明自己的无辜便被折磨致死。

波斯人竟然会相信这么一个谎言,令卡利达萨大为伤心。其实,波斯人早就应该知道,国王也是艺术家,决不会剥夺另一位艺术家天赐的视力。

卡利达萨不是残酷无情、忘恩负义的人。他本来准备让菲尔达兹载满金子——至少也是银子——带着奴仆上路,好让他们照料他的余生。他不必再使用双手工作,便可以过上无忧无虑的日子了。

7. "神王"的宫殿

万尼瓦尔·摩根没睡好,这很不寻常。他一向引以为豪的就是自己的洞察力。倘若夜不能寐的话,他想知道原因何在。

他望着拂晓前初照的亮光映在饭店客房的天花板上,听着异乡银铃般的鸟鸣,开始慢慢整理思绪。如果没有未雨绸缪的本事,他就绝不可能成为地球建设公司的高级工程师。虽然谁都免不了受到机会和命运的困扰,但他已经采取了一切明智的手段来保护自己的职业生涯——尤其是保护自己的名声。他尽了一切努力,保证自己的未来万无一失,即便他猝然死去,计算机记忆库里的程序也会在他身后实现他的夙愿。

直到昨天,他才听人说起亚卡加拉山。几个星期以前,他大脑中的逻辑推理无情地迫使他来到这个岛上时,他对塔普罗巴尼还只是模模糊糊略有耳闻。现在他本该走了,但他的使命还没有开始。他不介意自己的日程被稍微打乱,真正让他心烦意乱的,是他觉得自己受到了神秘力量的推动。这是一种敬畏感,他对之产生了熟悉的共鸣,他小时候便有过这种体验。当时,他在基里比利公园的花岗岩独石柱旁放飞了那个断线风筝——独石柱是很久以前毁坏的悉尼港大桥的桥墩。

山一样的桥塔对他的童年产生了决定性影响,改变了他的命运。或许他命中注定要当一名工程师,但出生地这个偶然因素,让他一开始成了桥梁建筑师。他是从摩洛哥走向西班牙的第一人,脚下是地中海的怒涛——在那一刻,他做梦也没想到前面还有更惊人的挑战。

若能完成眼前的任务,他将成为未来几个世纪里全人类的象征。

他的心力、体力和意志力承受着巨大的压力,他没有时间用于悠闲的消遣。他被另一个建筑工程师的成就迷住了,此公已死两千年,属于迥异的文化。再说,卡利达萨建设亚卡加拉有何目的呢?这位国王可能是个怪物,但他的性格里蕴含着一种力量,拨动了摩根内心深处的一根弦。太阳将在三十分钟以后升起,跟拉贾辛哈大使一起用早餐之前还有两个小时。这段时间足够了——他可能找不到其他机会了。

摩根从不浪费时间。不用一分钟,宽松长裤和运动衫就穿好了,但仔细检查鞋子所花的时间要长得多。他已经有好几年没像样地爬过山了,但总会随身带着一双轻便结实的靴子。干他这一行,往往会觉得离不开靴子。他关上客房的门,突然心生一念。他在走廊里犹豫不决地站了一阵子,接着露出笑容,耸了耸肩膀。反正没有害处,谁也不知道……

摩根又一次进入客房,打开手提箱,拿出一个扁平的小盒子,其大小形状跟袖珍计算器差不多。他检查了里面的电池,试了手动超驰控制装置,然后把它别在结实的合成纤维腰带的钢制搭扣上。

这下他完全准备停当了,可以进入卡利达萨鬼影憧憧的王国,面对任何一种妖魔鬼怪。

太阳升起来了,照在背上暖洋洋的,摩根穿过厚实的防御土墙上的一个豁口——土墙是要塞的外围防御工事。他面前出现了宽阔的护城河静滞的河水,向左右笔直延伸出半公里,河上有一座狭窄的石桥。

一小群天鹅穿过睡莲,满怀希望地向他游来,当它们看清他没有食物可以施舍时,便竖起羽毛四散而去。过了桥,他遇到另一堵较矮的墙,他登上矮墙的一段狭窄阶梯,游乐园便展现在他面前,另一边耸立着魔岩的峭壁。

游乐园中心线上的一个个喷泉以轻柔的节拍一起时升时降,仿佛一齐缓慢地呼吸着。四下里不见一个人影,亚卡加拉的整个广阔地盘归他独享。这座要塞人迹罕至,即便从卡利达萨之死到19世纪被考古学家重新发现的一千七百年间,在它被丛林湮没的时候,也未必会比现在更加空旷寂寥。

摩根沿着那一排喷泉走去,感觉到水花飘落在他的皮肤上。途中他停下脚步观赏雕刻精美的石砌沟槽——显然是真品——水顺着沟槽排出。他纳闷的是,昔日的水利工程师是怎样提高水位以驱动喷泉的?他们的工程能形成多大的压力差?这些凌空而起的喷泉,对于第一次亲眼目睹的人来说,一定是令人惊叹不已的奇观。

前面是一段陡峭的花岗岩阶梯,梯级窄得叫人难受,简直容不下摩根的靴子。他想不通,难道建造这个不寻常去处的人脚都这么小吗?是不是建筑师独具匠心,让不友善的来访者知难而退?山坡倾斜六十度,阶梯好像是专供侏儒用的,士兵想要冲上去会特别难。

再往前是一个小平台,然后另有一段又陡又窄的台阶,摩根最终来到一条缓慢上升的长廊,那是在巨岩下部侧面开凿而成的。眼下他高出周围平原五十几米,视线却完全被一堵抹着平整的黄色灰泥的墙挡住了。头顶上岩石突出,他仿佛走在隧道里,仰首只能看见一线狭窄的蓝天。

墙上的灰泥看起来是崭新的,一点儿也没有破损,令人无法相信这是砖瓦匠们早在两千年前的杰作。然而,像镜子一样闪亮的墙面上却到处伤痕累累,布满游客刻写的诗文,其中大多是祈求永生不死。这些文字很少是用摩根看得懂的字母刻写的,而他注意到的最晚日期是1931年,可想而知,此后考古处出面干预,制止了这种破坏文物的行为。墙上刻画的字大多是用流畅匀称的塔普罗巴尼文写成,摩根从前一天晚上的演出联想到,墙上刻写的文字有许多是诗作,日期可以追溯到公元2世纪至3世纪。在卡利达萨死后的一小段时间里,这可恶国王的传奇故事还在流传,亚卡加拉遂成为旅游胜地,首次展现出自己的魅力。

摩根在石头长廊的半路上遇到一部小电梯,电梯直通头顶二十米处著名的湿壁画,眼下门还锁着。他探出头去看壁画,却被游客观景梯厢的站台挡住了。观景梯厢像一个金属鸟窝,紧贴在巨岩外倾的峭壁上。拉贾辛哈告诉过他,有些游客瞥一眼壁画的位置就会头晕目眩,决定只看照片过过瘾算了。

这时,摩根第一次领略到亚卡加拉山最大的难解之谜。不是说这些湿壁画是怎样画出来的——用毛竹搭个脚手架就解决了——而是为什么要画它们。一旦壁画完成,谁也无法站在适当的角度观看它们。从正下方的长廊看上去,因透视关系它们都有很严重的变形——而从巨岩脚下看去,它们又会变成细小得无法辨认的一块块色斑。正如有人指出的,这些壁画或许纯粹只有宗教含义,或巫术上的意义——如同在几乎无法进入的洞穴深处发现的石器时代绘画一样。

要看湿壁画,必须等到管理员前来打开电梯的锁。现在嘛,反正还有许多别的东西可以参观。他只爬完了通向山顶的三分之一路程,长廊紧贴着巨岩的峭壁,仍在渐渐升高。

抹着黄色灰泥的高墙让位给一堵低矮的防御土墙,摩根又一次看见四周的原野风光了。整个广阔的游乐园在他脚下展现出来,他不仅第一次领略到了游乐园的宏大,而且鉴赏到了它们精巧的布局,以及护城河和外围防御土墙是如何把游乐园与外面的森林隔绝开来的。

没人知道卡利达萨在位时这里种的是什么树木花草,但人工湖、水渠、道路和喷泉的布局仍然跟他当初留下的一模一样。

摩根俯瞰着飞舞的喷泉,突然想起前一天晚上演出时的一段解说词。

"从塔普罗巴尼到天堂只有四十里格①,在这儿可以听得见天堂喷泉的声音。"

他在心中默默品味着"天堂喷泉"这个词语。卡利达萨是不是要在地球上创建一个适合诸神享用的乐园,以便确立自己的神权?假如真是这样的话,难怪僧人们会骂他亵渎神明,诅咒他所做的一切。

盘绕巨岩整个西边峭壁的长廊终于到了尽头,末端又是一段陡然上升的阶梯——只不过这里的梯级要宽大得多。王宫仍然高高在上,阶梯顶端是一大片平顶高地,显然是人工开辟而成的。这里就是巨大的石雕雄狮的遗址,那头狮子一度曾威震四方,让见到它的每个人都胆战心惊。如今,拱身蹲伏的雄狮只残

---

①旧时长度单位,约为3英里或5公里。

存着断裂的前爪,爪子本身就有半人高。

别的什么也没留下,唯有另一段花岗岩阶梯向上穿过一堆堆废石,它们一定是雄狮头部的碎片。尽管成了一片砾石,看上去还是会觉得毛骨悚然——谁敢接近国王的最高堡垒,首先必须穿过这头雄狮张开的血盆大口。

要攀登最后这陡峭(略有倒悬)的悬崖,必须爬上一段段铁梯,铁梯两旁设有护栏,好让胆小的游客放心攀登。有人提醒过摩根,这里真正的危险不是惧高眩晕,而是一群群大黄蜂。它们占据着巨岩上的小洞穴,平常很温和,但游客若是吵吵闹闹,惊动了它们,往往会招来杀身之祸。

两千年前,亚卡加拉山北面筑满了围墙和防御工事,这给塔普罗巴尼的斯芬克斯配上了相称的背景。围墙后面原先必有阶梯直达山顶,但由于时间的磨损、风雨的侵蚀以及人为的报复性破坏,如今一切都荡然无存了。只剩下那块光秃秃的巨岩,上面留有无数水平槽沟和狭窄的壁架,它们一度支撑起如今不复存在的砖石建筑的底座。

突然间,攀登结束了。摩根发现自己站在一座凌空飘浮的小岛上,脚下两百米处是广阔的森林和田野,四面八方一马平川,唯有南方的中央山脉拔地而起,遮断了地平线。他完全与世隔绝,天地间唯有他至高无上。他曾经伫立在云端,叉开双腿同时站在欧洲和非洲之上,此后他便再也没有过这种居高临下的狂喜时刻。

这里确实是"神王"的居所,四周是他那宫殿的废墟。

眼前可以看到迷宫般纵横交错的残垣断壁(充其量只有齐腰高)、一堆堆风化的砖瓦以及一条条用花岗岩铺设的道路,这一切覆盖了整个魔岩平顶高地,直至悬崖陡峭的边缘。摩根还发现了深深凿在坚硬磐石里的一个大坑,估计是个蓄水池。只要粮草不绝,一小撮意志坚定的士兵便可以永远把守住这个地方。不过,即便国王有心要把亚卡加拉山建成要塞,它的防御工事也从来没有经受过战争的考验。卡利达萨跟他弟弟最后一次灾难性的会面发生在外围防御土墙以外很远的地方。

摩根几乎忘记了时间,在一度矗立于巨岩之巅的王宫的底座之间漫游。根据眼前所能看到的残存建筑,摩根尽力追寻着建筑师的思路。这里为什么要建一条通道?——这一截断了的阶梯是不是通向上面一层楼?——假如这个棺材形石坑是个浴缸的话,水是怎样供给的,又是怎样排出的呢?他想得出了神,全然不知太阳已高挂在万里晴空,天气越来越热了。

山脚下,翠绿的原野苏醒过来,显出盎然生机。一群小型机器人拖拉机形似鲜艳的甲虫,正向稻田开去。奇特的是,一头伶俐的大象正把一辆翻倒的公共汽车推回路上,车子显然是拐弯时速度太快冲出路面的,摩根甚至能听见骑象人刺耳的吆喝声,他正坐在大象硕大的耳朵后面。一大群游客像行军蚁[①]一样,从亚卡加拉旅馆的方向蜂拥而来,鱼贯穿过游乐园,看来他再也不能独享这清静之乐了。

实际上,他已经完成了对遗址废墟的考察——对于感兴趣的人来说,满可以花费毕生时间作详尽的调查研究——但他此刻更想歇息一会儿,于是便坐在二百米高的陡坡边缘一条精雕细刻的花岗岩石凳上,眺望蓝天。

摩根放眼扫视远处绵亘的群山,山体仍然部分笼罩在朝阳

[①]膜翅目蚁科昆虫,产于热带美洲,体长3~43毫米。不筑巢,过游荡生活,大群列队行进,沿途猎食昆虫和其他无脊椎动物。蚁后产卵时,蚁群会休整几天,迁移时带着幼虫。

尚未驱散的蓝色烟霾中。他漫不经心地观察着,突然意识到他原以为属于云景一部分的阴影压根儿不是他心中所想的玩意儿。那是薄雾缭绕的火山锥,不是风带雾气形成的飘忽不定的云团。但它无疑是完全对称的,鹤立鸡群般雄踞在较低的山峦之上。

当他认出那座圣山时,震惊得忘了世间万物,心中只有稀奇感和近乎迷信的敬畏感。他没想到从亚卡加拉可以这么清楚地看到圣山。圣山就在那里,慢慢地从黑夜的阴影中显露出来,准备迎接新的一天。

如果他得手的话,他将创造一个新的未来。

他了解圣山的所有外廓尺寸和所有地质情况,他已经通过全息照相绘制了该山的地图,并利用卫星对它进行过扫描。但第一次亲眼目睹这座山,他才突然产生出一种真实感,在此之前,一切都是揣测,有时甚至连揣测都说不上。在黎明前短暂的灰暗时刻,摩根不止一次从噩梦中醒来。在梦中,他的整个工程成了某种荒谬的幻想,不仅没有给他带来名望,反倒让他变成了全世界的笑柄。他的几个同行对手曾给终极大桥起过一个绰号,叫"摩根傻帽儿桥",他们会怎样称呼他眼下的梦想呢?但是,人为的障碍从来不能使他却步。大自然才是他真正的对手,这个友好的敌人永不欺诈,一向愿与他公平竞赛,却从不会放过他的一丁点儿疏忽和遗漏。现在对他来说,大自然的所有力量都体现在这座遥远的蓝色火山锥上。虽然他对这座山了如指掌,如今却必须亲临其境考察一番。

如同卡利达萨常常站在这个地方所做的一样,摩根也在这里眺望着肥沃的绿野,估量着面临的挑战,考虑着行动计划。

在卡利达萨看来,斯里坎达山既代表僧侣的权力,又代表着神明的权力,二者合谋与他为敌。现在神明不见了,但僧侣还在。他们是某种力量的代言人,摩根不理解其中奥秘,但他会抱着尊重的态度谨慎对待它。

到下山的时候了,他不应该再次迟到。他从坐着的石凳上站起来,一个困扰了他好久的念头终于明晰起来。这是一张装饰极其华丽的石凳,下面用一对精雕细刻的石象支撑着,就安放在悬崖的边缘……

摩根从来就抵挡不住这样一种心智的挑战。于是他探出身,望着下面的深渊,又一次试图以自己身为工程师的大脑去理解死去已两千年的建筑师的思路。

8. 马尔加拉

当马尔加拉王子最后一次凝望着共同度过童年的兄弟时,连他最亲密的战友也无法辨别他脸上的神情是悲是喜。战场安静下来了,在药物或利剑的作用下,即便是伤员们痛楚的呻吟也止息了。

过了好长一阵子,王子才转过身来,面对站在他旁边的黄袍长老,"你给他加过冕,尊敬的菩提达摩。现在你可以再为他主持一次仪式,务必使他得到国王的荣耀。"

这位高僧一时没有回答。过了一会儿,他低声答道:"他毁过我们的寺庙,驱散过僧人。假如他也敬神的话,那他敬的也是湿婆罗。"

马尔加拉龇牙露出狰狞的笑容,马哈纳亚凯在有生之年注定要频频领略这种狞笑的含意——

"尊敬的长老,"王子咬牙切齿地说,"他是帕拉瓦纳大帝的长子,坐过塔普罗巴尼的宝座,他干的坏事随他死去。遗体火化以后,你务必把他的遗骸妥善安葬——假如你还想踏上斯里坎达圣山的话。"

马哈纳亚凯法师像往常一样微微躬了躬身,"悉听尊便。"

"还有一件事。"马尔加拉对他的部下说,"卡利达萨喷泉的名声甚至传扬到了印度斯坦,我们在那里的时候都听到了。动身去拉纳普拉之前,我们要去看一次……"

卡利达萨的遗体安放在曾经带给他无穷欢乐的游乐园中心,火葬柴堆的浓烟滚滚升起,直上无云的天空,驱散了从四面八方聚集而来的食肉猛禽。虽然童年的回忆萦绕心头,但马尔加拉感到自己解了恨,他望着胜利的象征袅袅上升,它向全国宣告,新的时代开始了。

喷泉仿佛在继续进行抗争,欲与焚尸火焰一比高低。它冲天而起,然后洒落,粉碎了水池平静的水面。然而,过了一阵子,在火焰完全焚化尸体之前,蓄水池渐渐枯竭了,泉水洒落在湿漉漉的废墟上。当这些喷泉在卡利达萨的游乐园里再一次升起之时,罗马帝国早已消亡,伊斯兰军队早已横扫了非洲,哥白尼早就把地球赶出了宇宙中心的宝座,美国的独立宣言早就签署,人类早就在月球上漫步了……

马尔加拉耐心等待着,直到火葬柴堆化为灰烬,最后爆发出一阵转瞬即逝的火花。当最后的烟气飘到亚卡加拉高耸的峭壁上时,他举目久久凝望着山巅的宫殿。

"人不应该与天神争高低。"他最后说,"把它夷为平地。"

9. 看不见的线

"你差点吓得我心脏病发作。"拉贾辛哈一边倒早餐咖啡,一边用责怪的口气说,"起初我以为你有什么反重力装置呢——但连我也知道,那是不可能的。你是怎么搞的?"

"抱歉。"摩根微笑着说,"早知道你在看我的话,我就会提醒你了——我一时心血来潮,事先压根儿没考虑过。我只是想爬一爬巨岩,但后来被那条石凳撩动了好奇心。我纳闷它干吗放置在悬崖边缘,于是开始探究起来。"

"其实并没有什么了不起的秘密。以前某个时候,在深渊上面曾经悬空搭起过一个木板脚手架。从峰顶到壁画那里有梯道相通。在壁画上至今仍留有凿出的沟痕。"

"我发现了。"摩根略带懊丧地说,"这就是说,已经有人勘察过它。"

拉贾辛哈思忖着,那是二百五十年前的事了。那个疯狂而精力充沛的英国人阿诺德·莱思布里奇,塔普罗巴尼的第一任考古队长,也让自己坠落到巨岩峭壁下面,跟摩根做的一样。哦,不完全一样……

摩根拿出了那个使他完成惊人之举的金属盒子。盒子外面只有几个按钮,另有一个小小的显示板,整个盒子看上去活脱脱就是某种简便的通信装置。

"就是这个。"他得意洋洋地说,"既然你看见我垂直行走了一百米,你一定看穿了它是怎样工作的。"

"凭常识我得出过答案,但即便我那个高级望远镜也证实不了。我可以发誓,绝对没有任何东西悬吊着你。"

"这不是我有心要做的表演,但一定给人留下了深刻印象。我来个推销示范吧——请用一根指头钩住这个环。"

拉贾辛哈犹豫了一下。摩根拿着一个小小的金属套环——约有正常结婚戒指的两倍大——它好像通了电似的。

"会让我触电吗?"他不放心地问。

"不会让你触电——但也许会让你大吃一惊。试试看,把它拉过去。"

拉贾辛哈战战兢兢地钩住金属环——险些儿把它弄掉了。因为它好像是活的,它使劲向着摩根——或者说是向着这位工程师手里拿着的盒子冲去。盒子发出轻微的呜呜声,拉贾辛哈觉得手指被某种神秘的力拉向前。是磁力吧？他思忖着。当然不是,没有任何一种磁体能以这种方式起作用。他俩正在进行一场再简单不过的拔河比赛,用的却是一条看不见的绳子。

拉贾辛哈瞪大眼睛使劲瞧,但压根儿看不出有什么纱线或金属丝连接着他用手指钩住的环和摩根手里的盒子,摩根正像垂钓的人收紧钓鱼线那样摆弄着盒子。拉贾辛哈伸出另一只手,想探一探他们之间显然空无一物的空间,但那位工程师迅速把他的手打了回去。

"抱歉!"他说,"谁都想这样试一试。但你可能会被严重割伤的。"

47

"这么说来,你确实是有一条看不见的金属丝啰?真有两下子嘛——可是除了在社交场合玩玩噱头,它能派什么用场呢?"

摩根露出爽朗的笑容,"我不能责怪你得出这个结论,人们通常都会有这种反应。但你的想法大错特错了。你看不见,是因为它只有几微米粗细,比蜘蛛丝还要细得多。"

拉贾辛哈想,一个用得过滥的形容词在这里倒是完全合适,"真是——不可思议。这是什么玩意儿呢?"

"这是二百年来固态物理学的尖端成果。它是一种假单基连续金刚石晶体,实际上不是纯碳物质,里面含有定量配制的几种微量元素。这种产品只能在轨道工厂里批量生产,因为那儿没有重力干扰晶体的生长过程①。"

"妙极了。"拉贾辛哈低声说,几乎是在自言自语。他轻轻拉了拉套在手指上的环,测试到拉力还在,证明他没有产生幻觉。

"我能想象,这玩意儿可能有各种各样的技术用途。比如用它切割奶酪……"

摩根哈哈大笑,"一个人可以用它锯倒一棵树,只需两三分钟。但它操作起来需要慎重——甚至可以说很危险。我们必须设计专用配量器,便于绕线和放线——我们把它叫作'细丝收放器'。你眼前这个是电动操作的,供演示用。它可以轻易吊起两百公斤重量,我经常会发现它的新用途。今天就是它救了我一命,这已经不是它第一次建功立业了。"

拉贾辛哈恋恋不舍地从环中收回手指。环掉落下去,往复摆动起来,看不出有什么东西吊着它。但当摩根按下一个按钮,细丝收放器立刻把环收卷回去,发出轻微的呜呜声。

"摩根博士,你千里迢迢到这儿来,当然不只是为了让我领

---

①晶体的生长过程即结晶过程。

略这个最新的科学奇迹——虽然我确实钦佩之至。我要知道这一切跟我有什么关系。"

"关系重大,大使先生。"工程师回答时,突然变得跟主人一样认真、正经,"你想得很对,这种材料将有广阔的应用前景,而眼下我们只能预见到它的部分用途——其中一个,不论是祸是福,都将使你这个平静的小岛变成世界的中心。不——不仅是世界中心,还将是整个太阳系的中心。多亏这种看不见的线,塔普罗巴尼将成为人类登上太阳系各个行星的垫脚石。或许有一天,它还将成为我们迈向系外星球的跳板。"

10. 终极大桥

保罗和玛克辛都是拉贾辛哈的莫逆之交，然而据他所知，他这两位朋友还没有相互见过面，甚至没有过通信联系。这种情况多少有些怪异。在塔普罗巴尼以外，确实没人听说过萨拉特教授的大名，但是整个太阳系无论在电视上还是在无线电广播里，人们总能立刻认出玛克辛·杜瓦尔的音容笑貌。

这两位客人斜靠在图书室舒适的躺椅里，拉贾辛哈则坐在别墅的主控制台前。他们同时注视着第四个人，那人站立着，一动也不动。

太呆板了！倘若有个旧时代的来客，对当代日常的电子奇迹一无所知，他看了几秒钟以后，可能会认定自己面对的是一个精致入微的蜡制人体模型。然而，更留心观察的话，他会发现两个奇特的事实——这个"人体模型"全身透明，它的双脚在紧靠地毯的地方有些模糊不清。

"你们认识这个人吗？"拉贾辛哈问。

"素昧平生。"萨拉特应声回答说，"他准是一个重要人物，不然你不会硬把我从马哈兰巴拽过来。我们正要打开圣骨室呢。"

"撒哈拉大沙漠萨拉丁湖①上的快艇比赛刚刚开始,我就不得不撇下自己的船。"玛克辛·杜瓦尔说道,她那著名的女低音略含愠怒,足以使人感到难堪。她不像萨拉特教授那样知情知趣,会给人留点儿面子,"我当然认识他。怎么着?他要在塔普罗巴尼和印度斯坦之间架设一座桥梁吗?"

拉贾辛哈呵呵笑了,"没必要——两个世纪以来,我们已经有一条完全顶用的隧道了。很抱歉把你们二位拽到这里来。玛克辛,二十年来你一直允诺要来呢。"

"不错。"她叹了一口气,"我在演播室里待得太久了,有时竟会忘记外面还有一个现实世界,那里有五千个亲朋好友和五千万个老相识。"

"你把摩根博士归入哪一类呢?"

"我见过他——哦,大约三四次。大桥竣工的时候,我们做过一次特约采访。他是一个令人肃然起敬的人物。"

拉贾辛哈思忖着,这话出自玛克辛·杜瓦尔之口,确实是难得的赞颂之词。三十多年来,她也许是这一行中最受尊敬的一员,而且已经赢得了所能得到的一切荣誉。普利策奖、《环球时代》奖、戴维·弗罗斯特奖——这些都不在话下。她甚至化名沃尔特·克朗凯特,在哥伦比亚大学当了两年电子新闻学教授,直到最近才重操旧业。

这一切使她变得成熟稳健,但并没有减少她的锐气。她已经不再是狂热的女权主义者了,她曾经说:"既然女人更善于生孩子,那么可想而知,造化必然会赋予男人某种才能以弥补其不足。遗憾的是,我暂时还想不出那是什么才能。"不过呢,尽管有

---

①作者虚构的湖泊,暗示人类在22世纪已经完成了对干旱的撒哈拉大沙漠的改造。

了改变,她最近还是在一次电视专题小组讨论会上大声插话,搞得主持人狼狈不堪:"我是女记者——不是他妈的记者。"

没人怀疑过她的女性气质,那是不容置疑的。她结过四次婚,她对电视现场摄像人员的苛刻选择名闻遐迩。她的现场摄像师不论是男是女,全都年轻力壮,能扛着重达二十公斤的摄像器材迅速跑动。她还要求现场摄像人员必须阳刚之气十足,并且十分英俊健美。在她的同行里,广泛流传着一个笑话,说她的现场摄像人员都是公羊[①]。这种俏皮话倒是没有恶意,因为最厉害的对手也十分欣赏玛克辛,其欣赏程度不亚于对她的妒忌。

"妨碍你参加比赛,很抱歉。"拉贾辛哈说,"但我注意到,虽然你没参加,但'马琳三'号还是轻易取胜了。我想你会承认,这里的事更为重要……还是让摩根自己来讲吧。"

他松开放映机的暂停键,那个静滞的立体影像立即活了过来。

"我叫万尼瓦尔·摩根。我是地球建设公司陆地部的总工程师。我最近完成的一项工程是直布罗陀大桥。现在我要谈谈另一项工程,它的目标更伟大,是前者无法比拟的。"

拉贾辛哈往房间四下瞥了一眼。如他所料,摩根把这两人都吸引住了。

他往后靠在椅背上,准备聚精会神地听摩根讲讲自己已经熟悉但仍觉得难以置信的工程方案。他暗自思忖,人们很快就接受了传统的放映手法,忽视了俯仰和水平控制技巧产生的相当大的误差。甚至当摩根"活动起来"——不是离开原位而是形象严重失真的时候,也没有破坏画面的真实感。

[①] 在英语中,"现场摄像人员"(REM)和"公羊"(RAM)谐音。而且"公羊"作为俚语,含有"色鬼"、"骚男人"的意思。

"人类进入太空时代将近两百年了。在大半时间里,人类文明完全依赖眼下绕地球运行的大批卫星。全球通讯、气象预报和控制、陆地和海洋资源开发、邮政和情报业务——万一这些领域的太空运行系统发生什么不测,人类就会重新陷入一个黑暗时代。在由此产生的混乱中,疾病和饥饿将毁灭很大一部分人类。

"既然人类在火星、水星和月球上都有了自给自足的殖民地,并且正在开发小行星带不计其数的财富,我们可以说,真正的星际交往已经开始了。征服天空实际上只是征服太空的一段前奏,尽管时间比乐观主义者预言的稍迟了一点。

"然而,眼下人类面临着一个根本性问题,那是摆在未来一切发展道路上的障碍。经过几代人的研究,火箭已经成为历来发明的最可靠的推进工具……"

("他是否考虑过自行车?"萨拉特嘟囔着说。)

"……但是太空飞船的总体效率依然不高。更糟的是,它们对环境的影响令人震惊。尽管我们想尽了一切办法来控制进出大气层的空中走廊,但发射和重返大气层的噪声却仍然搅得千百万人不得安生。排入上层大气的废气引发的气候变化,可能导致非常严重的后果。大家都记得20年代因紫外线骤增引发的皮肤癌危机,还有人们为修复臭氧层使用的化学品导致的巨额开支。

"然而,假如我们预测一下本世纪末交通运输的发展,我们会发现,地球至空间轨道的运输吨位必将增加百分之五十左右。使用火箭来实现这个目标,不可能不给我们的生活方式乃至我们的生存造成无法忍受的威胁。

"火箭工程师对此束手无策,他们的能力差不多已经达到了极限,这是物理学定律决定的。

"出路在哪里呢?几个世纪以来,人们梦想着反引力或其他更夸张的办法,但时至今日,没有人能证明这些玩意儿是可行的,它们仅仅是幻想而已。然而,就在第一颗卫星上天的那十年期间,一位大胆的俄罗斯工程师构想出了一个终将淘汰火箭的新系统。但直到多年以前,才有人认真考虑过尤里·阿尔楚丹诺夫的理论。两个世纪以后,人类的技术才发展到与他的设想相匹配的水准……"

每次拉贾辛哈重放录像,他都觉得,摩根的影像在这一时刻变成了一个活生生的人。道理很简单,眼下他谈的是本行,而不是转述陌生领域的专门知识。尽管拉贾辛哈听了之后仍有种种保留和担心,但他也情不自禁地受到对方科学热忱的感染。在当代,难得有谁还能用这种品格来冲击他的人生。

"漫步在晴朗的夜空之下,"摩根接着说,"你会看到我们时代不足为奇的奇迹——既不升也不落、一动不动地固定在天上的星星。我们和我们的父辈,还有我们父辈的父辈,长期以来把同步卫星和空间站看作理所当然的事,它们在赤道上空以与地球自转相同的速度运行着,始终悬挂在同一点上。

"阿尔楚丹诺夫问自己的问题反映出真正的天才所具有的童稚光辉。仅仅聪明而无天才的人永远想不到那样的问题——即便想到了也会当作悖论而弃之唯恐不及:

"既然天体力学定律可以使一个物体固定停留在天上,那为什么不可以在固定的物体上把一条缆绳放到地球表面,从而建立一个联结地球和太空的梯运系统呢?

"这个理论本身没有任何毛病,只是实施起来太难了。计算结果表明,现有材料的强度都不够,质量最好的钢丝也无法连通地球至同步轨道之间三万六千公里的距离,因为在远未达到这一长度之前,它就会在自重负载下断裂开来。

"然而,即便最好的钢的强度与物质强度的理论极限也相差了十万八千里。过去在实验室里以极小规模研制出某些材料,具有比优质钢大得多的强度。如果那种材料能批量生产,那么阿尔楚丹诺夫的梦想就可以变为现实,太空经济运输将得以实现。

"在20世纪末,高强度材料——超级纤维——在实验室里问世。但它造价极其高昂,比同等重量的黄金还要高出许多倍。要建造能承运地球全部外运业载①的系统,需要千百万吨这种材料。所以,梦想仍然是梦想。

"但在几个月以前,形势发生了变化。眼下,深层太空里的工厂实际上可以生产出无限量的超级纤维。我们终于可以建造出太空梯——或者说轨道塔了。我比较喜欢叫它轨道塔,因为从某种意义上说,它确实是塔,拔地而起,穿过大气层,但又远远高于大气层……"

摩根的图像淡出,像一个幽灵突然消失。取代他的是一个足球般大小、慢慢转动着的地球。在它上方一臂之远,有一颗闪亮的明星,它就是地球同步卫星所在位置的标志,它始终固定在赤道同一点的上方。

两条细微的光线从明星上延伸出去,一条直下地球;另一条通往反方向,进入太空。

"建造桥梁的时候,"摩根的画外音继续道,"人们总是从两端开始,到中央合龙。而建造轨道塔时,情况恰恰相反。你必须根据缜密的计划,自同步卫星向上向下同时建造。这样做的目

---

①也称"商载",文中是指地球对外运输业务的商业载荷。

的是要使结构的重心始终保持在静止点上。如果不这样,构筑物将改变轨道,开始慢慢绕地球飘移。"

向下延伸的光线到达了地面,与此同时,向外延伸的光线也停止不动了。

"总高度至少为四万公里——最下面的一百公里穿过大气层,那可能是最关键的一段,因为在大气层里,轨道塔可能会受到飓风的影响,必须牢牢固定在地球上才能使之稳定下来。

"到了那个时候,人类在历史上将第一次真正拥有一条通天的阶梯——通向星球的桥梁。这是一个简便的梯运系统,运用廉价的电力驱动便可取代喧嚣而昂贵的火箭。此后,火箭只用于深层太空的运输业务。接下来向你展示的是轨道塔一个可能的设计方案——"

转动的地球图像消失了,镜头急转直下,对准轨道塔,显示出其内部结构的横断面。

"你可以看到,它由完全相同的四条管道组成——两条用于上行运输,两条用于下行。你可以把它们看作一条四线的垂直地铁或铁路,从地球通向同步轨道。

"运载旅客、货物、燃料的密封舱将沿着管道上下运行,时速达几百公里。设在各区间的核聚变发电站将提供所需的全部电能。由于百分之九十的电能可以回收,运送每个旅客的成本只不过几美元而已。这是因为,当密封舱往地球方向降落时,它们的电动机将起到磁力制动器的作用,会产生出电流。它们不像重新进入大气层的宇宙飞船,浪费全部能量使大气变热并产生声震,这些能量将被系统回收。可以这么说,下行列车会为上行列车供电,因此,即便是最保守的估计,太空梯的效率也将比任何火箭高出一百倍。

"实际上,轨道塔可以营运的业载量是无限的,因为可以根据实际需要增设管道。假如时代发展到每天有一百万人想造访地球或者离开地球,轨道塔也对付得了。不管怎么说,世界上大城市的地铁一度也运送过那么多人嘛……"

拉贾辛哈轻轻按下一个按钮,打断了摩根的话。

"下面的内容技术性很强——他接着会说明如何利用轨道塔作为宇宙吊链,把业载迅速送到月球和太阳系的行星上,压根儿不需要火箭的动力。我想你们已经看到了核心内容,足以得出总体印象了。"

"我的脑子有点儿发懵了。"萨拉特教授说,"说到底——这一切跟我有什么关系呢?跟你又有什么相干呢?"

"到时候跟你可就大有关系啰,保罗。请问有何高见,玛克辛?"

"或许我会原谅你——这可能会成为近十年甚至本世纪的奇闻趣事之一。可干吗要迫不及待地把我们请来呢,更不用说搞得这么神秘兮兮了?"

"我自己也没完全搞清楚状况,你正好可以帮我开开窍。我猜摩根正在几条战线上同时开战。他准备在不久以后发布一则通告,但他不想在没有十足把握的情况下采取行动。他送给我这份录像材料,条件是不得通过大众电视线路传播出去。我只好把你们请到这里来。"

"他知道我们这次会面吗?"

"当然知道——玛克辛,我说要跟你谈谈,他可高兴得很呢。他显然很信任你,希望你能助一臂之力。至于你,保罗,我向他保证,在被憋得中风以前,你可以保密长达一星期。"

"可以,只要有个十足像样的理由。"

"我看出一点儿名堂了。"玛克辛·杜瓦尔说,"有几件事一直让我大惑不解,但现在端倪显露出来了。首先,这是一项太空工程,但摩根是陆地部总工程师。"

"那又怎样呢?"

"你还问呢,约翰!一旦火箭设计师和航空航天工业部门听到这个消息,会掀起怎样的明争暗斗?!只要摩根稍有不慎,人家就会对他说:'非常感谢你——现在工程就由我们来承办了。认识你真荣幸。'"

"这点我能理解,但他完全可以为自己辩护。说到底,轨道塔是建筑物,不是飞船。"

"只要律师觉得不是,它就不是建筑物。在这世界上,还没有哪座建筑物的顶层会以每秒十公里的速度运动呢。"

"言之有理。顺便说一下,一想到通往月球的一大段旅程要经过轨道塔,我就头昏脑涨,摩根博士说:'那你就别把它看成是直上直下的塔,干脆看作一座向外延伸的桥吧。'我竭力让脑筋转个弯,可还是不见效。"

"啊哈!"玛克辛·杜瓦尔突然叫道,"说到桥,还有一件让你头昏脑涨的事!"

"什么意思?"

"你可知道,地球建设公司的总裁,那个好出风头的蠢驴参议员科林斯,曾想用自己的名字给直布罗陀大桥命名吗?"

"不知道。但这说明了好几件事。我个人对科林斯挺有好感的——我们见过几次面,我觉得他很有人缘,人也聪明。他年轻时不是也搞过一流的地热工程吗?"

"那都是一千年前的事了。你对他的名声没有任何威胁,所以他可以对你坦诚相见。"

"直布罗陀大桥是怎样免遭那个厄运的?"

"地球建设公司的高级工程人员闹了一场小小的'宫廷政变'。不消说,摩根博士没有直接卷入。"

"难怪他对眼下这事严加保密! 我对他越来越肃然起敬了。他可碰到一个无法绕开的障碍了。我只是几天以前才发现的,但这个障碍已经把他的前进道路给死死堵住了。"

"让我再猜猜。"玛克辛说,"猜测是一种很好的办法,有助于我的先知先觉。我明白他干吗到这里来了。轨道塔系统的地球一端必须建在赤道上,否则它不可能垂直,就像倾斜之前的比萨塔。"

"我……"萨拉特教授一边含含糊糊地说,一边上下挥动着双臂,"哦,当然啦……"他的声音越来越低,最后陷入沉思。

"我说呀,"玛克辛接着说,"赤道上适合的选址寥寥无几——赤道沿线大多是海洋吧?——塔普罗巴尼显然是有希望的选址之一。不过我不明白,这个地点比起非洲或南美洲有什么特别的优点? 摩根是不是在巡视所有可能的地方?"

"我亲爱的玛克辛,你的推理能力像往常一样非凡之至。你的思路是对的,但仅凭你的知识,恐怕再也无法进行下去了。摩根煞费苦心向我解释了这个问题,可我不敢肯定自己是不是听懂了所有的科学细节。不管怎么说,调查结果表明,非洲和南美洲并不适于建造太空梯,这与地球引力场的不稳定有关,而只有塔普罗巴尼才行——更糟的是,全塔普罗巴尼也只有一个地点合适。正因为如此,保罗,这件事只好有劳你的大驾啰。"

"玛玛达?"萨拉特教授惊讶之至,用塔普罗巴尼语叫道。

"是的,你。摩根博士刚刚发现,他唯一可用的选址——说得婉转一点儿——已经被占领了。这让他懊恼之极。他要我出个点子,让你的好朋友巴迪搬搬家。"

这一回轮到玛克辛摸不着头脑了,"谁?"她问。

萨拉特应声回答:"尊敬的阿南达蒂萨·菩提达摩·马哈纳亚凯法师,斯里坎达寺庙的现任住持。"他拖长声音说道,仿佛在吟诵一串祷文,"这么说,闹了半天就为这事。"

他沉默片刻。接着,在塔普罗巴尼大学荣誉退休考古学教授保罗·萨拉特的脸上,浮现出一副幸灾乐祸的喜色。

"我总想知道,"他痴痴迷迷地说,"当无法抗拒的力量同不可逾越的障碍相遇时,究竟会发生什么样的情况。"

11. 沉默的王妃

客人走后,拉贾辛哈独自浮想联翩,他给图书室的窗户消过磁后,坐下来久久凝望着窗外别墅周围的树木和远处亚卡加拉山高耸的岩壁。他一动不动,直到时钟敲响四点整,午后茶点送来了,这才从白日梦中惊醒过来。

"拉妮,"他说,"叫德拉温德拉把我的厚鞋子拿来——假如他找得到的话。我要上巨岩去。"

拉妮假装大吃一惊,把托盘掉落到地上。

"哎哟,马哈塔亚!"她假装痛心地哀叫着说,"你疯了吧?别忘了麦克弗森医生是怎么对你说的……"

"那个苏格兰江湖骗子总是从反面看我的心电图。不管怎么说,亲爱的,如果离开你和德拉温德拉,我还有什么意思呢?"

不完全是在逗趣,他立刻为自己自哀自怜的情绪感到羞耻。拉妮觉察到了他的这种情绪,眼里噙着泪水。

她转过身去,以免被他发现她的感情流露。她用英语说:"是我自己提出要留下的……"

"我知道,我不敢指望你留下来。无论你自己拿不拿学位,要当院长夫人的话,你什么时候开始上大学,为时都不会太早的。"

拉妮露出了笑容,"我见过一些院长夫人,太可怕了,我不敢说自己欢迎那样的命运。"她改用塔普罗巴尼语,"你不是真心要到巨岩上去吧?"

"完全真心实意。不消说,我不到山顶上——只到湿壁画那儿。我已经五年没去看望它们了。如果再不去的话……"没必要把这句话说完。

拉妮默默地看了他一阵子,认定多费口舌也没有用。

"我去告诉德拉温德拉,"她说,"把贾亚也叫来——以防他们不得不把你抬回家。"

"很好——不过我相信德拉温德拉一人就对付得了。"

拉妮对他嫣然一笑,其中交织着骄傲和愉悦。他深情地思忖着,这对夫妻是他在摇彩中抽到的最幸运的一签,他希望他们在两年社会服务中感到快乐。在当今这个时代,私人仆佣是最稀罕的奢侈享受,只奖给功绩显赫的人。拉贾辛哈知道,没有一个平民可以像他这样拥有三个仆佣。

为了省力,他骑一辆太阳能三轮车穿过游乐园,德拉温德拉和贾亚却坚持步行,说走路快些(他们说得对,因为步行可以抄近路)。他慢慢攀登,几次停下来歇口气,这才到达下部通道的长走廊,在那里,石壁的走向与巨岩表面互相平行。

在好奇游客的注视下,来自非洲某国的一个年轻女考古学家借助一盏斜照的强光灯,正在寻觅石壁上题刻的铭文。拉贾辛哈想提醒她,新发现的可能性实际上等于零。保罗·萨拉特花费二十年功夫搜寻了岩石表面的每一平方毫米,三卷《亚卡加拉题壁》乃是空前绝后的学术巨著,再也没有人像他那样善于辨读古代塔普罗巴尼语的铭文了。

保罗刚开始从事他毕生工作的时候,他俩都很年轻。拉贾辛哈记得自己就站在这个地方,当时考古处的副助理碑铭研究家保罗已经描出黄色灰泥上几乎无法辨认的字迹,并且翻译了献给上方岩壁美女的诗作。这么多个世纪过去了,诗句仍能在世人心中引起共鸣:

> 我是蒂萨,现任卫队队长。
> 跋涉五十里格,来看鹿眼女郎,
> 她们却不愿与我交谈。
> 这算不算善心柔肠?

> 愿诸位女郎在此驻足千年,
> 如众神之王画在月亮上的玉兔。
> 我是长老马欣达,
> 来自图帕拉马寺院。

这些希望部分实现,部分落空了。岩壁上的女郎已经在这里伫立了高僧所想象的两倍光阴,幸存到他做梦也梦不到的时代。但是,她们幸存下来的太少了!一些铭文提到"五百金肤少女",即便考虑到诗歌过分的夸张,免遭岁月破坏和人类物理伤害的湿壁画原作也不足十分之一。但依然留下的二十位女郎现在得以永保平安了,她们的倩影已被储存在无数影片、磁带和晶体片里。

不消说,她们比一个狂傲的铭文作者长寿,此人认为完全没有必要写明自己的名字:

> 我喝令道路通畅，
> 让香客能看见，
> 伫立山腰的美丽姑娘。
> 我是国王。

多年以来，拉贾辛哈常常想起这几行诗句——他本人就有王室的姓氏，无疑拥有许多王族的血统。诗句淋漓尽致地表明，权力如过眼烟云，雄心纯属徒然。"我是国王。"嚄，了不起，请问你是哪一位国王呢？一千八百年前，站在这些尚未磨损的花岗岩石板上的那位君主也许是一个能干且有才智的人，但他没有想到，自己终将被岁月深深埋没，像他最卑贱的臣民那样，在这世上连名字也没有留下。

该诗出自哪个国王之手，已经无从查证。至少有十多个国王可能刻下那几行桀骜不驯的诗句，其中有些在位几年，有些仅仅几个星期，最终没有几个能在病榻上安然死去。谁也不知道，那个觉得没必要题写姓名的国王到底是马哈蒂萨二世，还是巴蒂卡巴亚，还是维贾亚库马拉三世，还是加贾巴胡卡加马尼，还是坎达穆卡西瓦，还是莫加拉纳一世，还是基蒂塞纳，还是西里萨姆加博迪……或是连塔普罗巴尼漫长而错综复杂的历史记载中都没有着落的某位君主。

开小电梯的管理员见到贵客，惊讶不已，于是恭恭敬敬地向拉贾辛哈致意。梯厢慢慢升上十五米最高处，拉贾辛哈记得他一度不屑于乘坐电梯而去攀登螺旋形阶梯，正如现在的德拉温德拉和贾亚，凭着充沛的青春活力，轻松地跳上阶梯。

电梯"咔嗒"一声停下，他踏上了一个从悬崖峭壁伸出的钢板小站台。脚下和背后是一百米深的空谷，但结实的钢丝网足以保证绝对安全。即便铁了心想自杀的人也逃不出这个金属笼子,它可以容纳十二个人。

在这里,巨岩表面有一个浅洞穴,国王天庭里幸存的女郎就住在这天造地设的凹陷处,免受风吹日晒和雨淋。拉贾辛哈默默地向她们致意,然后欣慰地坐在官方导游拿来的椅子上。

"我想独自待十分钟。"他轻声说,"贾亚、德拉温德拉,试试看,你们能不能到前面去把游客拦住。"

两位陪同人员狐疑地望着他,导游也是如此——因为他不可以离开,撂下湿壁画无人看管。可是拉贾辛哈大使像往常一样我行我素,执意要他们出去。

"阿弥陀佛。"当他们终于走后,他向沉默的女郎问好,"很抱歉,冷落你们多时了。"

他彬彬有礼等待回答,可惜她们对他不理不睬,就像两千年来对待她们的任何崇拜者一样。拉贾辛哈没有泄气,对她们的冷漠他可是司空见惯了。而且,冷漠越发增添了她们的魅力。

"我有个问题,诸位亲爱的。"他继续道,"打从卡利达萨时代以来,你们目睹了塔普罗巴尼的一拨拨入侵者来来去去。你们看见丛林像潮水一般涌来,包围了亚卡加拉,又在斧头和犁铧面前退缩回去。但是这么多年过去了,从长远上看一切依旧,其实没有发生真正的变化。造化对小小的塔普罗巴尼一向宽大为怀,历史也富有同情心……

"如今,多少世纪的平静可能就要结束了。咱们这片土地可能成为世界的中心——许多世界的中心。你们长年累月注视的南方那座大山可能成为开启宇宙之门的钥匙。假如出现这种情况的话,咱们熟知并热爱的塔普罗巴尼将不复存在。

"我已经老了,能做的事可能不多,但我有力量,可以施以援手,也可加以阻挠。我有许多朋友,倘若愿意,我可以把这个美梦或者噩梦至少推迟到我过世以后才实现。我应该这样做吗?或者,我是否应该助这人一臂之力,无论他抱着什么动机?"

他回首望着自己最心爱的女郎——当他凝眸注视的时候,唯有她不回避他的目光。其他所有少女,要么眺望着远方,要么欣赏着手中的花,但他从青年时期就情有独钟的那一位,从某个角度看去,好像正在跟他四目相对。

"啊,卡鲁娜!问你这样一些问题是不公平的,对天外的世界,你能知道多少呢?对于人类踏上那些世界的必要性,你又能了解什么呢?即便你一度当过女神,可卡利达萨的天国已经破灭了。得啦,无论你能看见什么奇异的未来,它们都没有我的份儿。咱们认识很久了——这是按照我的时间标准来衡量的。只要我办得到,我今后也将从别墅里观看你,但是我想,咱们是不会再聚首了。再见了——谢谢你们,美人们,感谢你们多年以来带给我的无穷喜乐。请代我问候在我后面来的人。"

拉贾辛哈下山没乘电梯,当他走下螺旋形阶梯的时候,压根儿没有离别的惆怅情怀。相反,他觉得自己似乎一下子年轻了好几岁(七十二岁毕竟算不上真正老了)。瞧德拉温德拉和贾亚脸上那副喜色,他看得出他们注意到他轻快的步伐了。

或许他退休的日子渐渐变得有些枯燥乏味了,或许他和塔普罗巴尼都需要一股新鲜空气来涤除陈腐的观念,就像季风扫荡数月阴郁而死气沉沉的天空,给大地带来复苏的生命一样。

无论摩根是否得手,他的工程都足以点燃想象之火,激励人们的心灵。卡利达萨在天有灵的话,他会妒忌,也会赞许的。

第二部 寺 庙

各种不同宗教相互争论哪一种宗教拥有真理,在我们看来,宗教的真理可以不予理会……假如有人试图在人类进化方面给宗教留有一席之地的话,那么宗教教育作为一种持久的获得性①,类似文明人从童年到成熟期所必须经受的神经官能症,恐怕起不到多大作用。

——弗洛伊德,《精神分析引论新编》(1932)

神确实是人按照自己的形象创造的,但除此之外有别的途径吗?好比我们研究地球以外,除非还能研究其他世界,否则我们不可能真正懂得地质学;同理,令人信服的神学有待于人与外星神明接触以后才能产生。只要我们研究的仅仅是人类的宗教,就不可能有比较宗教学这样的学科。

——比较宗教学教授哈吉·穆罕默德·本·萨利姆,授课绪论(布里格姆·扬大学,1998)

我们不无焦虑地等待着下列问题的答案——1.宗教上对无亲、双亲、多亲家庭各是什么看法? 2.宗教信仰是否只存在于有机体形成阶段与直系祖先有密切关系的生物体之中? 假如我们

---

①生物体在生长过程中因受环境因素影响而获得的结构或功能的改变。在原生动物和细菌中,某些诱发的改变可以遗传。在较高级的生物中,获得性不能遗传,例如将连续数百代老鼠的尾巴切除,最终产出的老鼠照样有尾巴。

发现，宗教仅仅存在于有智能的类人猿、海豚、象、狗等动物当中，不存在于计算机、白蚁、鱼类、龟和群集变形虫之中的话，我们可能不得不得出某些痛苦的结论……或许爱和宗教都只能出现在哺乳动物之间，病理学的研究也说明了这一点。对宗教狂和性变态之间的联系持怀疑态度的人应该好好看看赫胥黎的《伦敦的魔鬼》。

(布里格姆·扬大学，1998)

查尔斯·威利斯博士有一句臭名昭著的话，即"宗教是营养不良附带产生的结果"(夏威夷，1970)，这句话本身不见得比格雷戈里·贝特森那带有几分粗俗的反驳更有用。威利斯博士的意思显然是：1.自愿或非自愿的饥饿造成的幻觉都可以解释为宗教幻象；2.今生的饥饿引发了本能求生心理，加深了对死后生活得到补偿的信仰……

……对所谓意识扩张药物的研究使人们发现了人脑里自然产生的"回复性"化学物质，这真是命运开的一个大玩笑。据发现，只要按2:4:7比例服用一剂适量的"邻位-对位-神"塞敏，任何宗教最虔诚的信徒都可能改信任何其他宗教，这也许是宗教所受到的最沉重的打击。

不消说，这是星际滑翔器到来之前的事……

——R.加博尔，《宗教的药理学基础》

(米斯卡顿大学出版社，2069)

12. 星际滑翔器

这种事人类期待了一百年,期间经历过多次虚惊。然而,当事情终于发生时,却还是闹了个措手不及。

来自半人马座阿尔法方向的无线电信号功率过于强大,所以刚刚探测到它的时候,人们还以为是来自普通商业线路的干扰。这件事让全世界的射电天文学家尴尬得无地自容,几十年来,他们一直在寻觅来自太空的智能信息,却在很久以前把半人马座阿尔法、贝塔和比邻星组成的三合系统从认真考虑的范围里排除出去了。

南半球的全部射电望远镜立即投入运行,几个小时之内,全世界都知道了一个更令人惊愕的消息——信号压根儿不是来自半人马座,而是来自跟它相距半度的某个点,而且这个点正在移动。

这是最初显露的端倪,其真相如何还不得而知。但当这一事实被证实以后,人类一切日常事务全都停顿下来了。

信号的强大功率不再令人吃惊,因为信号源本身已经深入太阳系,并且正以每秒六百公里的速度朝太阳运动。人类如此盼望又如此害怕的天外来客终于到来了……

但是,整整一个月,来自宇宙的客人却无所作为,只在飞过带外行星时播送了一连串始终如一的脉冲,无非是表明"我在这里!"它无意回答发给它的信号,也不调整像彗星一样的固有轨道。它原本的速度一定比现在快得多,否则它从半人马座航行到太阳系需要花费两千年。这种情况让有些人稍稍感到放心,因为它证明天外来客只是自动控制的太空探测器;而另外一些人则由于没有机会看到这场"演出"的最高潮——有生命的外星人出场——而大失所望。

闯入者到底是什么玩意儿?它们来此有何贵干?人类所有通信媒介和所有政府议会都为此争论不休,众说纷纭,莫衷一是。

科幻小说历来用过的情节,从大慈大悲的神明降临到吸血魔鬼的入侵,全都被一一挖掘出来。伦敦的劳埃德保险公司因此发了大财,民众投保的目的在于预防各种不测的未来——虽然其中某些未来一旦出现,投保人恐怕想捞也捞不到一个便士的赔款。

此后,当外星来客穿过木星轨道时,人类的仪器开始探明它的一些情况。第一个发现引发了一段短暂的恐慌。那个物体的直径竟然高达五百公里,如同一个小月亮。或许它是一个四处巡回的世界,运载着一支侵略军……

但是,更精确的观察表明,闯入者的本体直径只有几米,人们的恐惧随之消失了。它周围五百公里的晕状光环是人们十分熟悉的玩意儿——缓慢旋转着的轻薄型抛物面反射器,与天文学家的轨道射电望远镜别无二致。可想而知,那是来访者用于与遥远基地联系的天线。

无疑,它还在通过这种天线发回情报,把它察看太阳系以及窃听人类所有电台、电视和数据广播的种种发现发回自己遥远的家乡。

此后又传来一则意想不到的消息。那个跟小行星一般大小的天线对准的不是半人马座方向,而是完全不同的另一处天空。看来半人马座三星系统只是滑翔器的上一个中继站,而不是它的始发地。

天文学家们为了解读它冥思苦想,终于碰到了天大的好运气。火星另一面的一个太阳探测器在例行巡查中突然戛然无声,一分钟后才重新发回无线电信号。检查录音时发现,该仪器因为遭到强烈辐射,曾暂时陷于瘫痪状态,因为它垂直穿过了星际滑翔器的波束——这么一来,要精确计算出宇宙来客的射线发射方向就很简单了。

在那个方向上,五十二光年之内空无一物,唯有一颗非常暗淡,可想而知也是非常古老的红色矮星,它是那种燃烧得极其缓慢的小太阳,在银河系的灿烂巨星熄灭以后,这些小太阳还将平平静静地发光几十亿年呢。没有一个射电望远镜曾密切观察过它,但是眼下,大凡腾得出来的射电望远镜,全都对准了那颗红色小矮星。

它就在那儿,以一厘米波段发射出精确调谐的信号。滑翔器制造者仍然在与几千年前发射的滑翔器保持着密切联系,这个星际滑翔器眼下正在接收的那些信息,必定都来自半个世纪以前。

最终,来访者进入火星轨道之内,用人类想象得到的最绝妙又最明显的一招表明它首次发现了人类——它开始发射标准的

3075行电视图像,用流利但欠自然的英语和汉语普通话穿插播送电视解说词。第一次宇宙对话开始了——时延①不像人类历来想象的有几十年,而是只有几分钟。

---

①这里指的是,在地球与外星的对话过程中,一方发出信号之后等待对方答复的时间。例如人类从地球发射信号给20光年之遥的智能生物,必须等待40年后才有可能得到答复。

13. 拂晓时的影子

当摩根走出贵族宅邸式的拉纳普拉大饭店时,时间是凌晨四点,夜空晴朗无云。他并不乐意在这个时刻动身,可是萨拉特教授已经把一切安排妥当,并一再保证,早起的种种不便一定会得到圆满的补偿。

"不到斯里坎达山顶看一看黎明的景色,您就无从认识此山的真面目。"他说,"另外,佛爷——也就是马哈法师,在别的时间里都不会客。他认为,这是摆脱那些好奇但无诚心的游客的最好方法。"

那位塔普罗巴尼司机是一个令人生畏的饶舌者,仿佛故意跟人过不去似的,一刻不停地说这问那——他显然存心想摸摸乘客的底细。尽管招人厌恶,可他却又显得十分憨厚,让人很难发火。

摩根真心希望在车子飞也似的急转弯时,他的司机别再絮叨而是多加小心。当汽车费力地向山上爬去时,无数的深渊和悬崖从身旁闪过……这条路乃是19世纪军事工程的一项杰出成果,修建于最后的殖民大国与内陆倔强的山民最后一次作战时期。但这条路一直没有改建为自动化运营公路,摩根好几次怀疑自己还能不能保住一条命。

他早已忘却了早起失眠的恼怒。

"请看,这就是斯里坎达山!"当他们绕过面前的丘陵时,司机自豪地宣布。

斯里坎达山还沉浸在黑暗中,没有半点黎明即将到来的迹象。只有一条弯弯曲曲升向星空、仿佛奇迹般悬在空中的狭窄光带,隐约地向人们宣告——斯里坎达山在这里!摩根知道,那不过是两百年前安装的路灯,用于引导朝圣者和游客们攀登世界上最长的梯道,可在他看来,这条同理性和重力作用相对立的光带,似乎成了他密藏在心中的梦想的化身。在摩根出生之前的许多个世纪里,人们在他无法理解的理想感召之下,早已开始了他如今期盼着完成的伟业。而这,就是他们所筑起的、通向星际之路的最初几级阶梯……

摩根不再感到困倦。他望着那条光带逐渐靠近,逐渐分崩离析,成为一串闪烁不定的夜明珠项链。山峰黑沉沉的三角形轮廓在天幕上已隐约可见。它无声无息地耸立着,给人一种凶神恶煞、阴森恐怖的感觉,仿佛这确实是天神们的住处,而这些天神已经洞悉了摩根的来意,正鼓起全部力量与他作对。

当汽车抵达缆车站时,摩根把心里升起的这些阴郁的幻想全都抛诸脑后。他惊讶地发现,虽然时间只是凌晨五点,可小小的候车室里已经聚集了不下一百人。为消磨时间,摩根特意要了两杯咖啡——一杯给自己,一杯给那位饶舌的司机。谢天谢地,司机没有兴趣登上山顶。

"我已经上去过二十次了,"他用一种过分夸张的厌烦口气宣称,"您下山以前,我还是在车里美美地睡一觉吧。"

摩根买了一张缆车票,估摸着能赶上第三或第四趟车。他庆幸自己听了萨拉特的劝告,口袋里塞了一条电热斗篷。这里海拔高度只有两千米,可气温已经很低了。要是再往上行进三千多米,到了顶峰,还会冷得多。

当没精打采又昏昏欲睡的人们排成横队开始走动时,摩根诧异地发现,只有他一个人没带照相机。虔诚的朝圣者们都在哪儿呢?他心想,不过,他们确实不该来这儿。无论进入天国,达到涅槃,还是通向信仰者所追求的任何理想境界,捷径都是没有的。积德只靠行善苦修,而不应该依靠机器,这是一种有趣的教义,包含着许多真理。但也有一些事唯有机器才能搞定。

他终于在缆车上找到一个座位,狭窄的车厢随即在缆索摩擦的刺耳声中启动。摩根心里又一次涌起那种怪异的期待感,仿佛他是在步着前人的后尘行进。他所设想的太空梯的起重能力要比这个大约建于20世纪的原始缆车系统强大一万倍。但归根到底,它们的作用原理却是相同的。

缆车摇摇晃晃地在黑暗中移动着,被路灯照亮的梯道不时进入人们的视野。梯道上杳无人迹,三千年来千辛万苦攀登顶峰的朝圣者仿佛已经绝迹了似的。但摩根随即想到:那些徒步前去迎接朝霞的人们,恐怕已远远地走到他们前面,赶赴与黎明的约会去了。

到达海拔四千米高度时,缆车停住了,乘客们下车后步行到另一个缆车站换车。

摩根很高兴他的斗篷派上了大用场,他用这件布满电路的纺织物紧紧裹住身体。脚踩在霜冻上,发出咯吱声响,稀薄的空气使人感到呼吸困难。他看见小车站的架子上摆着一排排氧气瓶,显眼处张贴着使用说明,他对此一点也不觉得稀奇。

他们开始升上最后一段上坡路,预示白日即将来临的熹微晨光终于显现在天际。群星的光辉依然在东方闪耀——星星中最明亮的是金星。但随着黎明的到来,高空中突然闪现出被朝霞染红的薄薄的透明云层。摩根焦急地看了看表,不知道自己能不能按时到达。

看来还有三十分钟才会破晓,他不禁松了口气。

一位乘客指了指下面越来越陡峭、不见尽头的山坡,顺着指向,人们看到了山坡上蜿蜒曲折的宏伟梯道。现在,梯道上已不再是杳无人迹。几十名男女信徒,正缓慢地、如同梦游般沿着无尽的梯级费力地向上攀登。随着每一分钟的流逝,可以看到越来越多的人。他们在路上走了多久呢?整整一个晚上?或许更长!因为许多香客已是老人,没有能力在一天之内登上这个高度。摩根完全没有料到,世界上居然还会有这么多的虔诚信徒。

很快,他看到了第一个和尚——一位身穿橙黄色佛袍的高个子,迈着从容不迫的步子,目光向前直视,毫不理会在他的光头上空慢慢移动的缆车。他对大自然的威力似乎也同样毫不在意,因为他的右臂和右肩完全袒露在凛冽的寒风之中。

缆车减速进站,等冻得全身僵硬的乘客们都下了车,便向着回程驶去。摩根与二三百人一起挤在圣山西侧凿出的一个半圆形阶梯式小看台里,紧张地凝望着外面的黑暗天地。然而,除了那条由灯光织成、蜿蜒直下深渊的狭窄光带以外,人们暂时还什么也看不到。那些深夜的行路者们正在努力攀登最后一段梯道——信仰战胜了疲劳。

摩根又看了一次表,还有十分钟。他此前从未见到过这么多人相聚在一起静默无言。现在,准备抢镜头的游客和虔诚的香客们被一种共同的希望联结到了一起。

从山顶上,从那仍然隐没在头顶一百米高处黑暗中的寺庙里，传来了一阵悠扬的钟声，霎时之间，宏伟梯道上的路灯全部熄灭了。站在那里迎接黎明的人们可以看到微弱的曙光照亮了远处下方的云层。可是，层峦叠嶂的群山依然遮挡着朝霞。

然而朝阳从侧翼迂回，攻破了黑夜最后的堡垒，随着每一秒钟的流逝，斯里坎达山的山坡越来越清晰而明亮地呈现在人们的眼前。耐心等待的人群发出一阵充满敬畏感的嗡嗡声。

一瞬间，仿佛一切都凝固了，随即，阴影突然出现，投射在塔普罗巴尼一半的土地上，呈现出完全对称、轮廓分明的暗蓝色三角形。圣山没有辜负自己的崇拜者——云海中出现了斯里坎达山美名远扬的身影。至于它所象征的意义，尽可由每一位朝圣者按照自己的意愿去详细推敲……

阴影呈现出完美的直线条，让人们产生了实体的错觉——仿佛它是倒卧的金字塔，而非光和影的游戏之作。随着它四周的亮度不断增强，最初几道直射的阳光从山坡后面迸发出来，影子显得越发浓重而深沉。然而，透过轻纱般的薄云——昙花一现的阴影映照在它们上面——摩根可以依稀辨认出苏醒大地上的湖泊、山丘和森林。

朝阳在群山之上冉冉升起，轻雾般的三角形的顶端，向着摩根疾驰而来，他却没有觉察出这种运动。时间仿佛已经停滞，他一生中难得有几次像现在这样忘记了正在逝去的时间。永恒时间的阴影投射在他的心灵中，如同山影映照在黎明的云雾之上。

影子迅速消失了，黑暗也像染料溶入水中那样消散在天空中。苍穹之下，梦幻般若隐若现的原野风光渐渐变得明朗起来。在山与地平线之间，太阳照在一座建筑物的东面窗户上，反射出耀眼的亮光。在遥远得多的地方，如果眼力无误的话，那一片依然模糊而阴暗的区域准是茫茫大海。

塔普罗巴尼新的一天到来了。

人群慢慢地散开了。一部分人回到缆车站,另一些余兴未尽的游客则由于误以为下山比上山容易(这是常有的谬见),纷纷向着梯道走去。对于他们之中的大多数人来说,能走到下面的缆车站就要谢天谢地了。没有几个人能走完下山的全程。

唯独摩根一人,在人们好奇目光的注视下踏上了通向山顶寺院的石阶。当他走到平滑的灰泥外墙时,墙壁已被太阳柔和的光辉所笼罩。他如释重负地靠在一扇沉重的木门上。

显然,有人在注视着他的行动。他还没有来得及找到门铃或别的什么可以通报来访的信号,木门就无声地开启了。一位身穿黄衣的僧侣合掌向他致意:

"阿弥陀佛,摩根博士。马哈纳亚凯法师恭候大驾。"

14. 星际滑翔器的学识

（摘自《星际滑翔器词语索引》，2071年第一版）

现在我们知道，这个通常被称为星际滑翔器的星际太空探测器是完全独立行动的——按照六万年前设置的指令。在恒星之间巡航的时候，它利用五百公里长的天线，以较慢的速度向基地发回情报，并偶尔接收从"星河之洲"发来的最新校正数据——"星河之洲"这一动人的名字是诗人卢埃林·阿普·辛鲁杜撰的字眼。

然而，当路经某一个恒星系时，它可以利用恒星的能量大大提高它的信息发送速度。它还可以"给蓄电池重新充电"——这里用的无疑是一种约略相似的说法。既然它像人类早先发射的"先驱者"号和"旅行者"号那样，可以利用天体的引力场来保证自己从一个星球飞向另一个星球，那么，除非发生了某种机械损坏而被迫终止飞行，否则它的工作寿命实际上是无限的。半人马座是它的第十一个停靠港，它像彗星一样绕过我们的太阳以后，径直飞向了十二光年以外的鲸鱼座。假如那里存在着其他的智慧生命，那么在公元8100年之后不久，它便可以进行新的对话了……

……因为星际滑翔器兼负大使和探险家的双重职责,因此,当它在持续数千年的航行中发现技术文明时,便会与当地的智能生物取得联系,并以星际交流时可能行得通的方式开始交换情报。然后,在它重新踏上无尽的航程之前,它会留下自己诞生地的坐标位置——那个世界已经等待着来自星系电话交换局最新成员的直通电话了。

就我们的情况来说,我们可以稍微引以为豪的是,即便在它发送星图之前,我们便已经确定了它的母体恒星是哪一个,甚至向它发射了我们的首批信号,只要等待一百零四年就有希望得到答复。我们的运气真是好得出奇——竟然找到了离自己这么近的邻居。

从最初几则电讯显然可以看出,星际滑翔器懂得英语和汉语的几千个基本词汇的含义,这些词义是通过分析电视、无线电台,尤其是广播视听教学节目推断出来的。但在逐渐接近我们星球的过程中,它搜集的各种资料显示出它在取材时完全没有抓住人类文明谱系的特征——电信的内容几乎没有自然科学的最新数据,现代数学方面的就更少了——它搜集到的只是一些文学作品、音乐和造型艺术。

因此,如同一切自学成才的天才人物一样,星际滑翔器在受教育方面也存在着巨大的缺陷。双方建立联系以后,依照宁多勿缺的原则,地球方面立刻向星际滑翔器"赠送"了《牛津英语大词典》、《汉语大词典》(汉语拼音版)和《世界大百科全书》。这些鸿篇巨著通过数字程序发送出去,历时仅仅五十多分钟。此后滑翔器沉默了将近四个小时——这是它在各次通讯期间历时最久的一次停歇。当联系再度展开时,它的语汇已变得极其丰富,并在百分之九十九的情况下都能轻松通过"图灵试验"①——也就是说,从收到的电信中,看不出星际滑翔器是机器还是受过高等教育的地球人。

但它偶尔也暴露出一些语病,例如错误地使用多义词,还有它的对话缺乏生动活泼的情调,但这是预料之中的事情。同地球上一些最完善的、在必要情况下能再现其创造者情绪的电子计算机不同,星际滑翔器所反映的显然是和我们完全不同的生物形态的感情和愿望,因此,其中多数自然也是人们无法理解的。

不消说,反过来也一样,它也很难理解人类的感情。星际滑翔器能准确完整地理解"直角三角形斜边的平方等于另两边的平方之和"的含义,但对济慈的下列诗句中所包含的思想意义则显得茫然不知所云——

在失掉了的仙域里引动窗扉,
一个美女望着大海险恶的浪花……

令它更加费解的是——

能否把你比作夏日璀璨?
你却比炎夏更可爱温存……

---

①英国数学家图灵在20世纪40年代末提出的一种对话试验。以一人为甲方,另一人和计算机为乙方,用物体将双方隔开,使他们互相看不见。对话时由甲方提问,乙方回答,让甲方不知道回答者是人还是机器。图灵预测这个试验将在20世纪末取得成功,人猜中回答者是人还是机器的概率将不超过70%。

诚然如此,人类希望填补星际滑翔器在教育上的空白点,又用填鸭方式接连许多个小时向它发送音乐资料,并无休止地播放歌剧,还有人和动物之间生活情景的视听材料。在这种场合下,对资料不加挑选是不行的。虽然人类对于暴力和战争的倾向已为星际滑翔器所了解(遗憾的是,要求它退回《世界大百科全书》一事提得太晚了),但向它播发的仅限于经过仔细筛选的资料。在星际滑翔器远离发射范围之前,电视联播网播送的常规节目都毫无特色,枯燥乏味之极。

在以后几个世纪里,哲学家们将会喋喋不休地辩论星际滑翔器是否真正理解了人类的事业和人类存在的问题。但在一点上,是不存在任何分歧的——它经过太阳系的一百天不可逆转地改变了人类对宇宙及其起源以及人类在宇宙中地位的认识。

当星际滑翔器离开以后,人类文明再也不可能维持原来的模式了。

15. 菩提达摩

雕刻着精细莲花图案的厚实大门"咔嗒"一声轻轻关上，摩根觉得自己进入了另一个世界。这不是他第一次踏入被强大的宗教势力尊为"净土"的禁区。他参观过巴黎圣母院、圣索菲亚教堂、圆形石林、帕特农神庙、凯尔奈克、圣保罗大教堂以及其他至少十几个大寺院和清真寺，但他把它们看作一成不变的历史遗迹、艺术和工程的光辉典范——同现代生活没有任何联系。创造并支持这一切的宗教已经渐渐湮没无闻，虽然它们中的一部分残存到了这22世纪的头几十年。

可是，时间在这里似乎是停滞的。历史的飓风从这座孤零零的宗教堡垒旁扫过，却无法将它动摇。和尚们三千年如一日，至今还在祈祷、默修、观看黎明。

摩根踏着被无数香客的脚掌磨得光滑异常的石板路穿过庭院，突然感受到一种迥异于他本性的优柔寡断之情。为了人类的进步，他准备摧毁一切障碍，即使是十分古老而又珍贵的东西。对于这些东西，他始终是无法完全理解的。

耸立在寺院墙顶的钟楼里挂着一口巨大的铜钟，它吸引了摩根的注意。他那工程师的大脑立刻估计出，这口钟的重量在五吨以上。它的年代非常古老,究竟是怎么……

带路的和尚看出他的好奇心,露出了会心的微笑。

"这口钟已经有两千年的历史。"他说,"它是暴君卡利达萨的赠礼。当时,我们是出于无奈才把它收下的。据传说,为了把这口钟搬上山,花费了十年工夫,还搭上了一百条人命。"

"逢到什么时节才会敲响这口钟呢?"摩根问道。

"因为它来历可憎,所以只在发生巨大灾难时才敲响它。我从来没有听到它响过,眼下活着的人也都没有听见过。在2017年大地震时,它曾自鸣一次。再早的一次在1522年,也就是伊比利亚侵略者烧毁舍利子塔、抢劫圣骸的时候。"

"这么说来,费了那么大的劲儿搬上山,几乎没有正式使用过啰?"

"两千年来不超过十次。那上面始终附着卡利达萨的诅咒。"

摩根不禁思忖,这只是在宗教上的笃信,实际上恐怕很难做到吧。他脑中闪过一阵亵渎的念头:有多少和尚抵挡不住诱惑,轻轻拍过那口钟,只为了听一听这种谁也没有听到过的禁音,领略一下它未知的音色……

他们走过一块庞大的圆砾石,上面有一小段台阶通向顶端的镀金亭。摩根猜测,这里便是圣山的最高峰。他知道神龛里必定供奉着什么,但那位和尚不等他提出问题,便又头头是道地开导他:

"那里有一个脚印。穆斯林一度认为是亚当的脚印,说他被逐出伊甸园之后来到了这里,印度教徒认为它非湿婆和沙门莫属,而佛教徒们当然不会怀疑这是'先知'的脚印。"

"我发现您用的都是过去时,"摩根谨慎地用不偏不倚的口气说,"现在的看法如何呢?"

"佛陀是人,跟你我一样。岩石非常坚硬,上面的脚印有两米长。"僧侣并没有正面回答摩根的问题。

这一番话似乎已经把问题彻底解决了,摩根没有再多问些什么,只是跟着对方走过一条不长的拱形走廊,来到尽头一扇敞开着的门前。僧侣敲了一下门,不等里面答话便邀请客人进入了室内。

在摩根的想象之中,马哈纳亚凯是一位在蒲团上盘膝而坐的高僧,四周香烟缭绕,侍僧围着他诵经。此刻,寒飕飕的空气中确实飘着淡淡的馨香,只不过,斯里坎达寺的住持却坐在一张摆着标准显示器和各种存储装置的普通写字桌旁。室内唯一不同寻常的物件是一个比真实尺寸稍大一点的佛陀头像,安放在屋角的底座上,闹不清它究竟是塑像还是全息图像。

尽管室内尽是一些世俗的摆设,但还不至于把寺院的长老误认为官员。除去佛教僧侣通常穿的黄色法衣之外,马哈纳亚凯法师还有两个特征,在当代实属罕见——他完全秃头,还戴着眼镜。

摩根揣想,这两项都是有意为之。秃头非常容易治好,但那亮闪闪如象牙般的圆头一定是用什么药剂除毛的。此外,除了在历史影片和戏剧里,他想象不出什么时候在现实里见过人戴眼镜。

秃头和眼镜的组合,引人注目又令人窘迫。摩根无法猜测这位马哈纳亚凯法师的年龄——从成熟的四十岁到保养得很好的八十岁,任何一个岁数都有可能。那副镜片虽然透明,但多少掩盖了它们后面的思想和感情。

"阿弥陀佛,摩根博士。"长老说道,摆手向客人示意坐到唯一的空椅子上,"这是我的秘书,尊敬的帕拉卡尔马[①]。想必您不会介意他记录我们的谈话内容吧?"

"当然不会。"

摩根向滞留在小房间里的和尚点头致意。他注意到这个较年轻的和尚留着松垂的头发和络腮大胡子。这就是说,把脑袋剃光已不再是寺院的戒律。

"这么说,摩根博士,您需要我们这座山?"马哈纳亚凯法师问道。

"不敢……长老阁下。我只需要一部分。"

"世界之大,单单要这里的寥寥几公顷土地吗?"

"这不是我们的选择,而是大自然的。太空梯的地球终端必须设在赤道上,而且要建在尽可能最高的地点,因为那儿空气密度低,风力稳定。"

"可是,在非洲和南美洲不是有更高的山吗?"

一切又得从头开始——摩根懊恼地想。根据多年经验,他知道要同外行人深入讨论如此复杂的问题几乎是不可能的,这跟对方的智力水平和关注程度毫不相干。要是地球是一个滚圆的球体,引力场没有强弱高低可言就好了……可眼下,摩根不得不耐心地进行解释:

"请相信我,我们已经详细研究了所有方案,其中包括厄瓜多尔的科托帕希火山、肯尼亚山,甚至东非的乞力马扎罗山——虽然它偏南了三度。这些地点都不错,可惜有一个致命缺陷:卫星进入静止轨道时不会精确地停留在同一地点的上空。由于引

[①]佛教神职系统的名号,如同"尊敬的菩提达摩·马哈纳亚凯法师"。"帕拉卡尔马"不是姓氏或名字。"尊敬的"是名号的一个组成部分,不是外加的形容词。

力大小的不规则性——这一点我不想细谈——它会缓慢地沿着赤道飘移。为了使我们的各个卫星和宇宙空间站保持严格的同步,只好点燃化学推进剂作些微调。当然,燃料的耗用量并不很多,可你无法保证会把一个正在飘移的几百万吨物体推回原位,尤其这还是一个长达数万公里的细梁结构。幸运的是,对于我们来说……"

"——不是我们。"马哈纳亚凯法师立场鲜明地插了一句。

"……同步轨道有两个稳定点。发射到这些点上的卫星将永远停留在那里,就好像待在无形的盆地底部一样。这两个点,一个在太平洋上空,对我们来说毫无用处。而另一个点——恰恰是在我们头顶上方。"

"可是,为什么不能稍稍偏东或偏西一点儿呢?相差几公里不会有多大影响吧?塔普罗巴尼境内还有不少山呢!"马哈纳亚凯法师毫不含糊地反问道。

"它们至少要比斯里坎达山矮一半,在那种高度上,风力是个危险要素。虽然赤道上的飓风并不多,但足以对太空梯造成威胁,尤其是在它最薄弱的点上。"

"但我们可以控制风。"

这是年轻秘书插的第一句话。摩根颇感兴趣地看了他一眼。

"在某种程度上是可以的,但我已向季风预报站请教过,他们断言,百分之百的把握是没有的。遇到飓风时,他们认为能顺利度过的可能性是百分之九十八。对于一项耗资几万亿美元的工程来说,这个数字恐怕还是小了一点儿。"

但是,帕拉卡尔马并不打算让步,"在数学中,有一个几乎已被遗忘的领域,叫作灾变理论。它可以使气象学成为一门真正精确的科学,我深信……"

"我说明一下,"马哈纳亚凯法师温和地调解道,"我这位同事在天文工作中一度颇有名气。您大概听说过乔姆·戈德堡博士的名字吧?"

摩根感到自己突然踩空了。萨拉特教授应该提醒他的!随后他想起来了,萨拉特教授确实曾闪着欣喜的目光,叫他"当心法师的私人秘书——他是个挺了不起的人物"。

摩根不知自己的脸颊是不是在发烧,但见尊敬的帕拉卡尔马,又名乔姆·戈德堡博士,正用一种显然不太友好的神情望着他。他本打算跟质朴幼稚的和尚们讲讲轨道稳定性的问题,但没准儿,马哈纳亚凯法师就这个问题所听到的情况汇报比他自己知道的还多。

至于戈德堡博士,摩根记得很清楚,全世界学者对他的看法属于两个阵营——一派人认为他肯定是疯了,另一派则并不完全相信这一点。

戈德堡曾是最有发展前途的青年天文学家之一,可是五年前,他却突然宣布:"既然星际滑翔器已经卓有成效地摧毁了所有传统宗教,我们终于可以严肃认真地研究一下神的概念了。"

此后,他便在公众的视野中消失得无影无踪。

16. 与星际滑翔器的对话

星际滑翔器飞越太阳系期间，地球问了它数千个问题，其中最急切渴望得到答案的是其他文明社会的资料。出乎意料的是，对方很乐意回答，但它承认，有关的最新资料也是一个多世纪以前收到的。

考虑到地球上单独一个物种就能产生出如此浩瀚多样的文明，那么，宇宙中的情况就可想而知了，因为在外星，任何想象得到的生物种类都有可能出现。几千小时的影像资料反映了其他行星上的生活场景——迷人的，往往是不可理喻的，有时甚至是令人毛骨悚然的景象——这使得人们对外星人存在的想法再无怀疑。

而且，星河之洲的岛民们按照他们的技术标准——也许是唯一可行的客观依据——为各种文明作了粗略的分类。人类很感兴趣地发现，自己在等级表上名列第Ⅴ。等级大致是这样划定的：Ⅰ级——石器；Ⅱ级——金属，火；Ⅲ级——书写，手工制品，船舶；Ⅳ级——蒸汽动力，基础科学；Ⅴ级——原子能，太空旅行。

六千年前，当星际滑翔器开始履行使命时，它的建造者跟人类一样仍然处于第Ⅴ级。现在他们已经上升到第Ⅵ级,其特征是可以把物质完全转化为能量,在工业范围内使所有元素发生嬗变。

"有没有第Ⅶ级呢?"人类立刻询问星际滑翔器。回答是一个简短的"肯定有"。当地球人追问详情时,探测器解释说:"我未经批准,不得向低一级文明讲述高一级文明的文化。"这样一来,尽管地球上最杰出的法学家们还提出了许多极为机敏的问题,事情也就到此结束了……

不过,到了这个时候,星际飞行器已经能够顺利地同地球上的任何一位哲学家进行学术辩论了。这很大程度上是芝加哥大学哲学系的过错。由于狂妄,他们私下里把整部《神学大全》发送出去,造成了灾难性的后果……

2069年06月02日,格林尼治时间19:34,电信1946,序列2。
星际滑翔器发至地球:

2069年06月02日格林尼治时间18:42的电信145序列3已收悉,我已应你们的请求对你们的圣托马斯·阿奎那的论点作了分析。大部分内容似乎是无意义的杂乱噪声,无信息可言,随后所附的打印输出罗列了192条谬误的推理。这些谬论均以符号逻辑表述,见于你们2069年05月29日格林尼治时间2:51发送的参考数学43。

谬误推理1……(以下75页打印输出)

电台的时间记录显示,星际滑翔器只用了不足一小时的时间就驳倒了圣托马斯。哲学家们今后将要花费几十年的工夫就这个分析争论不休,他们最终只发现了两处错误,而这两处很可能是由于对术语的误解造成的。

倘若能够知道星际滑翔器使用了百分之几的处理电路来完成这项任务的话,那将是非常有趣的。不幸的是,在探测器转化为巡航模式并中断联系之前,竟没有人想到问一问这个情况。

因为在此以前,人类收到的电信一条比一条叫人泄气。

2069年06月04日,格林尼治时间07:59,电信9056,序列2。星际滑翔器发至地球:

来电收悉,我无法分清你们的宗教仪式和体育、文化盛会上与宗教仪式如出一辙的行为有何区别。我请你们尤其要注意一下下列资料:1965年的甲壳虫乐队演出、2046年的世界杯足球决赛以及2056年约翰·塞巴斯蒂安·克隆斯的告别演出。

2069年06月05日,格林尼治时间20:38,电信4675,序列2。星际滑翔器发至地球:

关于这个问题,我上次接收的最新资料距今已有175年,但假如我正确理解了你们的意思的话,答案如下:你们所谓的那种宗教行为见于已知的15个Ⅰ级文明中的3个,28个Ⅱ级文明中的6个,14个Ⅲ级文明中的5个,10个Ⅳ级文明中的两个,以及174个Ⅴ级文明中的3个。

你们可想而知,还有许许多多Ⅴ级文明,但是因为隔着极大的天文距离,眼下能查到的只有这些。

2069年06月06日,格林尼治时间12:09,电信5897,序列2。

星际滑翔器发至地球：

你们的推断没错，三个有宗教活动的 V 级文明都是双亲繁衍的，子女大半辈子与父母兄弟同居一户。你们是怎样得出这个结论的呢？

2069 年 06 月 08 日，格林尼治时间 15:37，电信 6943，序列 2。
星际滑翔器发至地球：

你们所谓"神"的假说虽然不能仅仅靠逻辑推理轻易推翻，但这种假说是没有意义的，理由如下。

倘若你们臆断宇宙可以"解释"为所谓神的创造物，那么他显然应该属于比他的创造物更高一级的组织。这么一来，你们就把原来的问题复杂化了，而且陷入了无限循环的歧途。在你们的 14 世纪生活的奥康姆的威廉[1]曾指出，除非必要，不要增加实体。因此我不明白这种辩论干吗要继续下去。

但是，真正使许多人感到震惊的是星际滑翔器的最后一次报告。

2069 年 06 月 11 日，格林尼治时间 06:04，电信 8964，序列 2。
星际滑翔器发至地球：

---

[1] 14 世纪影响最大的英国哲学家和辩论家，曾加入方济各会，长期专注于逻辑研究，后进入牛津大学攻读神学。他提出了中古时代的"经济原则"，即："除非必要不得增加实体"，用来削除经院哲学所构想的解释实在的许多实体。由于他经常提出这一原则并用得无比犀利，这一原则后被称为"奥康姆剃刀"。

星河之洲456年前告诉我,已经发现了宇宙的起源,并说我没有合适的电路可以理解这个问题。若要取得进一步的情报,你们必须直接与它取得联系。

我正转入巡航模式,必须中断联系。再见。

许多人认为,在数千条电信中,这最后也是最著名的一条证明了星际滑翔器也具有幽默感。否则的话,它干吗要等到离去之前最后一刻才扔下这么一颗富有哲学气息的炸弹呢?然而,更大的可能性是:这份报道是一项经过周密考虑的计划中的一部分,有意要把人类纳入正确的轨道,让人类等候——可想而知——一百零四年后星河之洲发来的第一批直达电信?

有些人建议追踪星际滑翔器,不能容许它把大量的知识储备和远比地球现有水平先进得多的技术模型带出太阳系范围以外去。虽然人类现有的宇宙飞船没有一艘可以赶上星际滑翔器,而且在赶上它的极高速度之后也肯定无法返回地球,但这样的拦截装置却是不难制造的。

幸而,更明智的意见占了上风。即便是机器人宇宙探测器,也可能有高效的防御手段,足以防止敌方侵入它的本体,甚至包括在万不得已的时候自毁的能力。不过最有力的论点是,它的建造者距离地球"只有"五十二光年。在他们发射星际滑翔器以后的几千年里,他们的航天能力决不会停留在原有状态无所进展。倘若人类轻举妄动,惹怒了他们,二三百年以后,他们可能会带着怒气驾临地球……

就这样,探测器不仅在实际上对人类文化的全部领域都产生了影响,同时也结束了那些似乎是深明哲理的人们在许多世纪里充分进行的、无尽无休的宗教争论。

17. 帕拉卡尔马

摩根迅速回忆了一下自己说的话，觉得还没有太出丑。倒是马哈纳亚凯法师可能有所失策，暴露了尊敬的帕拉卡尔马的身份。当然，这不是什么特别的机密，或许他以为摩根早已知道了。

幸亏有人打断了谈话。两个年轻的侍僧进入办公室，一人托着盛有米饭、水果和薄煎饼的托盘，另一人则提着必不可少的茶壶。没有一道荤菜。经过了漫长的一夜，其实摩根很想吃两个蛋，不过他猜，蛋也在禁食之列——不，说禁食是言过其实了。萨拉特告诉过他，佛门不相信绝对的事物，不禁止任何东西，但它有一个规定得很细的宽容标准，杀生——即便残杀潜在的生命——也是受到谴责的行为。

摩根一边品尝食品——多数从来没吃过——一边询问似地看着马哈纳亚凯法师，但见对方摇了摇头。

"午前我们不进食。早晨脑子特别清醒，在这段时间里，我们不应该有任何杂念。"

摩根小口小口地吃着鲜美的木瓜，思索法师那句简单的话语所体现的哲学意义。在他看来，饥肠辘辘实在使人分心，除了想吃饭,什么正经事也顾不上。他的体质天生就很棒,从来没有试图让思想和肉体分离开来,也不明白别人干吗要这么做。

于是摩根吃着异样的早餐,马哈纳亚凯法师干他自己的事,有那么几分钟,他的手指以令人眼花缭乱的速度在控制台的键盘上舞动着。当读数显示在屏幕上的时候,摩根出于礼貌,把目光转向了别处。

他的眼睛不由自主地看向了佛像。那可能是一座真实的雕像,因为它的底座在后面墙上投下了淡淡的阴影。但即便这样也说明不了什么——就算底座是实实在在的物体,佛陀的头也有可能是细心设置并接合在底座上的全息图像。这是常见的把戏。

可这头像确实是件艺术珍品,就像《蒙娜丽莎》一样,既反映了观察者的感情,又把它自己的艺术魅力强加给观察者。乔宫多[①]夫人的眼睛是看着远方的,只是谁也不知道那双眼睛在看什么。然而佛陀的双目如同两潭深不见底的湖水,给人以"四大皆空"或"万物皆备于我"的感觉。人在里面可能丧失灵魂,也可能发现一个宇宙。

佛陀的双唇浮现出一丝微笑,比蒙娜丽莎的微笑更令人琢磨不透。那到底是微笑呢?还是光照的效果?就在这时,微笑消失了,取而代之的是一种超然的安详神态。摩根简直无法让自己的目光离开这副具有催眠魅力的面容,只是因为听到控制台上一份硬拷贝读取输出时传来熟悉的沙沙声,他才回到现实中来——假如这是现实的话……

"我想,您不会拒绝笑纳这份小小的纪念品吧?"马哈纳亚凯

[①]丽莎·乔宫多,闺名丽莎·格拉迪尼,因其夫婿托列奥那多·达·芬奇为其绘有肖像画《蒙娜丽莎》,亦被称作蒙娜丽莎。

法师说。

摩根接过递给他的那一页纸——这是一张古代手抄本的羊皮纸，不是用了几个小时注定就要扔掉的普通打印纸。纸上的字他一个也不认识，除了左下角一段不引人注目的字母数字索引以外，整个文本都用华丽的花体字写成。良久，他终于认出那是塔普罗巴尼文。

"谢谢您。"他极尽挖苦之能地说，"这是什么东西？"其实他心里完全明白。法律文件大同小异，无论用的是什么文字，或者属于哪一个年代。

"这是拉温德拉国王和寺院协议书的副本。按照你们的历法，签署于公元854年的卫舍迦节①。这份文件证实了本寺院对庙宇占用土地的永久所有权。老实说，这份文件中规定的各项条款，连外国入侵者也是承认的。"马哈纳亚凯法师意味深长地说。

"我相信它得到了喀利多尼亚人和荷兰人的承认，但没有得到伊比利亚人的承认。"

即便马哈纳亚凯法师对摩根的历史知识感到惊讶，他也丝毫不动声色，连眉头都没扬一扬，"他们无视法律和秩序，尤其在涉及其他宗教的地方。我相信，他们奉行的'拳头即权利'的哲学是不符合您的标准的。"

摩根勉强笑了笑，"当然。"他回答说。怎么办呢？他默默思忖，利益压倒一切时，道德就会退居第二位。地球上最好的法律专家，包括人和电子计算机，不久就会把心思集中到这个地方

---

①上座部佛教最重要的节日，以纪念佛陀的诞生、成道和逝世，时间在阴历卫舍迦月的满月日（望日），即阳历四五月间。东南亚许多国家以此日为法定假日，届时行法事并布施放生。

来。倘若他们此刻找不到合适的解决途径,就很可能会出现令人极不愉快的局面,那种局面可能会让他变成恶棍,而不是英雄。

"既然你提出了854年协议,让我提醒你,该协定只涉及庙宇范围以内的地产,也就是寺院围墙所明确标定的土地。"

"正确。但是围墙把整个山顶都圈围在内了。"

"你对庙宇以外的土地没有管辖权。"摩根竭力用温和的语调进行反驳。

"我们有一切产权持有者共有的权利。倘若邻居有骚扰行为,我们依法可以向各级诉讼机关提出控告。类似的先例并非没有。"长老寸步不让地答道。

"我知道,你说的是缆车系统的事。"

法师唇上掠过一丝淡淡的微笑。

"我看得出来,您来之前已经做好必要的摸底工作了。鉴于多种原因,我们当时提出过强烈的反对意见。"他停顿了一下,然后补充道,"情况曾经弄得很复杂,但把事情搞清楚以后,我们做到了和平共处。反正旅游者们爬到风景观赏台就心满意足了,而对于真正的朝圣者,我们任何时候都乐意在山顶上接待他们。"

"这么说来,或许我们之间还是可以通融的。对我们来说,差几百米高度关系不大。山顶可以丝毫不受影响,我们只要在峭壁上再凿出一处平台就行了,就像缆车站那样。"

在两个和尚长时间的逼视之下,摩根感到浑身不自在。他毫不怀疑他们非常清楚这种想法是很荒唐的,但他还是要把它提出来搪塞一下——因为这次谈话是记录在案的。

"您有一种非常奇特的幽默感,摩根博士。"马哈纳亚凯法师终于打破了沉默,"倘若那个庞然大物竖立在这里,哪里还谈得上圣山的灵气以及三千年来我们所追求的遁世幽居的境界呢?千千万万善男信女为了来到圣地,往往累垮了身体,甚至丧失性命,难道您要我们辜负他们的信仰吗?"

"我理解你们的感情,"摩根回答说(他纳闷的是,自己是否在撒谎?),"我们将尽一切可能不给你们增添麻烦。所有支撑设施都将埋设在山体里面,唯有太空梯暴露在外,而且从任何距离观察都不太明显。圣山整个外观将完全维持原样,甚至连著名的斯里坎达山影——我刚刚欣赏过——也不会受到影响。"

马哈纳亚凯法师瞧了瞧自己的秘书,那位秘书随即向摩根投去了带有敌意的目光,"那噪声的问题怎么办?"

摩根思忖着,真要命,这是我最大的难关。货载将以每小时几百公里的速度从山体里钻出地面,初速愈大,作用于悬吊塔上的应变①就越小。不消说,乘客无法承受半个G左右的加速度,但密封舱仍然会以近乎音速的速度出航。

"会有飞航噪声,"摩根大声承认,"但绝不会像大机场附近的噪声那么大。"

"那就可以放心啦。"马哈纳亚凯法师说。摩根知道他话中带刺,但他的神情依然是那样莫测高深。他要么在表现超然的沉着,要么在试探客人的反应。而另一方面,那位较年轻的和尚一点儿也不想掩饰他的怒气。

"您以为我们还没听够宇宙飞船进入大气层时发出的轰鸣声吗? 现在您倒打算直接在我们的墙根下发射冲击波了!"

"在这个高度,太空梯的运行不是超音速的。"摩根坚定地回

---

①物理学术语。由于外力作用或内在缺陷,物体单位体积所发生的长度和夹角的变化。亦称"相对变形"。

答,"塔结构将吸收大部分声波。实际上,"他试图抓住一个他突然想到的有利条件,"从长远来看,轨道塔有助于一劳永逸地根除航天飞机。这座山会变得更安静。"

"我明白。我们将要消受的不再是偶然的声震,而是没完没了的咆哮声了。"帕拉卡尔马毫不客气地回敬了一句。

摩根思忖,跟这号人打交道,真是什么也谈不拢,本来还以为马哈纳亚凯法师是最大的障碍呢……只得转变话题了。摩根打算小心翼翼地把立足点转换到靠不住的神学上来。

"我们要做的事,"他诚挚地说,"难道与你们没有一点儿相宜之处? 我们希望建造的太空梯其实是你们山壁上那条梯道的延续。要是我可以这么说的话,我们是打算把阶梯继续修上去,一路修到天国。"

尊敬的帕拉卡尔马简直被这种亵渎的语言气得连话都说不出来,这一次是他的上司心平气和地回答的。"真是非同寻常的想法。"他冷冷地说,"可是佛教教义不信天国。拯救众生之道可能存在,却只能在这个世界上寻找。我想不通你们干吗急着要离开这个世界进入太空。您知道巴别塔的故事吗?"

"记不清了。"摩根无可奈何地承认。

"我奉劝您重读一下基督教的旧约,《创世记》第11章。那篇故事讲的也是关于建造一道通向天堂的阶梯的尝试,结果却一事无成——人们不能相互理解,因为他们的语言各不相同。"

"我们会遇到各种困难,但我想语言沟通不成问题。"摩根回答。

然而,望着尊敬的帕拉卡尔马,摩根对自己的话却不那么笃定了。他们确实是在讲着不同的语言,在某些方面比人类和星际滑翔器之间对话的鸿沟更加难以逾越。而这条鸿沟可能是永远也克服不了的。

"请问,"马哈纳亚凯以始终如一、彬彬有礼的态度继续问道,"您跟园林管理处谈得怎样?"

"他们非常合作。"

"对此我不觉得意外。他们长期预算不足,巴不得有新的收入来源。缆车系统让他们发了一笔横财。毫无疑问,他们希望您的工程会提供更大的财源。"

"对此他们没有失算。再说,他们已经确认这项工程不会造成任何环境问题。"

"要是空间轨道塔倒塌下来呢?"

这一回,轮到摩根逼视帕拉卡尔马的眼睛了。

"倒不了。"他以连接两个大陆的超级大桥缔造者的坚强信念说。

然而摩根非常清楚地知道——那位铁石心肠的帕拉卡尔马必定也知道——这类问题是不可能有绝对把握的。二百零二年前,1940年11月7日那个教训已经足够惨痛了,任何一个工程师都忘不了。

摩根少有噩梦,但那是其中之一。即便在此时此刻,地球建设公司的计算机也在设法驱除那个梦魇。

然而,宇宙间一切计算力量对于摩根尚未预见到的问题——对于还没有出现的噩梦,是无法防患于未然的。

18. 金色蝴蝶

尽管阳光灿烂,四周壮丽的景色不断映入眼帘,摩根却无动于衷,汽车开动后不久,他就进入了梦乡。轿车驶过无数"U"字形急转弯,急刹车的时候,他向前冲了出去,被安全带紧紧勒住,这才突然从梦中惊醒过来。

他一时睡意蒙眬,认为自己还在做梦。微风轻轻吹进半开着的车窗里,温暖又湿润,仿佛是从土耳其浴室里漏出来的蒸汽。可是车子显然是遇到了一场遮天蔽日的风雪⋯⋯

摩根眨眨眼,眯缝着眼睛,映入眼帘的是一幅奇景——这是他平生第一次看见金色的雪花。

汽车已无法继续行驶。大群蝴蝶像一团浓云似的向着东方飞去,航向稳定,目标明确。有几只蝴蝶被吸入车内,疯狂地振翅乱飞,摩根挥手把它们扑了出去。另外好些蝴蝶贴满了挡风玻璃,司机用自己能想到的塔普罗巴尼骂街话狠狠地发泄了一通之后,走下车去把玻璃擦干净。待他擦好,蝴蝶已经明显减少,只剩下一小撮掉队的蝴蝶孤零零地飞翔着。

"有人给你讲过蝴蝶的传说吗?"汽车开动之后,司机问道。

"没有。"摩根嘟哝了一声。他对此压根儿不感兴趣,一心一意只想继续睡觉。

"金蝴蝶——它们是卡利达萨手下的勇士,在亚卡加拉阵亡的将士们的亡灵。"司机津津有味地讲述着。

摩根冷哼一声,希望司机识相一点,可是饶舌的司机却毫不理会地继续说下去:

"每年大约这个时候,它们都拼命向圣山飞去,到头来却都死在了下面的山坡上。有的时候它们能飞到缆车道的中段,但再高就飞不上去了。这对于维哈拉来说,真是值得额手称庆的幸事。"

"什么维哈拉?"摩根睡意蒙眬地问。

"就是寺院。假如它们飞到了山顶,就表示卡利达萨取得了胜利。到那时,比丘们——也就是和尚们——就得弃山而逃。在拉纳普拉博物馆里保存着一块石碑,上面铭刻的'预言'中有这么一段记载。您想去看看吗?"

"有机会再说吧。"摩根急忙回答,说完把身子靠到了柔软的椅背上。但他并没有能够很快入睡——司机描述的形象一直萦绕在他心头。

今后几个月里,他将常常想起这个形象——在艰难困苦之际和危急关头,注定灭亡的千百万蝴蝶枉费力气攻击那座圣山,而他再一次沉浸在金色暴雪之中。他默想着这一切的象征意义。

不得安宁。

19. 萨拉丁湖畔

几乎所有比较历史学计算机模拟都说明,图尔战役(公元732年)是人类关键性的灾难之一。假如查理·马特被打败的话,伊斯兰教就有可能解决使自己分崩离析的内部分歧,进而征服欧洲。这么一来,基督教几个世纪的野蛮统治可望得以避免,工业革命可望提前将近一千年开始,到如今,人类可望到达太阳系以外较近的星球,而不是仅仅到达系内稍远的行星……

但命运做出了另一种安排,先知穆罕默德的军队撤回了非洲。

——主席致辞:汤因比诞辰二百周年讨论会(伦敦,2089)

"你可知道,"法鲁克·阿卜杜拉酋长说,"我已经自封为撒哈拉舰队的海军大元帅啦?"

"我不意外,总统先生。"摩根望着浩瀚的蓝色萨拉丁湖的粼粼波光回答说,"假如不涉及海军机密的话,请问你有多少舰艇?"

"目前有十艘。最大的一艘是红色新月公司经营的三十米水面掠行艇。每个周末它都忙于救助那些驾船技术差劲儿的旱鸭子。我们的人在水面上还施展不出大本事——瞧,那个白痴正在换抢航行①呢!从骆驼背上转到船上,二百年时间毕竟还是不够长。"

"在骆驼和船之间,你们驾驶过卡迪拉克和罗尔斯·罗伊斯轿车嘛,这肯定能减少转变的难度。"

"我们还在用那几种轿车——我的曾曾曾祖父的银鬼牌轿车至今还崭新如故呢。我得说一句公道话,在湖面上遇险的都是外地人,他们试图跟本地的风比比高低。我们则坚持使用机动艇。明年我准备购置一艘潜艇,保证可以到达湖底78米最深处。"

"下去干啥呢?"

"最近我听说,这个沙漠里曾经布满古代珍品文物。不消说,沙漠被淹没之前谁也没为那些文物操心。"

试图催促这位北非自治共和国总统是徒劳无益的——摩根对此一清二楚。无论宪法上怎样规定,阿卜杜拉酋长的权力和财富都几乎是世界第一的。更重要的是,他懂得把权力和财富用到该用的地方。

他的家族不怕冒险,而且很少为自己的冒险行为后悔。这个家族的首次著名赌博就是花费石油美元购买以色列的科技成果,从而招致了整个阿拉伯世界几乎长达半个世纪的仇恨。但这一深谋远虑的行动直接导致了红海矿藏的开采、沙漠的改造以及后来直布罗陀大桥的架设。

"我不说你也知道,万,"这位酋长再次开口,"你的新计划叫

---

①非机动帆船不能径直逆风航行,必须走"之"字形路线逆风前进。例如,刮着正东风的时候,帆船若要到达正东方某个目的地,必须交替走东北和东南方向。这种行船方法叫作逆风换抢或换抢航行。

我有多动心。建桥的时候咱们同甘共苦,我知道你能成事——只要有财源。"

"谢谢。"

"不过我有几个问题。我吃不准干吗要设中途站——干吗要设在二万五千公里的高度?"

"有几个原因。首先,在大约这个高度必须设一个主发电站,因为无论如何,这是相当大规模的建设。后来我们又想到,乘客在狭小的客舱里禁锢七小时太久了,把旅程分为两段有一些额外的好处。我们不必在旅途中为乘客供应膳食——他们可以在停靠站就餐并活动活动手脚。我们也可以就此优化车辆设计,只有下半段密封舱才采用流线型设计,上半段的密封舱可以大幅简化、轻型化。中途站不仅可以用作转车点,还可以用作营运和控制中心——我们相信,最终它可以凭借自身优势成为一个旅游热点和度假胜地。"

"可那不是中点!约莫是到达静止轨道的——呃——三分之二路程。"

"不错。中点是在一万八千公里高度,不是在二万五千公里。不过我们还要考虑另一个因素——安全。中途站设在全程三分之二的高度上,假如它上面的三分之一断裂的话,中途站不会掉落下来坠毁在地球上。"

"为什么?"

"它有足够的动量维持轨道的稳定性。当然啦,它会朝地球方向掉落,但始终不会靠近大气层。因此,它十分安全可靠——只是变成了一个空间站,沿十小时一循环的椭圆形轨道运行,一天两次返回它的始发点,我们最终可以把它重新对接起来。从理论上说……"

"从实际上说呢?"

"哦,我相信也是可行的,中途站的人和设备都可以得救。假如把它建在较低的高度上,我们连选择的余地都没有了。从二万五千公里限度以下掉落的任何物体都会跌入大气层,并在五小时之内烧毁。"

"你打算向从地球到中途站的乘客宣传这个事实吗?"

"我希望他们一心一意欣赏美景,无暇为此担忧。"

"照你这么说,太空梯倒像一个观光梯了?"

"干吗不是呢? 相比之下,地球上的观光点最多只能俯瞰三公里[①]! 我们谈的要高出一万倍。"

阿卜杜拉酋长默默琢磨着,谈话停顿了好一阵子。

"咱们错过了一个机会。"他终于说道,"本来可以在大桥的两个桥墩上各建一个五公里高的观光塔呢。"

"原来的设计方案里有这个项目,但后来被砍掉了,出于通常的原因——经济效益。"

"咱们可能失算了,两个观光塔本来是可以设收费站捞回成本的。我刚才悟出一个道理——假如当时就有这种超级纤维的话,我想大桥的造价可以减少一半。"

"不瞒您说,总统先生,造价用不着当初的五分之一,但是大桥的建设将会推迟二十几年,这么说来还是有失有得。"

"我得跟我的会计师们谈一谈这个得失问题。他们中的一些人至今仍不相信造那座桥合算,尽管交通增长率超过了预测的速度。不过我再三告诫他们,钱并非一切,共和国不仅在经济上,而且在心理上和文化上都需要这座桥。你是否知道,百分之十八的人之所以驱车过桥,不为别的,只因为桥在那儿? 过了

[①] 摩根说的是驱车到直布罗陀大桥上观光。

桥,他们立刻折了回来,情愿为此交纳双程过桥费。"

"我好像记得。"摩根干巴巴地说,"很久以前我对你提过同样的道理。当时你怎么也想不通。"

"不错。我记得你最津津乐道的是悉尼歌剧院。你频频向我指出,它挣回了比造价高出好几倍的赢利——只论现款,更别提它带来的显赫名声了。"

"别忘了还有金字塔。"

酋长放声笑道:"你把它们叫什么来着? 人类历史上效益最高的投资?"

"正是。四千年过去了,还在产生旅游效益。"

"这么对比有些欠妥吧? 金字塔的管理费用跟大桥不可同日而语,更不用说你那个拟建的太空塔了。"

"太空塔的寿命可能比金字塔更长。它所处的环境要理想得多。"

"一个吸引人的见解。你真的相信它可以营运几千年吗?"

"当然不是以一成不变的方式营运下去,不过原则上是可以的。无论未来的技术有什么新发展,我不相信会有更有效更经济的通往太空之路。你就把它看成另一座桥吧。不过这回要建造的是一座通往星球的桥梁——至少是通往系内行星的桥梁。"

"但你又要我们帮忙筹措资金,我们还得为前一座大桥再支付二十年的巨款呢。这回你的太空梯可不是建在我们的本土上,跟我们也没有切身关系。"

"我相信大有关系,总统先生。你们的共和国是地球经济的重要组成部分,而现在,太空运输费用是制约地球经济发展的主要因素之一。如果你看了对五十年代和六十年代经济发展的预测的话……"

"我看了——看了,很有趣。好吧,我们虽然还不算太穷,但资金却不好筹措。咦,你可以拿它去吸引格洛斯世界产品公司的资金嘛!"

"此后每十五年还一次债,直到永远?"

"假如你的预测是正确的就好了。"

"我的预测从没失误过,我对大桥的预测总是正确的。当然啦,你说得对,我只希望北非自治共和国开个头。一旦你们表现出兴趣,争取其他方面的支持就容易多喽。"

"包括哪些方面呢?"

"世界银行、行星银行、联邦政府。"

"还有你自己的雇主地球建设公司吧?莫非你想把它撇开不算,你到底在搞什么鬼名堂,万?"

切中要害了,摩根差点宽慰地叹了一口气,现在他终于可以开诚布公地跟一个信得过的人谈谈。此公乃是大人物,不会卷入小官僚的明争暗斗,又能透彻地领悟问题。

"我一直是在利用业余时间办公——眼下我在休假呢。顺便说一下,大桥的工作也是这样开始的!不知道我告诉过你没有,有一次他们居然正式命令我把大桥忘掉……过去十五年间,我吸取了不少教训。"

"这份报告一定占用了计算机不少时间。谁来支付这笔费用呢?"

"哦,我有不少可以自由支配的资金,因为我的班子总是在做别人搞不懂的研究工作。实不相瞒,我手下一小班人马几个月以来都在做着太空梯的构想。他们的热情非常高,把大部分业余时间都搭进去了。到如今,我要么公开表明自己的态度——要么把工程放弃。"

"你们那位尊敬的董事长知道这件事吗?"

摩根微微一笑,"他当然不知道。在一切细节得到解决之前,我是不会告诉他的。"

"我能理解其中奥妙。"总统敏锐地说,"我想,你还有一点考虑是要确保柯林斯参议员不会赶在前头成为首创太空梯的人。"

"他不可能首创——太空梯的构想已经有两百年的历史了。但是他,还有许多别的人,可能还会把它拖延下去。我要在有生之年看见它成为现实。"

"不消说,你是打算主管这项工程喽……喂,你到底要我们干啥?"

"我只是提个建议,总统先生——您可能有更可行的办法。譬如由您出面组织一个世界财团吧——成员或许还包括直布罗陀大桥管理局、苏伊士和巴拿马公司、英吉利海峡公司、白令海峡大坝公司等等。待到一切搞定,再去找地球建设公司,请求他们做一次可行性研究。你们需要付出的投资数额是微不足道的。"

"啥意思?"

"不足一百万。因为我已经完成了百分之九十的工作。"

"然后呢?"

"此后,有您作后盾,总统先生,我就可以见机行事了。我可能留在地球建设公司,也可能辞职,加入世界财团——姑且把它叫作天体工程公司吧。这完全视情况而定。只要对工程有利,我什么都干。"

"看来这是一种明智的态度。我想咱们能搞出一点儿名堂来。"

"谢谢您,总统先生。"摩根诚心诚意地回答,"但是现在有一个恼人的路障,我们必须立即把它搬掉,也许得赶在开办世界财团之前动手——我们不得不诉诸世界法庭,确立我们对地球上那块最宝贵的不动产的管辖权。"

20. 起舞的大桥

即便在这个即时通讯和全球快捷交通均已实现的时代,也并非什么东西都可以用电荷模式贮存起来。还有一些物品不得不以其他模式储存,例如古籍、专业证书、荣誉奖章、工程模型、材料样品、艺术家的工程透视图(不像计算机画得那么精确,却有很好的观赏价值),当然还有铺满整片地板的地毯,高级官员们都欣赏的。

摩根的办公室设在内罗毕市[①]地球建设公司总部无规则楼房的第六层——陆地部楼层,他平均每个月有十天左右的时间是在那里度过的。它下面一层是海洋部,上头一层是行政部,也就是董事长柯林斯和他手下人员的办公室。建筑师热衷于天真的象征主义,把顶层留给了太空部,屋顶上甚至还有一个小小的天文台,配有一架终年失修的三十厘米望远镜——因为只有在办公室聚餐的时候才使用,其观察对象往往与天文相去十万八千里。"研究员"们最中意的目标是同总部大厦相距只有一公里之遥的"三星"大饭店的窗户。

由于摩根同他的两个秘书(其中之一是电子计算机)时刻保

[①] 肯尼亚首府。

持着联系,因此当他从北非自治共和国短程飞行回来,走进办公室的时候,一切都在掌握之中。按照往昔的标准来看待的话,他的机构实在小得出奇,归他直接领导的男女工作人员尚不足三百名,但他们掌握的计算和信息处理能力却比地球上的全体居民加起来还要强。

"嘿,你跟酋长谈得怎样?"其他人一走,他的副手和老朋友沃伦·金斯利便问道。

"不怎么样。直到现在我还不敢相信,我们怎能让这么一个愚蠢的问题扯住后腿?法学家们是怎么说的?"摩根问道。

"我们肯定得请世界法庭裁决。假如法庭同意这是一个事关公众重大利益的问题,那么我们那些尊敬的朋友就得搬家……否则,情况就会复杂化。或许,请你给他们来一次小小的地震?"

摩根是普通大地构造学学会理事会成员,因此这事成了他和金斯利之间常备的笑料。可是,就连大地构造学家们——对于人类来说,这应该是一件幸事——也始终没有找到控制地震的方法。人们只是学会了可靠地预告地震,并在地震造成严重破坏之前把能量以无害的方式释放出去。即便做到这个程度,成功的记录至多也只有百分之七十五。

"我会认真考虑你的建议。"摩根耸了耸肩,"喏,其他问题怎么样?"

"都开始模拟了——你现在要看看吗?"

"好哇——看看最棘手的问题吧。"

办公室窗户暗了下来,室内中央出现了一个由发亮线条组成的地球模型。

"瞧这个,万,"金斯利说,"这里就是那个闹别扭的地方。"

空荡荡的空间中开始出现一行行字母和数字——速度、业载、加速度、中转时间。附有经度和纬度圈的地球模型在地毯上方盘旋着。从地球上升起一条亮线,直至比人稍高一点的地方,它代表移动着的空间轨道塔。

"模拟速度是正常速度的五百倍,横向比例扩大五十倍。我们开始了。"沃伦解释。

某种无形的力开始拉拽那条光线,使它偏离垂直方向。摄动在向上扩散,这是利用电子计算机模拟货载在地球重力场作用下的运动。

"偏离量多少?"摩根问。

"大约二百米。它将要达到三百米,而在此之前……"

亮线断了。空间轨道塔被截成两半,两截分别以减速运动(代表每小时数千公里的实际速度)相互分离开来——一段弯曲着落回地球,另一段往上抛向太空……这个想象中的灾难,暂时还只存在于计算机的大脑里,但几年来却一直困扰着摩根。

那部两百年前拍摄的电影他至少看过五十遍了,有些片段他是一帧一帧仔细观看的,直到每一个细节都铭记在心。它是有史以来拍摄过的最昂贵的纪录片,至少在和平时期是如此——每一分钟都让美国政府花费了数百万美元。

冷漠无情的镜头清楚地照下了一座飞越峡谷的纤细(太纤细了!)而优美的大桥[①],以及一辆被受惊的驾驶者遗弃的孤零零

[①] 这里指的是塔科马海峡桥。此桥为横跨美国皮吉特海峡连接奥林匹克半岛和华盛顿州大陆的第一座悬索桥,代表着人类工程史上最重大的失败。此桥开放四个月后,于1940年11月7日晨在时速68公里的大风中断裂。经调查确证,事故是因为桥面和未用腹桁架加固的板梁未能吸收大风的紊流所致,而狭窄的双车道桥面使主跨有很大的可弯曲性。这座桥的空气动力反应之所以如此脆弱,是因为当时对空气动力学的认识还很肤浅。这次事故推动了空气动力学的研究并取得重大进展。1950年该桥进行了改建。

的轿车。这不足为奇,因为大桥出现了人类整个工程史上从未见过的异常现象。

千万吨金属居然开始表演轻巧的高空芭蕾舞。从侧面看上去,你可能误以为那是一座橡皮桥而不是钢铁大桥。高达数米的起伏震荡波缓缓扫过桥体,悬吊于桥墩之间的桥面起伏扭动,像一条愤怒的巨蟒。沿着峡谷刮来的风带着人耳听不见的振荡波,却与这座在劫难逃的大桥发生谐振。起初的几小时,振荡逐渐增强,但谁也预想不到它会怎样终结。大桥持久的临终挣扎最终成了授予设计师们的一纸奖状,他们本来是完全可以谢绝这种嘉奖的。

突然,悬吊钢缆断裂了,像一条条致命的钢鞭向上挥去。大桥的路面塌落到万丈深谷之中,吊桥的碎片旋转着飞向四面八方。即便按正常速度放映,最后的灾变看来都像是用慢动作拍摄的一样。灾祸的损失太严重了,在人们的记忆里没有哪一场灾难可以与它相提并论。实际上,整个事件只不过延续了五秒钟而已。在这短短的时间里,横跨塔科马峡谷的大桥在技术史上取得了不可磨灭的地位。两个世纪之后,在摩根办公室的墙上挂上了一幅它最后时刻的照片,上面附有这样的说明文字——"我们最差劲的产品之一"。

对于摩根来说,这并不是戏谑而是座右铭,它时刻提醒他——意外灾祸随时可能出现。设计直布罗陀大桥时,他研读了冯·卡尔曼[①]对塔科马海峡桥的经典分析,尽可能从过去代价最昂贵的错误中吸取教训。这堂课没有白上,即使在来自大西洋最猛烈的飓风袭击下,直布罗陀大桥也没有出现严重的振动问

[①] 20世纪美国伟大的工程学家,生于布达佩斯,1936年加入美国籍,开创了数学和基础科学在航空、航天和其他技术领域的应用。

题,只是车行道偏离了中心线一百米,而这种情况是同设计数据严格相符的。

然而太空梯是进入未知领域的一次大跃进,出现一些令人不愉快的意外情况几乎是无法避免的。大气层这一段的风力容易估计,但还必须把业载停止和启动引起的振动考虑在内——在这样一个庞大的结构上,甚至太阳和月球的潮汐效应也会引起振动。这些因素不仅各自起作用,而且也会综合起来起作用。按所谓"最糟的情况"来考虑,这些因素说不定还会与偶然发生的地震联合,使局面更加复杂。

"这种载荷规范的全部模型得出的结果是一致的。"沃伦说,"振动逐渐增强,最终在大约五百公里高处出现断裂。必须大幅度增加振动阻尼。"

"这正是我担心的。需要增加多少?"摩根问。

"一千万吨。"

凭着工程上的直观经验,摩根的估计也是这个数字。现在计算机证实了这个数字——他们必须在轨道上增加一千万吨"锚固"质量。

即便按照地球的土方标准计算,这么大的质量也不是小事一桩,相当于直径两百米的一块大圆石。他的眼前出现了以塔普罗巴尼的天幕为背景的亚卡加拉山。

把那座山拔高四万公里,让它插入太空——亏你想得出来! 幸运的是,可能用不着那样做,毕竟还有两种替代办法。

摩根一向鼓励手下的工作人员尽量发挥独立思考的精神,这是培养责任感和减轻领导者自身工作量的唯一方法。他那一班人已经多次找到被他忽略的解决办法。

"你有什么高招,沃伦?"他平静地问。

"我们可以利用设在月球上的弹射器发送一千万吨月岩,这是一项费时费钱的工作,我们还需要一个太空操作站接收这些材料,并把材料送入预定的轨道。此外,这么做还涉及心理问题……"

"我明白。我们不能再弄出一个圣路易斯·多明戈……"摩根沉思着点了点头。

圣路易斯·多明戈是南美洲的一个小村庄(幸亏很小),一块预定供某个低轨道空间站使用的月球金属意外地落到了这个村子里。就这样,由于引导错误,地球上出现了第一个人工陨石坑,导致二百五十人死亡。从此以后,地球上的居民对于"宇宙发射"就持强烈的反对态度了。

"要是能够利用某个空间轨道合适的小行星,事情就好办得多了。"沃伦继续说,"我们已经注意到有三颗这样的小行星。那里最好有制造超级纤维所需的碳。这样,我们就可以'一石二鸟'了。"

"这石嘛……似乎是大了点儿,但这种设想我很欣赏。月球弹射器恐怕不适用——发射一百万个十吨重的石球会耽误几年工夫,而且一些石球肯定会偏离轨道。假如找不到足够大的小行星,咱们还可以用太空梯送上石块去补足——能避免这样做的话,我是不喜欢浪费那么多能量的。"

"这种方法可能是最经济的。有了最新核聚变电厂的效率,把一吨货物送上轨道仅仅消耗价值二十美元的电。"

"你对这个数字有把握吗?"

"这是中央电站的报价。"

摩根沉默了几分钟,"假如是这样的话,那航空航天工程师们可就要恨死我了。"他在心里补充了一句:几乎像尊敬的帕拉卡尔马一样恨我入骨。

其实,这话他说得并不公道。真正信奉佛门教义的人是不可能萌发仇恨之心的。在庙里的时候,他从乔姆·戈德堡博士眼里看到的仅仅是不可调和的对立情绪。

对方要运用一切可能的手段进行斗争。

21. 判 决

在保罗·萨拉特的许多品质之中,有一点是颇讨人嫌的,就是喜欢冷不防给人家打个电话,而且喜也罢,忧也罢,劈头一句总是问:"你听到那条新闻了吗?"拉贾辛哈有时恨不得敷衍他说:"早就听过了,有什么可大惊小怪的!"但他不忍心剥夺保罗这点天真无邪的乐趣。

"喂,这一次是什么?"他毫无热情地问道。

"玛克辛正在环球二套演播室,跟参议员柯林斯谈话。看样子,咱们的摩根博士惹上了麻烦。我请您马上收看一下。"保罗急切地说。

拉贾辛哈按了一下按键,保罗那激动的面孔立刻换成了玛克辛·杜瓦尔的影像。她坐在人们非常熟悉的演播室里,正在采访地球建设公司的董事长。这位先生似乎并不想抑制自己的愤懑情绪——或许是装出来的情绪。

"……柯林斯参议员,既然世界法庭已经做出了裁决……"传出的是玛克辛的女低音。

拉贾辛哈把节目并联到"录像"模式,自言自语地嘟囔着说:"我还以为星期五才播出呢。"他关掉声音,激活与亚里士多德通信的私人线路,突然叫了起来,"天哪,今天是星期五了!"

像往常一样,亚里立刻跟他通话。

"早上好,拉贾。我能为你做点什么?"

那美妙而不带感情的话音是人类的声线无法发出的,在与他交流的四十年里一直没有发生过任何变化。在他死后,它将与别人交谈几十年乃至几个世纪,就像同他谈话一样(其实,此时此刻它正在跟多少人对话呢?)。当初他得知这个情况时,一度感到郁郁不乐,现在就无所谓了。他并不妒忌亚里士多德的永生不死。

"早上好,亚里,我想了解世界法庭今天就天体工程公司状告斯里坎达寺院一案做出的裁决。谈谈概要情况就行了——稍后给我一份打印输出全文。"

"裁决一:根据2085年编制的塔普罗巴尼国法典和世界法典,确认寺庙所在地皮的永久租赁权。表决一致通过。

"裁决二:拟议中的轨道塔建设会给具有重要意义的历史文化遗迹造成噪声和振动,构成对私人的妨碍行为,根据侵权行为法应受到制止。在现阶段,该项工程涉及的公众利益尚不足以影响本次决议。此款通过的票数为四比二,一票保留。"

"谢谢你,亚里——打印输出就不要了。再见。"

情况完全在预料之中。然而,他不知道应该为此感到宽慰呢,还是应该感到失望。

同旧时代保持着千丝万缕联系的拉贾辛哈庆幸旧传统得到珍惜和保护。假如人类从血腥的历史中已经悟出一点道理的话,那就是唯有个体的人是举足轻重的——他们的信念无论多么古怪,都应该得到保护,只要那些信念不与更广泛而同样合法的权益相冲突。老诗人是怎样说的呢?"国家这样的事物终究是不存在的。"这种说法也许离谱,但总比另一个极端要好一些。

但与此同时,拉贾辛哈也略感几分遗憾。他几乎说服了自己,摩根那个雄心勃勃的伟大事业可能正是防止塔普罗巴尼乃至整个世界在饱食无忧和自我满足中陷入衰落所需要的新事物(这是顺应历史趋势吗?)。现在,法庭堵塞了这条道路。这种情况即使不是永久性的,至少也会在许多年内保持下去。

他想知道玛克辛对这个问题有什么看法,于是把控制台拨到延时重放模式。在环球二套新闻分析频道上(又名"发言人特写头像之乡"),柯林斯参议员振振有词:

"……无疑超越了权限,把陆地部的财力用到与部门无关的项目上。"

"不过,参议员,你是不是有点儿墨守成规了?按照我的理解,超级纤维的研制是为了应用于建设项目,尤其桥梁建设。难道这不是一种桥梁吗?我听到摩根博士使用过这个类比,尽管他也称其为塔。"

"现在是你变得墨守成规了,玛克辛。我宁可承认太空梯这个名字。你对超级纤维的看法完全错了。它是两百年间航空航天研究的成果。我公司的陆地部取得了最后的突破,当然啦,我为手下的科学家感到自豪。"

"你认为整个工程应该移交给太空部吗?"

"什么工程?只不过是一种设计研究罢了,是地球建设公司始终在进行的几百个设计研究之一。这些研究我一个也没过问,也不想过问,除非到了必须做出某种重大决策的阶段。"

"那不属于这里谈的情况吗?"

"肯定不属于。我的太空运输专家表示,他们能处理全部预计增长的运输量——至少在可预见的将来。"

"准确地说,多久呢?"

"今后二十年。"

"那以后怎么办呢?按照摩根博士的说法,建造轨道塔也需要二十年。假如二十年以后没有轨道塔,该怎么办呢?"

"到时候我们自然会有其他办法。我的人员正在探索一切可能性,谁也不能认定太空梯就是正确的解决办法。"

"不过,太空梯的设想从根本上说是稳妥的吧?"

"看来是稳妥的,但还需要进一步研究。"

"这么说,你应该感激摩根博士做了初期的工作喽?"

"我对摩根博士极其敬重。他即便不是全世界、也是我公司最卓越的工程师之一。"

"参议员,你并没有直接回答我的问题呢。"

"很好。那么,我确实感激摩根博士让我们注意到了这件事。但我不赞成他的做法。恕我直言,他企图迫使我表态。"

"怎样迫使你呢?"

"到公司外面——他领导的机构外面——进行活动,这是缺乏忠诚的表现。由于他四处耍花招,世界法庭才做出与他的愿望相反的裁决,这理所当然引起了诸多不利的评论。在这种情况下,我别无选择,只能极其遗憾地请求他上交辞呈。"

"谢谢,柯林斯参议员。像往常一样,跟你谈话很有趣。"

"你这个可爱的骗子。"拉贾辛哈一边说一边关掉电视。操纵台上请求通话的指示灯已经亮了一分钟左右。拉贾辛哈按下了按键。

"您都清楚了?"萨拉特教授问,"这下万尼瓦尔·摩根算是完了。"

拉贾辛哈若有所思地望了老朋友几秒钟。

"您总是喜欢过早地下结论,保罗,愿意打赌吗?"

第三部 洪 钟

22. 叛教者

圣贤提婆达萨曾试图理解宇宙,当一无所获并陷入绝望时,其恼怒地宣称:

包含"神"这个字眼的一切说法都是错误的。

他最得意的门徒苏摩西里马上跳出来回答说:"你刚才说的话就包含'神'这个字眼。哦,高贵的大师,我看不出,这个简单的说法怎么可能错误呢?"

提婆达萨沉思片刻后便做出了回答,这一次显然带着自信的口气:

只有不包含"神"这个字眼的话才可能是正确的。

苏摩西里应声回敬说:"哦,尊敬的夫子,假如你这个说法适用于你亲口说的这一句话,那么你的说法就不可能是正确的,因为它包含'神'这个字眼。倘若你的话不正确……"

这时,提婆达萨把化缘钵头狠狠地砸碎在苏摩西里头上。

——摘自《小史》残篇,该书尚未被发现

日近黄昏,阶梯已经不再受到炎炎烈日的烤晒,尊敬的帕拉卡尔马动身下山。夜幕降临时,他到达了山上最高处的香客旅店,翌日,他将返回人间。

马哈法师没有挽留他,就算伙伴的离去使他伤心,他也没有流露出这种感情。他只是拖长声调说:"世上诸事皆过眼烟云也。"随后双手合十,为伙伴祝福送行。

尊敬的帕拉卡尔马一度是乔姆·戈德堡博士,不久后,人们又将用这个名字称呼他了。对于这次突然离庙下山之举,他是很难做出解释的。可他知道这样做是正确的。

在斯里坎达寺里,他觅得了心灵的安宁,但这是不够的。他的数学头脑无法同和尚们的暧昧态度相妥协——在他看来,对信仰问题持冷漠态度要比公开的不信仰更糟。

倘若存在着拉比①基因这种玩意儿的话,那么戈德堡博士身上就有。同许多前辈一样,戈德堡-帕拉卡尔马曾经借助数学寻觅神,连20世纪初库尔特·哥德尔发现不完全性定理这样的轰动事件都不曾使他泄气。他不明白,人们不问宇宙是不是某种超级智能的创造物,怎能理解欧拉下面这个深奥而简洁完美的方程式所包含的动态不匀称性:

$$e^{\pi \cdot i}+1=0$$

戈德堡以新宇宙论成名,这一学说在被推翻之前风行了将近十年,他被捧为爱因斯坦第二或者吴亚②再世。他还在气象学和流体动力学研究方面取得了杰出成果,而这两门学科本来被认为是到了头的、不会再有什么惊人发展。

①希伯来语,意谓"吾主"或"吾师",在中文《圣经》里有时译作"夫子",专指经过犹太教正规宗教教育,担任犹太教会众的精神领袖或宗教导师的人。其职责是执行教规和教律,主持宗教仪式,负责青少年的宗教教育。拉比基因即犹太教教师的遗传因子。

②作者杜撰的科学家。

后来,在威望最高的时候,他改变了宗教信仰,这与帕斯卡如出一辙,只是没有那么多的病态倾向。此后十年,他遁入空门,隐姓埋名,把卓越的思想贯注于教义和哲学研究。他对这段插曲并不后悔,甚至不敢相信自己已经抛弃了佛门,或许有一天,他还会踏上圣山漫长的阶梯。但是现在,他那神赋的天才在他身上重新觉醒了。他渴望去做大量的工作,而进行工作所需的各种工具,却是斯里坎达寺院中所没有的。

于是,就像是摩西在世,尊敬的帕拉卡尔马重又降临到他十年前辞别的红尘世界。对周围的美好天地他视而不见,因为这些美景与他内心的胜境无法相提并论。在他头脑中,有一支胜利挺进的方程式大军。

那是流体动力学和微观气象学。戈德堡并没有白白研究这些学科。他甚至已经不再对万尼瓦尔·摩根怀有多少敌意。无论有心无心,导火线已经被点燃;他笨口拙舌,却也是神的使者。摩根的事业暂时受挫了,可斯里坎达山依然处于威胁之下,法庭随时可能重新审议决定。这就是说,无论付出多大代价,都必须保护那座寺庙。不管命运的车轮会不会再把他拉向这方净土,帕拉卡尔马的决心都不可动摇。

庙宇需要拯救,而他,戈德堡,能做到这一点。他相信这是命中注定的。

23. 太空推土机

"你之所以遇到麻烦,摩根博士,是因为你走错了星球。"坐在轮椅里的人说。

"我不禁想到,"摩根盯着客人的生命保障系统回敬说,"这句话对你也是适用的。"

人民火星银行副行长会心地微笑了一下。

"我到这里反正只待一个星期,此后就要回到月球上低引力的舒适环境里。哦,非走不可的话,我可以行走——不过我宁可坐着,这样舒服些。"①

"那你亲临地球到底有何打算呢?"

"在某些情况下,亲临现场看一下是完全必要的。同流行的意见相左,我认为单靠通信联系是远远不能解决问题的。我相信你有同感。"

摩根点点头,情况确实如此。他想到,看看某种材料的结构,摸摸岩石,踩踩脚下的泥土,闻闻丛林的气息,体验一下水花溅到脸上的感觉,这一切在他的工程中起过至关重要的作用。

---

①这位银行家坐轮椅不是因为肢体瘫痪,而是因为他长期生活在火星上,适应不了地球的引力。从火星到地球,他的体重比原来增加了三倍。

很可能,到了将来某个时候,或许连这些感觉也可以靠电子技术转送——其实现在已经有人在做这种试验了,只是还很不成熟,且耗费太高。然而,现实终究是不可替代的,应该随时谨防被假冒。

"假如你专程到地球来看我的话,"摩根说,"我深感荣幸。不过,如果你要我到火星上工作,那可就白费时间喽。我享受着退休生活,现在我有时间同亲戚朋友们见见面,逍遥自在,不打算另起炉灶了。"

"可是您才五十二岁。您打算怎样打发日子呢?"部长深表惋惜地问。

"容易得很,十多个课题等待着我,我可以把有生之年献给其中任何一项。古时那些工程师们——罗马人、希腊人、印加人——我一直很感兴趣,却始终没有时间去研究他们。有人邀请我到地球大学任教,还建议我编写一本高级建筑教材。我想深入研究应用活性元素校正风和地震等动力荷载的问题,提出一些新见解。此外,我仍然担任着普通大地构造学学会的顾问,我正在准备写一份关于地球建设公司行政管理的报告……"

"受谁之托呢? 我猜不会是柯林斯参议员吧?"

"不是。"摩根苦笑着说,"我想报告写出来会有用的。再说我也许可以通过这工作验证一下自己的某些想法……"

"不过,这终究不是长久之计。您迟早会对写文章和讲课感到厌烦的,就像对眼前的挪威美景一样。这些湖泊和冷杉,就像你的写作和谈话一样,终将会发腻的。摩根博士,您可是一位从事创造性劳动的人,不去塑造宇宙,您就绝不会感到真正的快乐啊!"

摩根没有回答。这些话说到了他的心坎上了。

"我想,你我所见略同。"银行家说,"假如我告诉你,我的银行对太空梯怀有浓厚的兴趣,你做何感想?"

"我持怀疑态度。我找过你们,但得到的回答是——这是个好主意,但是目前阶段一个子儿也投不进去,因为全部资金都得用在火星开发上。这是老生常谈啦,我听得耳朵都起老茧喽——结果到头来,当我已经不再需要帮助的时候,你们却说什么我们将乐于帮助……"

"那是一年前的事了,眼下整个情况起了变化。现在,我们支持您建造升降机。不过不是在地球上,而是在火星。您感兴趣吗?"

"有可能。请说下去。"

"想想有利条件吧。火星上的引力只有这里的三分之一,同步空间轨道的高度也可以降低一半。我方人员估计,火星太空梯系统耗资不足地球系统的十分之一。"

"这完全有可能。"行长的谈话显然引起了摩根的兴趣。

"这还不是全部。火星上大气虽然稀薄,飓风还是有的,可我们有风刮不到的高山。地球上的斯里坎达山——只不过是一座可怜的、五千米高的小山而已。而我们那座恰好位于赤道的帕沃尼斯山却高达两万一千米,并且没有火星和尚长期租赁地皮赖在山顶……火卫二的位置,您一定记得,它就在静止轨道上方只有三千公里处,因此我们已有现成的二百万兆吨物质停留在好位置上,可以起到锚固作用。"

"这会产生如何保持同步等一系列有趣的问题,不过我明白你的意思。我想见见测算出火卫二运动规律的那些人。"

"眼下不行。他们全在火星上。你必须到那儿才能见到。"

"我有点儿动心了,不过我还有几个问题。"

"请讲。"

"地球必须有太空梯,其理由我不说你也知道。"摩根沉默了一会儿,"火星要它有什么用呢?你们的太空客货运量只相当于地球运量的一小部分,预计的增长率也小得多。"

"我正想着你什么时候提出这个问题呢。"

"喏,我现在提出来了。"

"您听说过'厄俄斯'工程吗?"

"没听说过。"

"厄俄斯是希腊语,表示黎明。这是一项使火星回春的计划。"

"哦,当然啦,这件事我略知一二。你们是不是想把极冠融化掉?"

"正是。假如能把所有那些由水和二氧化碳组成的冰融化掉,就会产生几种效应。大气的密度会增加,将来可以逐步做到不需穿密封衣,再过些时候,空气甚至可能变得适于呼吸。火星上将出现河流和不大的海洋,随后就会生长出植物——终至实现精心规划的生物体系,两个世纪后,火星将变成伊甸园。它是太阳系里唯一可以用已知技术改造的行星,而金星太热了。"行长描绘了一幅引人入胜的景象。

"事情很清楚。可这跟升降机有什么关系呢?"

"我们需要将几百万吨设备运送到空间轨道上去。要给火星加热,唯一可行的办法是使用若干个直径达几百公里的太阳反射镜。这种设施,先是用来融化极地冰冠,以后会用来保持舒适的温度。"

"你们在火星与木星之间的各个小行星上不是有许多矿场吗?那里难道不能提取所需的全部材料吗?"摩根不解地问。

"当然可以得到一部分材料,但适用于反射太阳能的优质镜子是钠制的,而钠在宇宙中是很稀少的。需要的时候我们只好到塔尔西盐床去开采——幸运的是,它就在帕沃尼斯山脚下。"

"这工程需要多少年?"

"不出意外的话,第一阶段需要五十年时间,大致到你百岁大寿的时候完成——保险师说,你见到这一天的概率为百分之三十九。"

摩根呵呵笑了。

"我对深入细致搞研究的人总是敬佩得五体投地。"

"不注意细节,我们在火星上就无法生存下去。"

"行。不过我还有许多保留意见。比如说,资金的筹措……"

"那是我的事,摩根博士。我是银行家,你是工程师。"

"没错,虽然你对工程学似乎挺在行,而我也深入学过经济学。在决定要不要参与这样一项工程之前,我想要一份详尽的预算项目分类材料……"

"可以给你……"

"——这只是第一步。"摩根说,"可能你还没有完全了解,为了实现这项工程,我还有大量研究要做,涉及五六个领域——超级纤维材料的批量生产,太空梯的稳定性和控制问题——我简直可以说上整整一个晚上。"

"那倒大可不必。我们的工程师们已经详细阅读了你的所有报告书,他们建议搞一个小规模模拟试验,既能够解决许多技术问题,又可以验证设计方案在原则上是否可行。"

"可行性包在我身上。"摩根道。

"我同意您的意见。不过,只要是直观的表演,无论它原始到何种程度,总会使许多看法得到改变。您可以搞一个尽可能小的太空梯系统——干脆就是一根挂着几公斤重物的金属丝,把它从空间轨道投放到地球上。是的,降落到地球。在这里取得成功的话,到火星上就更不用说了。然后你再利用这种系统运点什么东西上去,让所有人都看到火箭确实是过时了。这个实验是比较省钱的,但它足以提供基本数据和基础训练,在我们看来,它还可以省去今后多年的争论。我们可以去找地球政府、太阳系基金会和其他行星银行,向他们示范结果。"

"实际上你已经全都策划好了。你要我什么时候答复?"

"老实说,最好现在就答复。但不管怎么说,事情总还可以缓一缓。"

"好吧,那就请你把现有的设计研究、成本分析和其他材料全给我吧。"摩根使用了非常明确的措辞,"材料一看完,我就把决定告诉你——哦,最多一个星期。"

"谢谢您。这是我的号码[①],您随时可以跟我联系。"

摩根把银行家的身份证插入他通信机的存储孔,核对了显示屏上的输入确认。身份证还没有归还,他已经打定主意了。

要是火星方面的计算没有出现重大错误——发生错误的可能性是极小的——那么,他的退休生活将到此结束。摩根对自己是颇有自知之明的——在一些不那么重要的问题上,他往往难以做出决定,而在生命的转折关头,则是连一秒钟也不会犹豫。

他历来知道该怎么办,而且很少出错。

在现阶段,本不宜把太多智力资本或感情资本投入到一个

[①]号码由字母和数字组成,既是身份证号码,又包含着可视电话、驾驶执照、病历和保险等方面的号码。

最终可能化为乌有的项目中。但当行长完成了此行第一阶段的任务、坐在轮椅上离去的时候——他将经由奥斯陆和加加林返回太平港——摩根却发现,自己原本打算在这个漫长的北方之夜里要做的一些事情再也干不下去了。他心里乱作一团,突然改变的未来让他浮想联翩。

他烦躁不安地来回踱步,几分钟后在书桌旁坐了下来,动笔列出应予优先考虑的事项,依照一种颠倒的顺序,从最容易了结的任务开始。然而,才过一阵子,他就发现自己无法把注意力集中在这种平淡的例行事务上。他心里痒痒的,有件事情纠缠着他,吸引着他的注意力,而他全神贯注思忖时,那件事立刻逃得无影无踪,好像一个熟悉而一时联想不起来的词汇似的。

摩根无可奈何地叹了一口气,从桌旁站起身来,走到饭店西侧的走廊上。夜平静无风,寒意并不袭人,反倒使人精神振作。天上繁星灿烂,一钩浅黄色的蛾眉月正向着自己在峡湾中的倒影渐渐地降落。峡湾是那样地幽暗平静,仿佛是一块光洁的乌木板。

三十年前,他与一个姑娘几乎就站在这里,可眼下他再也无法清晰地想起她的长相了。他俩当时在此庆贺获得第一个学位——这是他们唯一的共同之处。他们都很年轻,乐于互相为伴,其实这就够了。鬼使神差地,在这人生的关键时刻,渐渐淡忘的往事竟然把他带回到特罗尔瑟文峡湾。假如当年那位二十二岁的青年学生知道,未来三十年后,他会回到这个记忆中的快乐地点,当时的他会做何感想呢?

回想往事,摩根没有一丝怀旧或自怜之感,唯有一种缅怀过去的兴味。他和英格丽德和和气气地分了手,甚至没有考虑订立通常为期一年的试行婚约,而他对此一刻也没有懊悔过。她又交了三个男友,让他们都消受了几分失恋之苦,然后自己在月球委员会觅得一份工作。此后摩根同她失去了联系。或许她现在就在那个明亮的新月上面,月色几乎可与她的金发相匹配。

火星又在哪儿呢?摩根自愧地承认,他甚至不知道今晚能不能看见那颗星星!他的目光沿着黄道面寻觅过去,从月球直到光耀夺目的金星以远,在璀璨的漫天繁星中,他并没有找到任何同那颗暗红色行星相似的东西。真是不可思议!他,这个从来没有到过月球空间轨道以外的人,很快就要去欣赏那副壮丽辉煌的绯红色景观,注视着两个小月亮迅速变换它们的月相了……

……就在转眼间,他的幻想突然破灭。摩根好像生了根似地站在原地愣了一会儿,随即快步走回饭店,良宵美景已被他置之脑后。

他的房间里没有通用控制台,所以不得不到下面休息厅里调阅所需的资料。倒霉的是,小单间被一位老太太占用了,她花了好长时间调阅资料,摩根急得差点儿要捶门。老女人终于慢吞吞地走出来,咕哝着说了声对不起,于是摩根单枪匹马地同全人类积累的艺术和知识宝库打起了交道。

学生时代,摩根不止一次地在检索比赛中夺魁,在指定时间内匆匆回答严酷的裁判挖空心思罗列出来的各种错综复杂的问题(例如:"在大学生棒球冠军赛双方得分总数最高的那一天,世界上最小的国家的首都大气降水量是多少?"摩根回想起这个问题,总是倍感亲切)。后来他的检索技术日臻纯熟,而眼下要调阅的只是一个简单的问题。三十秒钟后,资料显示出来了,比他实际需要的详尽得多。

摩根望着显示器的屏幕足有一分钟,然后困惑不解地摇了摇头。

"他们不可能把这个问题忽略了!"他喃喃自语,"可他们能采取什么对策呢?"

摩根按了下"书面副本"的按钮,随后把那页打印纸带回房间,以便作更加详细的研究。但是研究什么呢?问题实在是再明显不过了,给人当头一棒。他纳闷的是,自己是否忽略了同样明显的解决办法,提出这个问题会不会招来他人的耻笑?

然而,问题是无法回避的。

摩根看了看表,时间已过午夜。这件事必须立即弄清楚。

令摩根稍感宽慰的是,行长马上有了回音。

"但愿没有把你吵醒。"摩根有点儿言不由衷地说。

"没有——我们正要在加加林着陆。出了什么问题?"

"火星的那个月亮——火卫一,质量大约十万亿吨,以每秒两公里的速度运行着。它是一台宇宙推土机,每十一小时从太空梯旁边经过一次。我还没有算出准确的概率,但是可以肯定,每隔几天难免碰撞一次。"摩根以肯定的语气说。

线路另一端沉默了好长一阵子。然后银行家说:"这个问题甚至连我都能想象得出,在火星上工作的伙伴会有答案的。或许咱们只好把火卫一挪一挪了。"

"挪不动——质量太大。"

"我会立即同火星取得联系。眼下时延是十二分钟。一小时内我会得到答复的。"行长果断地做出了决定。

但愿如此,摩根暗想。最好是佳音——假如我真的要接受这份工作的话。

24. 神的手指

胡姬兰通常随西南季风的到来而开放,但是今年花期提早了。当约翰·拉贾辛哈站在他的兰花房里,欣赏着千姿百态的紫红色花朵时,他记起去年这个时候观赏初放的花蕾,赶上倾盆大雨,在温室中被困了半个小时的情景。

拉贾辛哈不无担心地朝天空望了一眼——不,没有要下雨的迹象。风和日丽,在天空的高处,飘着几片淡淡的云彩,让灼人的炎热得以稍减。可是……

拉贾辛哈没见过这样的景象。差不多就在头顶正上方,那些并排着的长长的云带被旋转的大气扰动搅出了一个洞。显然,这是一阵不过几公里宽的猛烈小旋风,但拉贾辛哈却联想到迥然不同的东西——刨平的木板上穿破纹理的孔眼。他撇下心爱的兰花,走到户外想好好看一看这种奇异的现象。现在,他看清楚了,小旋风正在空中缓慢扫动着,扭曲的云带清晰地标出它经过的路线。

不难想象,这就好似神的手指从天上伸下来,穿过云层勾出一道沟槽。就连精通天气控制基本原理的拉贾辛哈也想不到控制技术竟能达到这样高的境界。他不无自豪地意识到,四十年前,他曾为这项成就做出过自己的一份贡献。

当年他费了九牛二虎之力才说服残存的超级大国放弃轨道堡垒,把它们交给环球气象管理局,成就了铸剑为犁最后也最富有戏剧性的范例。现在,一度危及人类安全的激光装置,改把光束射向经过精心选定的大气层,或者地球上荒漠区域内的指定地点。诚然,即便同最最微弱的旋风的威力相比,激光的能量也是微不足道的,但是触发雪崩的落石,启动连锁反应的单个中子,它们所具备的能量何尝不是如此呢?

拉贾辛哈并不通晓技术细节,他只晓得发射激光光束涉及监视卫星网络和计算机,后者在电脑里贮存着地球大气、陆地表面和海洋的完整模式。当他望着小旋风坚定地向西移动,最后消失在游乐园防御土墙里面那一排婀娜多姿的棕榈树下时,他觉得自己简直成了一个原始人——一个充满敬畏之情、目瞪口呆地望着先进技术奇迹的原始人。

他举目仰望,就在那里的高空中,他看不见的工程师和科学家正在他们的人造云天上绕着世界奔驰。

"太妙了!"他喃喃地说,"不过,但愿你们知道自己到底在干啥。"

25. 轨道轮盘赌

"我早该想到，"银行家懊悔地说，"这个问题会写进那些我从来不看的技术附录中。不过这样也好，既然你看了整份报告，我想知道你的对策。老实说，我一直在发愁呢。"

"对策再明显不过了。"摩根自信地回答。在脑海中，他重又看到了电子计算机模拟的巨大太空梯，它仿佛是安装在宇宙这把提琴上的琴弦，低频振荡通过它在地球和空间轨道之间往复传播。在这幅图像之上，还叠加了在他记忆中盘旋过千百次的"起舞的桥"的影片残像。这就是解决问题的全部线索。

"火卫一每十二小时十分钟飘过轨道塔一次。幸运的是，它的轨道平面与轨道塔不完全重合——否则每公转一周就会发生一次碰撞。它在绝大多数公转路径上碰不到太空梯，具有危险性的时间可以精确地预测出来——必要的话可以精确到千分之一秒。再说，太空梯同任何工程项目一样，不是完全刚性的结构，它有自然振动周期，几乎像行星轨道一样可以精确地计算出来。因此你们的工程师提出，将太空梯本就无法避免的固有振荡加以"调整"，使它不至于同火卫一相遇。每次卫星从太空梯旁边经过的时候，太空梯都不在它的路径上——它已经避开危险区几公里。"

在通话线路的另一端,出现了长时间的沉默。

"兴许我不该对你说,"火星人终于说道,"我吓得毛发都竖起来了。"

摩根笑了起来,"说得直截了当一些,这会让人想起——怎么说才更确切一些呢——对了,俄罗斯轮盘赌。请记住,咱们讨论的是完全可以预报的运动,我们随时都能知道火卫一在什么地方,并且可以通过选择所需的货载运动规范,来控制空间轨道塔的偏移距离。"

摩根停住了讲话。他脑子里闪现出一个类似的例子,它是那样确切,却又很不得体,他几乎要捧腹大笑。不,把这个例子说给银行家听可不识相。

他又一次回到塔科马峡谷翩翩起舞的大桥旁。不过,这次他幻想有一艘船从桥下通过。很不凑巧,船的桅杆比规定尺寸高出了一米。

这没问题。只需在船舶正点到达之前,让若干辆载重的货车从桥上开过去,间隔时间经过精心计算,使之与桥的谐振频率相一致。和缓的振波将会从一个桥墩传到另一个桥墩,而波峰则恰恰赶上船舶通过的瞬间。于是船的桅顶从桥底通过,还有足足几厘米的间隙……把这个场景放大千万倍,火卫一照样可以避开从帕沃尼斯山拔地而起进入太空的轨道塔。

"我完全信得过您。"银行家说,"然而,我们圈子里有这么一种说法——再相信的事情也需要检验。因此,在采用太空梯方案之前,我必须请人验证火卫一的所在位置。"

"到时候你会惊讶地发现,你手下某些聪明的年轻人会利用火卫一接近太空梯的临危阶段大肆招徕游客——他们年轻,在技术上毫无顾忌。他们会设想,带领游客观看火卫一在伸手可及的距离内以两千公里的时速飘过可以收取高额票价呢。多么壮观的场面哪,你不同意吗?"

"我宁可在脑子里想象,而不是亲临现场观看,不过他们可能想到点子上了。不管怎样,知道有解决办法,我就放心了。并且,根据我的印象,您对我们那些工程师的才能还是颇为赏识的。那么,我们什么时候能得到您的最后答复呢?"

"现在就可以给您答复,"摩根满怀信心地说,"我们什么时候动手?"

26. 卫舍迦节前夜

二十七个世纪过去了,卫舍迦节仍然是塔普罗巴尼人的日历上最神圣的日子。传说中,佛陀诞生、成道和逝世都在五月的满月之日。如今,在多数人眼中,卫舍迦节是像圣诞节那样一年一度的重要节日,是一个默念和静修的日子。

多年来,季风监控台确保了在卫舍迦节当日及其前后两天不降雨。拉贾辛哈会在满月前两天赶到王城拉纳普拉朝圣,每年的活动都会使他精神为之一振。他回避在卫舍迦节这一天进城。在这个日子,拉纳普拉人山人海,一些外来人肯定会认出他,破坏他内心的静寂。

只有眼力最敏锐的人才能注意到,悬挂在古代舍利塔钟形圆顶上面的金黄色大满月并非一个正圆。今晚的月光特别明亮,在无云的天空中只能看见几颗最耀眼的卫星和恒星。没有一丝风。

据说,卡利达萨离开拉纳普拉时在这条路上停留过两次。第一次是在他童年钟爱的伙伴哈奴曼的墓前驻足,第二次是在佛陀的神龛前膜拜。拉贾辛哈常常琢磨,这个暴君在这样一个地方能得到什么慰藉呢?这里是观看那座用坚硬磐石雕成的巨大佛像的最佳地点。佛像躺卧着，比例恰到好处，你只有一直向它走去，才能领略到它究竟有多大。站在远处，谁也意识不到光是佛陀安歇的枕头就比人还高。

拉贾辛哈走遍天下，但从没见过什么地方像这里一样充满祥和气氛。有时候他觉得，他可以永远坐在这里，在皓月之下抛开人生一切忧虑烦恼。他从没有过分探究神龛的法力，但它的几种力量是显而易见的——创立佛教的智者，在度过漫长而高尚的一生之后，最终闭目长眠。他的卧姿焕发出安详的神采，佛袍上拖曳的线条极其柔和，使人感到格外平安和静谧。岩石上的线条汇成波纹图案，其自然韵律宛如大海波浪，对人类具有非凡的感染力。

在这样一种无始无终的时刻，同佛陀和近乎正圆的满月单独相聚，拉贾辛哈觉得自己终于感悟到涅槃的真谛。愤怒、欲望、贪婪等情感已不再拥有任何力量，这些情感简直是难以想象的，甚至连人自身的存在感也行将消逝，就像朝阳照耀下的薄雾一样。

不消说，这种境界不可能持久。过了一阵子，他又意识到昆虫飞翔的嗡嗡声，远处狗的吠叫，他坐着的石头的冰冷和坚硬。静寂不是一种可以长期保持的心态。拉贾辛哈叹了一口气，站起来，动身向停在寺院场地百米以外的轿车走去。

他正要进入车里，突然注意到一小块白色的东西挂在西边树林上面，轮廓非常清晰，仿佛是用颜料画在天上似的。那是拉贾辛哈见过的最奇特的云，呈完全对称的椭圆形，边缘轮廓分明，宛如一个立方体。他疑心是不是有人驾着飞艇驶过塔普罗巴尼上空，但他既看不见尾翼，也听不到发动机的声音。

刹那间，他突发奇想。星河之洲的岛民们终于来临了……

不消说,这种幻想是荒唐可笑的。即便他们有本事跑得比自己发射的无线电信号更快,也不可能横穿整个太阳系降落到地球的天空而不触发现有的所有雷达。倘若真有其事,几小时以前消息就该传开了。

令拉贾辛哈颇为惊讶的是,他隐隐约约有一种失望之感。这时,那个幻影移近,他看出它无疑是一片云,因为它的四周边缘变得有点儿破裂。它速度惊人,仿佛有一股由它独享的大风驱动着它,而地面上没有一丝风吹草动的迹象。

看来季风监控台的科学家们又在工作了,试验着他们对风的控制能力。拉贾辛哈纳闷的是,下一步他们会想出什么点子呢?

27. "阿育王"号空间站

从三万六千公里的高处向下俯瞰,塔普罗巴尼显然是十分渺小的。就算把整个国家作为靶子都嫌太小,可摩根要命中的却是网球场大小的一块地方。当然,摩根也可以选择东非的乞力马扎罗山或者肯尼亚作为目标,并且利用空间轨道站"肯特"号来进行表演。尽管"肯特"号的位置是静止轨道上最不稳定的几个点之一,因此很难在中非上空保持平衡,但对于历时不过几天的试验来说,这种情况不会产生多大影响。有一阵子他很想瞄准钦博拉索峰①,美国人甚至主动提出不惜耗费巨资把"哥伦布"号空间站搬到这座山的经度上。可是到头来,摩根还是选中了斯里坎达山。

对于摩根来说,幸运的是,在这计算机辅助决策的时代,即便世界法庭极费周折的裁决也可以在几星期之内做出。不消说,寺院提出了抗议。但摩根争辩说:这是一次短暂的科学实验,是在寺院用地的疆界之外进行的,且不会产生噪声、污染或者其他干扰,不构成侵权行为。与之相对,假如试验受到阻挠的

---

① 厄瓜多尔钦博拉索省的休眠火山,位于安第斯山脉西科迪勒拉山上,海拔6,267米,为该国最高峰。它有许多火山口,山顶多冰川。

话,他将前功尽弃,无法核实自己的计算,那项对火星共和国至关重要的工程将受到严重挫折。

在这些论据面前,摩根感到如果换位思考,自己是完全可以被说服的。果然,赞成和反对票数是五比二。摩根提及好打官司的火星人,这是一着妙棋,法庭早已被另外三个涉及火星的复杂案件搞得头昏脑涨了……

摩根当然懂得,他的行动并非只是逻辑推理的产物。他并没有在失败面前气馁,而是重新提出了挑战。他仿佛是在向全世界和固执的僧侣们宣布——我一定会卷土重来。然而,在心灵更深处,他会摒弃这种心胸狭窄的刺激,这样一种小学生似的举动与他的身份不相称。他真正的目的是借此建立自信心,加强对最终成功的信念。

"阿育王"号空间站实际上控制着印度支那地区所有的通讯、气象、环境监测和太空交通运输业务。一旦这个空间站停止工作,十亿人的生命将受到灾难性的威胁,倘若它的工作不能很快得到恢复,十亿人就要面临死亡。无怪乎"阿育王"号空间站备有"巴巴"号和"萨拉巴伊"号两颗完全独立的辅助卫星,相距一百公里。即便某种想象不到的灾难把它们全部摧毁了,西方的"肯特"号和"英霍特普"号空间站,或者东方的"孔夫子"号空间站也能接替它们,起到应急作用。不能把所有鸡蛋都放在一个篮子里,或者说要作"狡兔三窟"的安排——人类已经从严酷的实验中懂得了这个道理。

这里没有来自地球的游客、度假者和中转旅客,他们只在地球以外数千公里的范围内做生意和观光,把地球高空同步轨道留给科学家和工程师。这些人都是破天荒头一次带着极其独特的设备到"阿育王"号空间站来完成那异乎寻常的使命的。

此刻,启动"蛛丝行动"的钥匙就在"阿育王"号空间站的一个中型对接室里飘浮着,等待发射前的最后检查。这玩意儿平淡无奇,从外观上一点儿也看不出它凝聚了科学家多年的心血,耗费了数以百万的投资!

暗灰色的圆锥体有四米高,底部直径两米,看上去好像是一整块金属似的,只有利用放大镜,才能看出构成它表面的是一圈圈绕得结结实实的超级纤维。如果不算内芯和把几百层细丝隔开的一层层塑料衬垫,那么,这个圆锥体就纯粹是由四万公里长的细线绕成的。

为了建造这个不起眼的灰色圆锥体,人们重新启用了两项已被淘汰的技术手段——三百年前,敷设在海底的电报电缆开始得到应用;人类付出过一笔很大的学费才掌握把数千公里电缆盘卷起来的技术,得以以规定速度均匀地把电缆从一块大陆敷设到另一块大陆,不受风暴和各种海洋险情的破坏。此后,过了一个世纪,第一批原始的制导武器问世,其中一些用纤细金属丝控制,飞向目标时把细丝拖曳出去,时速达数百公里。如今,摩根的"导弹"飞向目标的速度将比军事博物馆里的古董快五十倍,距离要远上千倍。他还有一些有利条件:除了最后几百公里以外,他的"导弹"将在绝对真空里飞行,并且目标不可能采取规避动作。

指挥"蛛丝行动"的女主管不好意思地咳嗽了一声。

"我们还有一点儿小小的困难,摩根博士。我们对放线信心十足——如您所见,所有试验和计算机模拟都令人满意。但……怎么把线重新收回来呢?"

摩根的眼睛眯缝了起来,对于这个问题,他确实没有好好想过。跟放线相比,把细丝收卷回来似乎是小事一桩。只要有一架普通的电动卷扬机就够了,当然,还需要作一些专门的改装,以便收卷这种纤细材料。然而,太空中的任何事情,都是不能凭着"想当然"就能去处理的。他的这种直觉——陆地工程师的直觉——很可能诱使他走上危险的道路。

"是这样的,"女主管首先打破沉默,"试验结束时,我们会把地球上的线端放开,于是'阿育王'号空间站开始收线。问题在于收起的是一条四万公里长的细线,因此,即使付出很大的努力,在数小时里肯定也会不见动静。要经过半天时间,拉力才会传到线的另一端,太空梯系统作为一个整体才会开始运动。它需要经受住张力的作用……这可是非同寻常的事!"

"我的同事们大致计算了一下,"这位女工程师续道,"当最终把这条线拉动的时候,细丝将以每小时一千公里的速度冲向空间站。这可是好几吨的质量呢!"

"可以理解,"摩根谦虚地说,"他们要咱们怎么办呢?"

"编制一个较慢的回收程序,附有受控动量预算。假如出现最糟糕的情况,我们将被迫在空间站外完成作业。"

"这会延误作业吗?"

"不会,应急方案已经制定好了。我们已经制定了一个应变计划,必要的时候只需五分钟就能把整个东西抛到锁气室[①]外面。"这位姑娘胸有成竹地答道。

"那以后你们能把它再收回来吗?"摩根不放心地问。

---

①在太空中和月球上,人们生活在含有一个大气压的增压舱里。飞船、航天飞机、空间站、月面汽车里面都设有增压舱。人若打开增压舱外出,空气立刻逃逸殆尽,人体立刻爆炸。因此,增压舱旁边都有一个锁气室,每个锁气室都有内外两个密封的门。要走出增压舱,得先穿上太空服,然后打开锁气室的内门。进入锁气室以后关闭内门,将锁气室里的空气抽入增压舱,然后打开外门。这时,人就可以进行太空行走或在月面上活动了。

"不成问题。"女主管回答得很爽快。

"但愿你说的没错。那根细小的钓鱼线价值千金,我还想再用它呢。"摩根关切地嘱咐了一句。

可是用在哪里呢?摩根一边思忖着,一边凝望着渐盈的新月形地球。或许先完成火星工程才是上策,即便这意味着几年的流亡生活。一旦帕沃尼斯山的太空梯运转起来,地球势必有样学样,到了那个时候,一切障碍就都不攻自破了……

到那时,地球和空间站之间的天堑将变为通途,古斯塔夫·埃菲尔三百年前赢得的名望将变得黯然失色。

28. 第一次放线

至少在二十分钟之内没什么好看的。可是,那些手头没有工作的人却都已走出了小型控制室,翘首望着天空。就连摩根本人也不时向门外张望。

玛克辛·杜瓦尔新近招聘的摄像师同摩根形影不离地守在一起,他是一位不到三十岁、高大健壮的年轻人。他肩上扛着这一行业的通用设备——传统上"右镜在前左镜在后"的双镜头摄像机,摄像机上面有一个比葡萄稍大一点的小圆球。球内天线动作非常灵巧,每秒发射几千次,不论它的主人怎样折腾,它的方向总能对准着相距最近的通信卫星。在线路的另一端,玛克辛·杜瓦尔舒舒服服地坐在演播室里,通过她遥远的第二个自我的眼睛观看着,用其耳朵倾听着——而她自己的肺却用不着费力地呼吸高空的稀薄冷空气。当然,这种舒服的工作条件不是她经常能享受到的。

摩根出于几分无奈,方才同意了这种安排。他知道这是一个历史性时刻,于是勉强接受了玛克辛所说"我的人不会碍事"的承诺。但他清醒地意识到,这样一项新奇的试验完全可能出问题,尤其是在进入大气层的最后几百公里的时候;另一方面,他也知道玛克辛可以信赖,无论试验成败,她都不会一味追求报道的轰动效应。

同所有名记者一样,玛克辛·杜瓦尔在感情上对自己观察的事件并不抱着超然物外的态度。她从来没有歪曲或遗漏过重要的事实,但也决不千方百计地掩饰个人的情感。她之所以钦佩摩根,是出于她对具有真正创造性天赋之人的真诚景仰。自直布罗陀大桥建成以来,她一直在期待摩根的下一步行动,而在这一点上,摩根没有让她失望。可是,尽管她祝愿摩根交好运,但却并不真正喜欢他。在她看来,他雄心勃勃,具有破釜沉舟的魄力和一干到底的铁石心肠,这既让他赢得了声名,也让他显得有点儿缺乏人情味。她总是不由自主地拿摩根和他的助手沃伦·金斯利作一番对比。那是一位和蔼可亲的君子("而且是比我强的工程师。"摩根颇为正经地对她说过),但外界很少有谁知道沃伦其人,他情愿永远充当一颗暗淡而忠实的卫星,绕着耀眼的主星运转。他对自己的地位心满意足……

正是沃伦不厌其烦地向她解释了降落时极其错综复杂的技术细节。乍一看,再也没有比从固定停留在上方的卫星上垂直地把某个物体投向赤道更简单的事情了。然而,天体动力学充满了反常现象——你要减速,反而运动得越快;你走最短的路线,消耗的燃料却最多;你对着一个方向,却走到另一个方向……当然,这一切都得归功于引力的作用。这一回情况复杂得多,以前谁也没有试过驾驭一枚拖着四万公里长丝的太空探锤……好歹在进入大气层上部之前,一切都是严格按照预定程序进行的。几分钟以后,它就要进入降落的最后阶段,人们将从斯里坎达山上对它进行操纵。要说这个时候,摩根会变得神经紧张,一点儿也不奇怪。

"万,"玛克辛通过私用线路轻声但毫不含糊地说,"别把手指头含在嘴里。您已经是个大人了。"

听到这种虽然亲热、却颇令人难堪的教训,摩根露出愠怒的神色,继而转为惊讶,最后略带几分尴尬地笑了笑,随即放松了身心,"谢谢。我也不想在众人面前出洋相。"

他怀着惨淡的心情看了看自己失去的指关节,不知那些自诩风趣的家伙几时才能停止幸灾乐祸,"哈!工程师搬起石头砸了自己的脚!"他老是提醒别人要小心,自己却粗心大意起来,在演示超级纤维的性能时把拇指的前端切掉了。老实说,倒并没有什么痛楚,而且几乎没有带来什么不便。总有一天他要治一治,可眼下,要让他为了那个倒霉的关节而在关节愈合器旁边坐上整整一个星期,那是无论如何也办不到的。

"高度两五洞,"从"阿育王"号空间站的小型控制室里传来恬静而不带感情的声音,"探锤速度每秒幺幺六洞米。引线张力——百分之九十额定值。降落伞两分钟后打开。"

摩根又一次紧张起来。玛克辛·杜瓦尔不禁想,他活像一个拳击手,注视着陌生而危险的对手。

"风力情况怎么样?"摩根突然向空间站发问。

很快传来了回答的声音,现在不像刚才那样安详恬淡了,"简直难以置信!季风监控台刚刚发布报飓风警报。"

"这可不是开玩笑的时候。"摩根焦急地说。

"他们没开玩笑,我已经得到了证实。"来自空间站的声音答道。

"可他们保证风速不会超过每小时三十公里,是不是?!"面对意外的险情,摩根仍然怀着一线希望。

"监控台刚刚把风速的最高限度提高到六十公里——校正

值可达八十公里。真见鬼,哪里乱了套啦……"

"可不是!"从通话线路中听到这一切的杜瓦尔低声嘟囔了一句,然后她对遥远的眼睛和耳朵下达了指示,"销声匿迹,隐藏起来——眼下你对他们是多余的——可什么情况也别漏掉。"安排摄像师执行这些自相矛盾的指示之后,玛克辛把线路调换了一下,接通了她那个非常出色的信息服务系统。不到三十秒,她便查出是哪个气象站主管塔普罗巴尼地区的天气。她发现气象站不受理公众打来的电话,心里颇为失望,但并不感到意外。

她让手下有本事的人员去打通这个关节,自己转拨到斯里坎达山上。她惊诧地发现,就在这么一段很短的时间里,试验现场的情况已经大为恶化。

天空正变得越来越昏暗,麦克风接收到远处大风来临的微弱呼啸声。玛克辛·杜瓦尔在海上经历过这种气候突变,且不止一次在大洋赛艇中利用过这种气候变化。可那是在海洋里!眼下却是一场令人难以置信的厄运。她怎能不为摩根而深感惋惜呢——他的梦想和希望可能会被这场无中生有的气流刮得付诸东流。

"高度两洞洞,探锤速度每秒幺幺五米,张力百分之九十五额定值。"空间站在继续报告数据。

这么说来,张力正在增强——事到如今,试验已经无法取消了,摩根只能硬着头皮干下去。杜瓦尔想鼓励摩根几句,但是她知情知趣,不敢在这危急关头打搅他。

"高度幺九洞,速度幺幺洞,张力百分之一百零五。第一把降落伞准备打开……打开了!"

事情已经无可挽回,探锤成了地球大气层的俘虏。眼下剩余的一点燃料必须用来导向,使它落入张开在山坡上的承接网里。在风的作用下,栓网的缆索已经发出嗡嗡声响。

摩根突然从小型控制室里冒出头来,举目凝望着天空,然后转过身来,笔直地看着摄像镜头。

"不管最后情况如何,玛克辛,"他一边缓慢地说,一边挑选着字眼,"实验已经成功了百分之九十五。不,应该说是百分之九十九。我们已经通过了三万六千公里,剩下的只有不到两百公里了。"

杜瓦尔没有回答。她知道摩根的这些话不是说给她听的,而是说给小型控制室外面坐在多功能轮椅里的那个人。轮椅暴露了乘坐者的身份,只有从其他星球来的客人才需要这种设备。到如今,医生可以治好几乎所有肌肉缺陷——然而物理学家对重力却奈何不得。

多少力量和注意力集中在这座山峰顶上啊!大自然本身的力量……人民火星银行强大的经济实力……北非自治共和国……万尼瓦尔·摩根……还有那些住在四面招风的高山绝顶之上毫不妥协的和尚们。

玛克辛·杜瓦尔悄悄对她耐心的现场摄像师下达了指令,于是摄像机一齐向上倾斜,正对着庙宇炫目的白墙。此时此刻,沿着胸墙,到处是在风中猎猎作响的橙黄色佛袍。不出所料,和尚们正在观看实验。

她把镜头推向他们,逼近到可以看清每一张脸。她从来没有跟马哈法师会过面(采访的请求曾被婉言谢绝),可她有把握能把他从人群中分辨出来。不料这位住持却无影无踪,或许他正在庙宇中最神圣不可侵犯的地方坐禅,专心致志施行着自己的无边佛法……

玛克辛·杜瓦尔吃不准摩根的头号敌手是不是沉迷于天真

的祈祷。要是他真的祈求过这场神奇风暴的话,那他的恳请倒是得到了上苍的俯允。

圣山的神明正从休眠中醒来。

29. 最后进场

　　技术越发展,越显出它的脆弱性;人类越企图征服自然,就越有可能遭受灾祸。近代历史上不乏这方面的证据——例如,马里纳城的沉陷(2127),第谷B圆顶①的倒塌(2098),阿拉伯冰山脱离拖缆(2062)以及雷神托尔反应堆的熔化(2009)。可以确信,将来势必还会有更加骇人听闻的事例。未来最可怕的事件恐怕会是精神病人造成的,而不是技术进步的必然。过去,一个疯狂的轰炸机投弹手或者狙击手只能杀害几个人;今天,一个神经错乱的工程师可以轻易屠杀一座城市的居民。据文献记载,奥尼尔太空殖民地二号2047年侥幸逃脱了上述灾难。通过"安全保障装置"程序,这类事故至少在理论上是可以避免的,不过这些措施十之八九是徒有虚名,实在信赖不得。

　　还有一类事件,涉及的个人身居高位,或掌握着独一无二的权力。这一类疯狂天才(似乎没有其他更合适的字眼可以用来称呼他们)可能造成全球性的破坏,A.希特勒(1889~1945)就是

---

①第谷是月面上的一座环形山,直径八十五公里,深约四公里。作者设想人类在第谷环形山开辟了地下殖民地,可能是高科技社区或城镇,上面覆盖着圆顶,出入月面要通过附设在圆顶上的锁气室。

一个例子。

最近,随着读者急盼却拖延多时的玛克辛·杜瓦尔夫人回忆录的出版,一个古典的例子得以披露出来。时至今日,那件事的某些方面也没有完全水落石出。

——J.K.戈利岑:《文明及其反抗者》(布拉格,2175年)

"高度幺五洞,速度九十五——重复,九十五。隔热屏板已抛弃。"空间站继续报告着测定的数据。这就是说,探锤已经安全进入大气层,降低了速度。但还不能高兴得太早。探锤不仅要飞行一百五十公里的垂直距离,还有三百公里的水平距离——呼啸的狂风使情况变得更加复杂了。虽然探锤上还有燃料可用,但它的机动能力毕竟是有限的。假如在山峰着陆的第一次尝试不能成功,那就再也没有第二次机会了。

"高度幺两洞。大气层没有影响。"

小探锤旋转着从天而降,如同蜘蛛爬下丝织的梯子。杜瓦尔暗想:但愿它的线够长,要是它在离目标一公里的地方把线用完了,那该叫人多么恼火啊!三百年前敷设首批海底电缆时曾经发生过这样的悲剧。

"高度八洞。下降情况正常。张力百分之一百。略有空气阻力。"

看来上层大气开始起作用了,不过眼下只有安装在小探锤上的敏感仪器能探测出来。

指挥车旁边架起了一台小型遥控望远镜,它正在自动跟踪肉眼还看不见的探锤。摩根向它走去,杜瓦尔的现场摄像师如影子似的跟着他。

"看得见吗?"几秒钟以后,杜瓦尔悄悄问道。摩根烦躁地摇摇头,依然通过目镜窥视着。

"高度六洞。向左偏移——张力百分之一百零五——校正值一百一十。"

总算还正常,杜瓦尔想——但是在高空平流层的另一边,情况开始加速变化了。摩根肯定看见探锤了——

"高度五五——脉冲校正值两秒。"

"有了!"摩根激动地叫了起来,"我看见喷气探锤了。"

"高度五洞,张力百分之一百零五。难以保持航向——有颤振现象。"

简直无法相信,在经过了接近三万六千公里的旅程之后,探锤却偏偏不愿走完最后不到五十公里的距离。可是,多少飞机甚至飞船就是在最后几米酿成悲剧的啊!

"高度四五,侧面强风。再次偏离航向。三秒脉冲……"

"看不见了,"摩根败兴地说,"云挡住了。"

"高度四洞,强烈抖振。张力猛增到百分之一百五十——重复,百分之一百五十。"

那可糟了! 杜瓦尔知道,张力达到百分之二百时就会断线。只要再一阵猛力的冲击,整个试验就得寿终正寝。

"高度三五。风力正在加强。一秒脉冲。储备的推进剂几乎用完。张力仍在剧增——达到一百七十。"气氛愈来愈紧张了。杜瓦尔想,再加百分之三十,那种纤维再神奇也会断裂,就像任何其他材料一样,超过它的抗张强度就会断裂。

"距离三洞。湍流加剧。严重向左偏移。无法计算校正值——运动偏离计算轨道太远。"

"有了!"摩根高叫道,"它穿过云层了。"

"距离两五。燃料不足,无法返回航线。估计偏离靶标三公里。"

"没关系!"摩根喊道,"在哪儿着陆都行!"

"好的,尽力而为。即将坠落。距离两洞。风力继续加强。探锤已经失去稳定。业载开始旋转。"

"松开制动器!让线自己下来!"摩根果断地下达了命令。

"已松开。"那个平静得叫人发疯的声音说。倘若杜瓦尔事先不知道摩根邀请了空间站头号交通运输调度员参加试验的话,她可能以为那是机器在说话呢。

"细丝投放器失灵。现在业载旋转每秒五转。细丝可能绞缠。张力百分之幺八洞,幺九洞,两洞洞。距离幺五。张力两幺洞,两两洞,两三洞。"

杜瓦尔想,眼看就要完了,只剩下十来公里,细丝却他妈的绞缠在旋转的探锤上了。

"张力洞——重复,洞。"

完了,线断了,它随即像蛇一样弯弯曲曲地游动起来,慢悠悠地向着星际弹回去。"阿育王空间"站上的操作人员无疑会把线收卷回去,但杜瓦尔对太空梯原理已略知一二,足以让她认识到,这是一项费时又复杂的工作。至于探锤,肯定会落到附近的某个地方——塔普罗巴尼的田野上或热带丛林里。正如摩根说的,试验获得了百分之九十五以上的成功,等下一次没有风的时候……

"看哪!"有人叫道。

云层底下亮起了一颗星星,它燃烧着,从两片飘过天空的乌云之间向着地球坠落。叫人哭笑不得的是,装在探锤上辅助终端导航的照明灯自动点燃了,好像在嘲弄它的制造者似的。也好,它仍然可以派上一点儿用场,有助于确定探锤残骸的位置……

杜瓦尔的现场摄像师慢慢转动镜头,让她观看那颗亮闪闪的白日流星飞过圣山,消失在东方。它将在离斯里坎达山五公里左右的地方坠落。

　　"接通摩根博士的线路。"她吩咐。

　　杜瓦尔本想对摩根说几句鼓励的话——声音要响亮,让火星银行家听得见,以表达对下次降落的信心。她还在构思那篇短短的抚慰演说词时,脑子里突然一闪念,演说词被遗忘得一干二净。事后,她无数次回忆起那之后三十秒钟内发生的各种事件,以至于到了倒背如流的程度。只是她从来没能完全肯定,她对于这些事是否有了透彻的了解。

30. 国王的军团

万尼瓦尔·摩根经得起挫折甚至灾难,他希望这次失败仅是一个小挫折。当他眼睁睁看着闪耀的亮光在山坡后面消失时,他真正担心的是,人民火星银行会认为他们的钱泡汤了。

坐在特制轮椅里的观察者目光敏锐,却始终一声不吭,仿佛地球引力不但束缚了他的手脚,连他的舌头也动弹不得了。摩根还不知道怎样向他交代,他却先对工程师说起话来:

"就问一个问题,摩根博士。我知道这场风暴是没有先例的,只不过它偏偏刮起来了。因此,以后有可能再出现这种情况。塔建成以后,再刮这种大风的话,情况又会怎样呢?"

摩根迅速开动脑筋。要马上做出恰当的回答是很困难的,再说,他还没有来得及对已经发生的事进行彻底核查。

"在最坏的情况下,咱们可能要暂时停止营运——因为'轨道'也许会发生不大的变形。但在这个高度上,无论多大的风力都不会危及塔的结构。即便这一次试验所采用的超级纤维也会完好无损——假如我们事先把它锚固的话。"

他希望这种分析能够自圆其说,过几分钟,沃伦·金斯利就会让他知道他的分析是否正确。令他宽慰的是,这个答复显然是让行长满意的。

"谢谢您。这已经够了。"

然而,摩根决心把这一次教训讲个透彻明白。

"在帕沃尼斯山上不可能出现这样的问题。那里的大气密度不足地球大气的百分之一……"

摩根突然沉默了。现在,他耳边回响起了几十年前听到过的声音,他一直没有忘记的声音,那声音盖过了风暴怒吼声,犹如庄严号召,把工程师带到了星球的另一端,带到了圣索菲亚教堂的圆顶下面。他重又怀着敬畏和赞美之情仰望着一千六百年前死去的人们的杰作,耳边回响着洪钟嘹亮的钟鸣声。钟声在召唤信徒们静心祷告。

伊斯坦布尔的景象渐渐消失,他回到了圣山,却陷入格外的迷茫和困惑中。

那个和尚告诉他什么来着?卡利达萨不受欢迎的礼物已经沉默了几个世纪,只有出现灾难的时候才允许鸣钟。可这里压根儿没有灾难嘛。其实,对于寺院来说,不但没有灾难,他们反而应该幸灾乐祸才是。摩根脑海里突然闪过一种令人难堪的可能性——探锤坠毁在寺庙的地界范围内了。不,这绝不可能。它飞过圣山的顶峰,距离山顶还有好几公里呢。不管怎么说,它小巧玲珑,一路从天上滑翔着掉落下来,绝不可能造成严重破坏。

他举目凝视寺院,洪钟的声音依然铿锵嘹亮,欲与风声试比高。但在胸墙旁边的橙黄色佛袍全都消失得无影无踪,一个和尚也看不见。

什么东西轻轻擦过摩根的脸颊,他不由自主地轻轻把它拂去。空中传来的阵阵哀伤的钟声,如雷贯耳,连续震荡着他的头脑。他难以集中思想,便决定到山上的庙里去,彬彬有礼地向马哈法师问个明白。

那种柔软如丝绸的东西又一次碰到他的脸,这回,他眼角看到了某种黄色的东西。摩根向来反应敏捷,他伸手去抓,于是……

那是一只黄色的蝴蝶,它刚刚度过了自己短暂生命的最后时刻。世界之大,真是无奇不有,这只小小的昆虫竟使人们熟悉的世界开始动摇了。无法解释的失败变成了更加不可思议的胜利,可摩根并没有洋洋得意,他感到的只是困惑和惊奇。

他记起了金色蝴蝶的传说。在大风的驱使下,千千万万只蝴蝶正在被刮上山坡并在山顶上死去。卡利达萨的军团终于抵达了目的地,实现了复仇的夙愿。

31. 结　局

"究竟发生了什么事?"阿卜杜拉酋长问道。

摩根心想,这个问题我可永远回答不了,但他嘴里却说:"那座山归咱们了,总统先生。和尚们正在离开。真是不可思议……为了一个流传了两千年之久的传说……"他表示完全无法理解地摇了摇头。

"一个传说,相信的人多了就变成了现实。"

"我想是的。不过,我总觉得这件事里大有文章——这一连串事件在我看来是不可能发生的。"

"千万别说不可能,这个字眼是靠不住的。让我给你讲个小故事吧。我的一位密友——一个伟大的科学家,现已去世——过去常取笑我说,政治是可能的艺术,只能吸引二流头脑的兴趣。他声称一流头脑只对'不可能'感兴趣。你知道我怎么回答吗?"

"不知道。"摩根彬彬有礼地回答。

"幸好我们这些二流头脑多如牛毛,总得有人来治理这个世界嘛……不管怎么说,不可能的事一旦发生了,你应该乐于接受。"摩根想,我只能接受——勉强接受。宇宙间竟然有这么怪诞的事,几只死蝴蝶在秤盘上居然抵得上十亿吨的空间轨道塔。

然而,尊敬的帕拉卡尔马却扮演了一个令人啼笑皆非的悲剧角色!他想必会认为自己充当了某些恶毒神明的爪牙。他做成了不可能做到的事,却引来了一群蝴蝶……

由于发生了这样的事件,季风预报站的负责人心情十分沉重。摩根以少有的豁达气度接受了他的道歉。摩根完全相信,才华横溢的乔姆·戈德堡博士使微观气象学得到了革命性的大发展,谁也没有真正明白他正在从事的工作。博士在进行试验时,最终患上了类似精神失常的毛病。负责人向摩根保证,这种事情今后再也不会重演。摩根则相当诚恳地表示,希望博士早日康复,还强忍官腔暗示说,今后还要季风监控台多多关照呢。台长在千恩万谢之后挂上了耳机,毫无疑问,他对摩根这种前所未有的宽宏大量感到十分惊讶。

"顺便问一下,"酋长说,"那些和尚准备搬到哪儿去呢?我倒可以为他们提供一个栖身之地。我们的文化历来欢迎别的宗教。"

"我不知道,拉贾辛哈大使也不知道。我问过他,他说用不着担心。佛门众僧俭朴生活了三千年,还不至于落到一贫如洗的地步。"

"嗯……我们倒是可以为他们的财产找到适当的投资场所。你每次来看我,你那小小工程所需的投资就会提高了。"

"不是这么回事,总统先生。上次的估价是太阳系内深空作业的账目,人民火星银行将负责为那项作业筹措资金。现在,我们要做的是寻找某个含碳量丰富的小行星,并把它迁移到靠近地球的空间轨道上去。这样,就解决了主要问题。"

"那他们建塔所需的碳从哪里来?"

"火卫二有开采不完的碳——他们可以就地取材。人民火星银行已经开始勘探合适的矿场,不过实际加工必须在卫星以外进行。"

"斗胆问一下,这是为什么?"

"因为重力的关系。即便火卫二这样的小卫星也有重力加速度。超级纤维只能在零重力的条件下制造,没有其他办法可以保证这种完善的晶体结构的产生,并且能够将其拉成足够长的细丝。"

"谢谢你,万。还有个问题——你干吗改变了设计方案?我挺喜欢原来捆绑式的四管轨道,两个上行,两个下行。那玩意儿就像笔直的地铁系统,即便九十度竖立起来,我也能理解。"

摩根对这位老人的记忆力以及他对细节的把握大感惊奇,这不是第一回了,无疑也不是最后一回。跟他打交道来不得半点马虎。有时他的问题纯粹出于好奇——甚至是故意找碴的好奇——但他从不忽略任何细节。

"恐怕我们原先囿于地球上的种种老概念了。就像初期的汽车设计师,只知道制造马车,只是不用马拉罢了。现在我们要设计一种空心的方形塔,每一面都有一条轨道。把它想象为四条垂直的铁路吧。从轨道那一头开始,每一面宽四十米,渐渐往下收缩,到地球是二十米。"

"就像一个石……石钟……"

"石钟乳。嗯,我必须查一查词典!从工程学角度看,有个跟它一模一样的建筑,就是古老的埃菲尔铁塔——假如把它颠倒过来,放大十万倍的话。"

"得,我想没有一条法律规定塔不得向下倒悬着。"

"记住,我们还有一座向上伸展的塔——起点位于同步轨道,从质量锚固向外延伸,锚固使得整座塔保持绷紧状态。"

"中途站呢?我希望你没有把它改掉。"

"不,它还在原来的地方——两万五千公里处。它包括功率强大的发电站和控制中心。我深信,到了某个时候,它会成为一处宇宙疗养区,并吸引大批旅游者。"

"我大概不会到那个高度上去,不过我喜欢遐想……"他用阿拉伯语嘟囔了一句,"你知道,有一个传说——穆罕默德的灵柩悬挂在天地之间,就像中途站。"

"举行开业典礼时,我们在中途站设宴招待你,总统先生。"

"即便你的工程能够如期完成——我承认你建桥只晚了一年——到那时我都九十八了……不,我怀疑自己能不能活到那一天。"

万尼瓦尔·摩根暗自思忖,但我可一定要去。因为现在我知道,神明是站在我这边的,不管他们是什么神。

第四部 高 塔

32．太空快车

"您可别说它永远也飞不起来的丧气话。"沃伦·金斯利恳求说。

"本来我很想这么说呢。"摩根察看着与原物一般大小的模型,抿着嘴笑了笑,"它活像一辆竖起来的铁路客车。"

"那正是我们要公众接受的形象。"金斯利回答说,"你买了票,托运了行李,舒舒服服坐到旋转椅里观赏风景。你还可以登上兼作娱乐室的酒吧间,痛痛快快喝它五个小时,直到抵达中途站。设计师们打算依照19世纪普尔曼车厢的样式来布置室内装饰。您觉得这种设想怎么样?"

"不怎么样。普尔曼卧车可没有五层地板。"

"得把您的意见告诉设计处——他们现在正醉心于恢复古老的煤气灯照明了。"

"假如他们追求古色古香的话,我有一次在悉尼艺术博物馆看过一部旧太空电影,里面一些装饰倒是比较合适。影片中的太空梭有一个圆形观察室——那样的古董更适用些。"

"您还记得那部影片的名字吗?"

"好像是叫《两千年的宇宙战争》。"

"我叫设计处去查一查。咱到里面去吧——您要戴安全帽吗?"

"不用。"摩根说。这就是比一般人矮十厘米的好处之一。

他们步入与原物一般大小的模型时,摩根心里充满了儿童般的喜悦。他早就审阅过设计方案,观看过计算机的模拟图形和布局图——对这里的一切都了如指掌。不过这是真实的、立体的。不错,它不能飞离地面,但总有一天,它的孪生兄弟将腾空而起,飞越云霄,仅用五个小时便可攀登到距离地球二万五千公里的中途站。每个乘客仅耗费价值一美元左右的电力。

人们还无法充分领会巨变的深刻意义。他们破天荒第一次可以轻松涉足太空,就像涉足熟悉的地球表面的任何一个地方。再过几十年,假如平民百姓要上月球度周末的话,完全可以如愿以偿,即便火星也不在话下。现在可以做到的事没有极限。

摩根打了个趔趄,险些儿被一块铺得不平整的绿地毯绊倒,他的思路这才从天空回到地上。

"这是设计师们的又一项构想。"金斯利说,"绿色能使人们联想到地球。天花板将是蓝色的———隔舱愈高,色调就愈暗。他们要全部使用间接照明,这么一来,就能看得见星星了。"

摩根摇摇头,"想得倒是挺美的,假如照明度适合舒适阅读的话,亮光就会淹没星星。车厢里必须有一间完全遮暗的隔舱。"

"这已经计划好了,划出酒吧间的一部分——你可以叫一杯酒,然后躲到不透光的帘子后面去。"金斯利不慌不忙地说。

他们来到密封舱的最下层,密封舱是一个圆形房间,直径八米,高三米。四周是五花八门的箱子、氧气瓶和控制面板,上面贴有贮备氧、电池、二氧化碳分解器、医药、温度控制器等标记。

一切显然都是临时性的,可以随时重新安排。

"很像一艘宇宙飞船。"摩根说,"顺便问一句,最新估计的遇险存活时间有多长?"

"在满员的情况下——也就是说五十名乘客——至少一个星期。要是发生了紧急情况,援救人员最多三个小时就能赶到——无论从地球还是从中途站出发。"

"你说的不包括大灾变,比如塔或者轨道毁损。"

"万一出了这种事,我想就没人可救了。但如果只是密封舱卡住不动,乘客们只要保持镇静,没有马上把我们美味的应急压缩食物片抢吃一空的话,他们最大的问题只是无聊而已。"

二楼完全空无一物,连临时设备也没有。在凹进去的板壁上,有人用粉笔画了一个很大的长方框,里面用印刷体写着:空气闸。

"这里以后用作行李房,不过未必需要这么大的地方。在不得已的情况下,这里还可以安置一些多余的乘客。第三层要比这里漂亮得多了……"金斯利边走边介绍。

第三层摆着十多张航空式座椅,设计各不相同,其中两张坐着栩栩如生的人体模型,一男一女。他们显然是太寂寞了。

"我们的工作大体上就进行到这个程度。"金斯利一边说,一边指指那个装饰豪华、还带着一个小桌子的回转折叠椅,"不过,还需要做一些试验。"

摩根用拳头捅了捅座椅的靠枕问道:"有人在这里真正坐过五个小时吗?"

"有,一个一百公斤的志愿者。没有出现褥疮。其实也没什么不得了,老早以前,飞越太平洋不是也要花上五个小时?而我们几乎一路上都会让乘客享受低重力的舒适感。"再上面一层是完全相同的,只不过没有放上安乐椅。他俩迅速走过这一层,到达第五层。设计师们显然把大部分心思用在了这一层,酒吧间看样子可以开业了,自动咖啡售货机已经投入实际使用。在它上面,精致的镀金框架里挂着一幅古老的版画,这幅画在这里显得特别应景,摩根看了赞叹不已。一轮巨大的满月高挂在版画的左上部,一列子弹形高速火车拖着四节车厢,朝月球飞驰而去。你可以看见,维多利亚时代的显贵们头戴高顶黑色大礼帽,正挤在标着"头等"字样的卧车包房窗前观赏良宵美景。

"从哪儿搞来的?"摩根惊奇地问。

"看样子说明文字又脱落了。"金斯利一边表示歉意,一边在吧台后面东寻西找,"啊,在这儿呢。"他递给摩根一张卡片,上面用老式字体印着:

弹射式奔月列车
版画选自1881年版《从地球到月球》
直达快车
全程97小时20分
兼作环月旅行
图书作者:儒勒·凡尔纳

"很遗憾,我没读过这本书。"摩根道,"不过我想知道,没有钢轨,列车是怎么运行的……"

"我们不应该过分相信儒勒,也不该过分指责他。这幅画可不能认真对待,它只不过是艺术家开的一个玩笑罢了。"金斯利解释道。

"好吧,请代我向设计处致意。他们这个主意不错。"

摩根和金斯利离开过去的梦,走向未来的现实。通过宽大的观察窗,背景放映系统映照出令人惊叹的地球景观——摩根高兴地注意到,那恰恰是他要看的景观。塔普罗巴尼就在正下方,当然是看不到它的,但整个印度次大陆就在眼前,一直延伸到白雪皑皑的喜马拉雅山。

"依我看,"摩根突然说,"太空梯的情况将同大桥完全一样,单单为了观看这幅景色,人们也会来乘坐升降机旅行的。中途站可能成为今后最大的旅游热点。"他望了一眼蔚蓝色的顶棚,顺口问道,"最上面一层有没有什么值得一看的东西?"

"没有真正值得一看的——空气闸已经定型了,但还没有决定把生命保障后备保险设备和轨道定心控制台的电子仪器安装在哪里。"金斯利答道。

"有困难?"

"新的磁力装置倒是没有问题。不管是电力驱动还是滑行,只要时速不高于八千公里,都可以确保磁体的间隙空间,不至于发生灾难性的直接接触。这个速度已经比原设计的最大时速足足高出了百分之五十。"

摩根轻舒了一口气。在这个领域内,他只能完全依靠别人的判断。问题从一开始就已经明确,只能采用磁动力的推进装置,在每秒超过一公里的速度下,稍有一点儿直接接触就会酿成灾难。然而沿着塔面上升的四对导槽在磁体四周有几厘米的间隙,导槽的设计要求保证巨大的复位力随时可以发挥作用,一旦密封舱的运动偏离中心线便立刻予以校正。

摩根随金斯利走下贯穿整个模型车厢的螺旋楼梯,心里突然冒出一个郁郁不乐的念头。我见老了,他思忖着。哦,我本来是可以毫不费力爬到第六层的,但我居然很高兴我们决定不上去。

我今年五十九岁,在第一辆旅客车厢能够开到"中央"站之前,少说也得过五年时间。以后,还得有三年试验和调整的时间。这就是说,要过十年才能正式通航,不会比这更早了……

尽管样机里面很暖和,他却不由地打了个寒战。摩根在生命中第一次意识到,他如此向往的辉煌胜利,竟有可能来得太迟了。

他下意识地捂着藏在衬衫里的金属薄盘。

33．科　拉

"你干吗拖到现在才来看病?"森医生用一种似乎是同智力发育有欠缺的孩子说话的口气问道。

"无非是事情太忙。"摩根一边回答,一边用那只正常的拇指揉揉衬衫的密封拉链,"太忙了——每次我感到喘不过气来,总认为是海拔高度造成的。"

"当然啦,海拔高度会起一定作用。所有在高山地区工作的人员都必须定期进行体检。您怎么会把这件事疏忽了呢?"大夫善意地责问道。

是啊,怎么会疏忽了呢？摩根不无尴尬地想着。"所有那些和尚——有些人已经年过八十了！他们似乎健壮如牛,我没有想到……"

"和尚长年累月住在山顶,已经完全适应了环境。可您呢？老是上蹿下跳,一天跑几趟……"

"最多两趟……"

"……几分钟工夫就从海平面蹦到大气层的一半高度。眼下您的心脏还没有严重问题,只是从今以后可得遵医嘱——我和科拉的嘱咐。"

"科拉？"摩根不解地问道。

"冠心病警报器。"大夫解释道。

"啊,那种玩意儿。"摩根恍然大悟。

"是的,那种玩意儿。它每年拯救约莫一千万条性命,大多是政府首脑、高级行政长官、卓越的科学家、最杰出的工程师和诸如此类的糊涂虫。我经常寻思值不值得这样费心劳神。大自然可能正在试图给我们一点儿什么启示,可我们却置若罔闻。"大夫用一种超然的口气说。

"记得你的希波克拉底誓言吗,比尔？"摩根笑着反驳,"你可得承认,我历来遵照你的嘱咐呢。这不,最近十年我的体重连一公斤也没增加。"

"嗯……喏,你还不是我最捣蛋的病人。"医生消了几分气,用较为温和的腔调说道。

他在办公桌里摸索了一阵子,拿出一大本全息样品簿,"您挑吧,这些都是标准样品。只要是'红色急救卫生员',您选什么颜色都行。"

摩根带着厌恶的神情仔细审视着这些全息图。

"我得把它戴在哪里？"他问道,"莫非你想把它植入我体内？"

"目前还没这个必要。再过上那么五年,也许就……我奉劝您先用这个样品,它是戴在胸骨下面的,您很快就能适应,不会感觉累赘。它不会打扰您,除非是向您报警。"

"报警？"摩根追问道。

"您听！"

大夫按下了控制台上的一个按钮,随即一个悦耳的女次高音用温文尔雅的声调说道:"我觉得您应该坐下来休息十分钟了。"短暂的停歇之后,声音续道,"躺半个小时大有好处。"又一阵停歇,"方便的话请马上跟森医生约定门诊时间。"接着又说,"请您立即服用一粒红色药片。我已经请医生来急诊。请静卧,放松身心。一切都会好的。"

随后传出的是十分刺耳的尖叫声,摩根不由掩上了耳朵。

"请注意,我是科拉。请听到声音的人马上过来。请注意,我是科拉。请……"

"我想,您大致了解情况了吧?"恢复宁静之后,大夫微笑着对摩根说,"程序是根据使用对象的具体情况编制的。"

"我的机子什么时候可以做好?"

"过三天左右我打电话给你。哦,对啦,我应该提一提,这种胸佩式机子有一个额外的优点。"

"什么优点?"

"在我的患者当中,有一位是网球运动爱好者。他告诉我说,他打网球时解开衬衫,露出那个小小的红匣子,就会降低对手的竞技状态……"

34. 眩 晕

有过那么一个时期，频频更换通讯录成了每一个文明人的日常琐事。随着通用代码的问世，现在再也没有这种必要了，因为只要知道某个人的终生身份号码，就可以在短短的几分钟之内找到他。即便不知道号码，只要提供大概的出生日期、职业和其他几项细节，标准检索程序通常也能相当快地查到对方的身份号码。（不消说，假如姓名叫史密斯、辛格或穆罕默德之类的，查起来就麻烦了。）

全球信息系统的发展还淘汰了另一项令人讨厌的差事。要庆祝朋友的生日或者其他周年纪念日，现在只要在名字上加一个专用记号，其余的事就可以由家用计算机去操办。到了喜庆的日子（除非程序的编制出现某种愚蠢的错误，这也是常有的事），合乎礼仪的电文便会自动发到指定地址。收件人可能会怀疑他屏幕上通篇热情洋溢的贺词全是出自电脑的手笔——名义上的发件人已多年没想到他——然而这种情况还是受欢迎的。

这项技术虽然免除了一整套事务，却带来了更费力的工作，其中最重要的也许要算"个人关注事项"的设计了。

现在,多数人在新年或者生日时更新"个人关注事项"的内容。摩根的一览表包括五十个项目,他听说有人列出了一百项。他们只好把全部醒着的时间都用来同洪水一般涌来的信息搏斗了。当然啦,也有许多人喜欢把自己的操纵台调成优先自动接收各种不可思议的新闻,比如:

恐龙蛋的孵化
圆变成四方形
大西洋神岛①重新浮出海面
基督再临
尼斯湖水怪的捕获
世界末日

通常,出于自我中心论和职业上的需要,用户们会按自己熟悉的专用名词顺次编写程序表。摩根也不例外,在他自编的程序表中,以下各款是不同寻常的:

轨道塔
太空塔
地球同步塔
太空梯
轨道梯
地球同步梯

---

①或译作亚特兰蒂斯岛,希腊神话中的岛屿。据柏拉图的著作记载,该岛位于今西班牙以西的大西洋上。因岛民桀骜不驯,宙斯下令将此岛沉入大洋。此神话见于柏拉图所著《会饮篇》。

有了这份程序表,可以保证他能及时了解到大约百分之九十与设计方案有关的新闻报道。绝大部分消息没有多大意义,有时他怀疑是不是值得搜寻这些节目,但是真正重要的信息也需要通过这个渠道获得。

当摩根注意到控制台上"待收新闻"的警示灯在闪亮时,他还睡眼惺忪,床还没有缩回到中等大小套房的墙里。他同时按下"咖啡"和"读出"两个按钮,做好收听当天重要新闻的准备。

"空间轨道塔倒塌"——收音机播出了新闻的标题。

"继续搜寻吗?"控制台问。

"当然。"摩根回答。他顿时清醒过来了。

在以后的十秒钟内,读着屏幕上显示的文字,摩根从不相信变成了愤怒,接着又陷入焦虑不安之中。摩根立即把全部信息转发给沃伦·金斯利,并且注明:"请用最快的速度同我取得联系。"然后,他坐下来用早餐,可他仍然怒气冲冲。

将近五分钟以后,金斯利出现在屏幕上。

"嗨,万,"他用无可奈何的幽默口气说,"咱们应该看到自己福星高照哇。那个家伙花了五年功夫才找上咱们。"

"这等荒谬的事我闻所未闻!但咱们还是不理睬他为妙吧? 回答的话,只能帮助他在新闻媒体上抛头露面、出尽风头——反而正中其下怀。"

金斯利点点头,"这是上策,暂时别理他。咱们不应做出过于激烈的反应。而且,那家伙说的可能还有一点儿道理呢。"

"你这是什么意思?"摩根的语气显然相当恼火。

金斯利突然变得正经起来,他不再拐弯抹角了。

"除去技术上的原因,还存在心理上的问题。请考虑一下这个,万。我到办公室见你。"

屏幕暗了下去,摩根心里略有几分闷闷不乐。他已经习惯于听到批评意见,并且知道应该怎样做出反应。与势均力敌的对手进行针锋相对的论战时,他还常常从中感觉到乐趣,偶尔输了也很少感到扫兴。可眼下要对付唐老鸭却不那么容易……

当然啦,唐老鸭不是那家伙的真名实姓,他真名唐纳德·比克斯塔夫,性情乖僻,愤世嫉俗,处处与人顶牛,因此总使人联想到20世纪那个虚构的角色。他获得过数学博士学位(胜任,但缺少才华),仪表堂堂,有柔和悦耳的嗓音以及不可动摇的自信心——他认定自己有能力对任何一门理科学科发表高见。摩根愉快地回忆起,自己一度前往皇家科学研究所认真倾听过这位博士的一堂公开课。课后他差不多明白了超限数的特性,差不多记住了一个星期……

不幸的是,比克斯塔夫不清楚自己的弱点。确实有一帮忠实的狂热仰慕者收看他的信息——在先前的时代,他会被称为科普工作者——但批评他的人更多。持善意的人认为他受的教育超过了他的智力所能接受的水准,其他人则称他为瞎忙的白痴诸如此类的。

摩根心想,可惜不能把比克斯塔夫和戈德堡-帕拉卡尔马锁在同一个房间里,否则他们会像正负电子一样互相湮没——一方的天才抵消另一方根深蒂固的愚蠢。诚如歌德所哀叹的,那种顽固不化的愚妄连神明都无能为力。如今神已无处可觅,摩根只好亲自担起这副重任,斗一斗愚顽——而且他崇拜着一个鼓舞人心的先例。

近十年来,摩根有四个"临时"的家,其中一个便是这间饭店客房,这里挂着几幅图片,最显眼的一幅是伪造的照片,但拼凑得天衣无缝,令有些来访者甚至不敢相信。画面突出表现了一艘蒸汽机船,形体甚为优美,堪称是现代船舶的始祖。站在船边码头上的人正是万尼瓦尔·摩根博士,他举目望着油漆船头上的涡卷装饰。几米之外,用探询目光望着他的是伊桑巴尔·金德姆·布律内尔[1]——此人双手插在口袋里,嘴巴紧紧叼着雪茄,穿着一身皱巴巴溅满泥点子的衣裳。

照片上的一切都相当真实。摩根确实站在"大不列颠"号旁边,那是直布罗陀大桥竣工的次年,在一个阳光明媚的日子摄于布里斯托尔。但照片中的布律内尔却是1857年的人,他在等待着一艘更著名的巨轮下水,那艘船的厄运即将使他不幸身亡。

照片是祝贺摩根五十寿辰的礼物,也是他最珍惜的私藏之一。

他的同事有意用这幅画开个知心的玩笑,因为摩根对这位19世纪最伟大工程师的敬仰是尽人皆知的。然而,有时他怀疑他们的选择是否合适。"大东"号最终吞没了它的建造者。

轨道塔也有可能使他遭受同样的厄运。

不消说,布律内尔遭到唐老鸭们的团团围攻。最死乞白赖的要数一个名叫狄奥尼修斯·拉德纳的博士,他言之凿凿地证明

---

[1]英国工程师,19世纪最杰出的发明家之一,设计了横跨埃文峡的克利夫顿吊桥(1829~1831,完成于1864)和泰晤士河上的亨格福德吊桥(1841~1845)。1837年,他设计出第一艘横渡大西洋的蒸汽机轮"大西"号,1843年设计出第一艘螺旋桨蒸汽机远洋轮"大不列颠"号,1853~1858年造出双层铁壳体船"大东"号。三艘船下水时都是世界上最大的船舶。"大不列颠"号现在保存在英格兰西南部港口城市布里斯托尔。1833年布律内尔任大西铁路总工程师,首先采用宽轨铁路(轨距七英尺),他一生共负责建造了一千六百多公里铁路。

蒸汽机船绝不可能横渡大西洋。大凡工程师都可以驳倒对方根据谬误的事实或简单的误算所提出的批评,但这位唐老鸭提出的论点颇为微妙,不那么容易反驳。摩根突然发现,他的崇拜对象在三个世纪以前面对的是与他十分相似的境况。

他的藏书少而精,都是无价之宝。他伸手取出其中或许是最常阅读的那一本——罗尔特著的经典传记《伊桑巴尔·金德姆·布律内尔》。匆匆翻过翻旧了的书页,他很快找到了唤起他回忆的那一部分内容。

布律内尔规划过一条近三公里长的铁路隧道,这被批评家们称为是一种"骇人听闻而且怪诞透顶、极其危险并且完全脱离实际的"设计思想。批评家们说,无法想象人类能够忍受火车隆隆驶过如幽冥地府的空间所带来的磨难。"谁也不愿意被关在暗无天日的地方,因为他们心里明白,头顶悬着沉重的泥土,一旦出事足以把他们砸得粉身碎骨……两列火车交会时发出的噪声会把神经震坏……没有一个乘客会被诱骗去乘坐第二次……"

这种论调是多么熟悉,这类家伙们永远信奉这样一句箴言:"前人没干过的事都干不得。"

然而,如果从概率论的角度出发,他们的话又貌似说得合情合理。比克斯塔夫先来了一大套口是心非的谦虚,声称自己不敢冒昧批评太空塔工程学方面的问题。他只想谈谈太空塔将引起的心理学问题,而这些问题可以用一个词概括——眩晕。他指出,身心正常的人都有恐高心理,这是人的本能,完全无可指责,只有杂技演员和走钢丝绳的艺人才能免受这种天然反应的支配。地球上最高的建筑物还不到五千米——但是愿意扶摇直上直布罗陀大桥桥墩的人并不多。

然而,直布罗陀大桥同空间轨道塔惊心动魄的高度相比就不足挂齿了。"谁没有在高楼大厦底下站立过,"比克斯塔夫慷慨陈词,"谁没有翘首望着建筑物陡直的外墙,而不会想象它晃晃悠悠似乎就要倒塌下来?请想象一下,这样一座高楼扶摇直上,穿过云霄,进入黑暗的太空,刺破电离层,越过所有大型空间站的轨道——不断往上升高,直到超过了通向月球的一大半路程!这无疑是工程史上的辉煌成就,但也是心理学上的一场噩梦。依我看,有些人只消思量一番便会发疯,而真正能忍受住令人眩晕的垂直上升、经过两万五千公里真空地带到达中途站的人,究竟能找到多少呢?

"有人说,普普通通的人都可以乘坐太空船飞到同样的高度,甚至更高,这种论据是站不住脚的。宇宙飞船在实质上同飞机并没有什么不同,就常人而言,即使坐在翱翔于离地几千米高空中的气球吊篮里,也不会有眩晕的感觉。但要是让他站到同样高度的悬崖边缘,您就好好观察一下他的反应吧!"比克斯塔夫滔滔不绝地讲述下去。

"之所以有这种差异,道理极其简单。在飞机上,观察者同我们这个行星之间并无有形的联系。因此,观察者在心理上同远在身下的地球是完全隔开的,不会有掉下去的念头引起他的恐惧,因此,他能够镇静地向下观看远方的景色。这种给人以镇定感的有形分离,恰恰是太空梯的乘客所缺少的。当沿着巨型空间轨道塔的陡直塔壁飞升时,可怜的乘客会敏锐地感觉到自己同地球之间的联系。怎样让一个没吸毒或者未经麻醉的乘客经历这段旅程呢?我倒想听一听摩根博士如何回答这个问题。"

摩根博士还在想着如何答复——其中的客气话不多——操纵台上的呼叫信号灯突然又亮了起来。他按下接收键。看到玛克辛·杜瓦尔出现在屏幕上,他一点儿也不觉得意外。

"喂,万,"她开门见山地说,"你打算怎么办呢?"

"我跃跃欲试,虽然我觉得不应该同那个白痴争论。顺便问一句,你认为是某个航空航天组织唆使他干的吗?"

"我的人正在调查呢,发现什么情况的话,我会告诉你的。在我看来,全是他自己瞎起劲儿——那篇文章确实是他的手笔,我认得出他的笔调。嗨,你还没回答我的问题呢。"

"我还没有拿定主意,我在使劲消化肚子里的早餐呢。你认为我该采取什么对策?"摩根毫不掩饰心头的烦恼。

"太简单了。安排一次演示嘛。什么时候能准备好?"

"假如一切顺利的话,需要五年工夫吧。"

"笑话。你已经把第一道缆绳安装好了……"

"安装好的不是缆绳,是导带。"出于习惯,摩根对玛克辛的"外行话"做出纠正。

"反正是一回事。它能承受多大的载重量?"玛克辛不打算在术语问题上同摩根纠缠下去。

"五百吨,不能再多了。"

"真够有意思的。该有人去兜兜风了吧,我去行吗?"玛克辛提出了完全出乎摩根意料的请求。

"你在开玩笑?"

"大清早我可没兴致开玩笑。说老实话,我的观众早就惦记着您那空间轨道塔的最新报道呢!宇宙密封舱的模型是挺迷人的,可惜动不了。我的观众喜欢看行动。当然,我也是。上次咱们见面,你让我看了那些小车厢的图纸,就是工程师们要乘坐它在缆绳上——我是说导带上——跑上跑下的车厢。你管它们叫什么来着?"玛克辛的提问仍然是开门见山。

摩根的回答也很直截了当,"蜘蛛车。"

"唷,这名字真够恶心的!不过,我对它的设计还是很欣赏的。以前还真不曾见过类似的东西。你可以稳稳坐在天上,甚至坐在大气层外面,观看底下的地球——飞船可办不到。我希望能捷足先登,成为描写这个轰动事件的第一人,顺便把唐老鸭的翅膀砍掉。"

足足有五秒钟的时间,摩根默不作声地直视着玛克辛的眼睛。他看得出来,她说这些话是认真的。

"要是有那么一位年轻的女记者,"摩根疲惫地说,"想借此机会来个一举成名,那我还可以成全她。对你,我可绝不赞成。"

新闻媒体中这位首屈一指的大记者发表了几句不合贵妇身份、甚至缺乏绅士风度的话,这种脏话通常是不会在公用线路上传送的,"趁我还没用你自己的超级纤维把你绞死,万,"她说,"告诉我为什么不!"

"喏,一旦有个三长两短,我决不会饶恕自己的。"

"收起你的鳄鱼眼泪吧。当然啦,倘若我死于非命,为你的工程去死,那将是一大悲剧。但在你做好必要的试验而且确信百分之百安全以前,我是不会稀里糊涂去冒险的。"玛克辛丝毫也没有退让的意思。

"不管怎么说,这个东西的惊险特技气息还是太浓了些。"

"正如维多利亚时代(或是伊丽莎白时代?)的人常说的——那又怎么啦?"

"你听着,玛克辛,刚刚收到了《闪电报》的消息:新西兰岛下沉了。你马上就得到演播室去。感谢你的慷慨支持。"摩根故意转开话题。

"万尼瓦尔·摩根博士——我知道你为什么拒绝我的请求。你一定是想'独占鳌头'。"玛克辛转而采用了激将法。

摩根摇摇头。

"这帮不了你什么忙,玛克辛,"他用挖苦的口吻说,"我感到非常遗憾,可你的机会还是等于零。"

突然之间,不知为什么他想起了自己胸前那个红色的薄片。

35. 星际滑翔器·八十年后

《神与星河之洲》节选（曼达拉出版社，莫斯科，2149）

整整八十年前，自动控制星际探测器，现称星际滑翔器，进入了太阳系，与人类进行了短暂而具有重大历史意义的对话。人类终于确认了他们世世代代的猜想：人类不是宇宙中唯一的智能生物，在外星存在着更古老更渊博的文明。

这次接触以后，一切都不会维持原样了。但说起来很奇怪，起初人类许多方面变化缓慢。他们照样忙于各自的事务，跟以往没有任何差别。星河之洲的岛民已经知道我们的存在二十八年了。几乎可以肯定的是，再过二十四年，我们就会收到他们的第一批直达电信。请问，我们有几次静下心来想一想这些情况呢？假如像另一些人所说的那样，他们已经亲自上路了，情况又会怎么样呢？

人有一种非凡的、或许是万幸的能力，即可以根据自己的观念，忽略未来最可怕的前途，使之适合自己的需要。古罗马的农民在维苏威火山的山坡上耕作，一点儿不去想在头顶上冒烟的火山口。20世纪后半叶，人类与氢弹共存——21世纪的一半时间里则与各各他①病毒和平共处。人类已经学会了对星河之洲的威胁——或者承诺——泰然处之。

星际滑翔器让我们看到了许多奇异的世界和奇异的种族，但几乎没有透露什么先进的技术，因此对我们文明技术进步方面的影响微乎其微。这是偶然现象，还是精心策划的结果？谁都想问星际滑翔器更多的问题，而现今已经太晚了——或者说，当初是太早了。

另一方面，星际滑翔器确实阐明了许多哲学和宗教问题，在这些方面产生了深远的影响。尽管在电文里无处可查，但是人们普遍认为，是星际滑翔器提出了这个著名的格言："对神的信仰显然是哺乳动物繁殖过程中的心理产物。"

假如这个格言正确无误的话，情况会怎么样呢？格言表述的内容与神的实际存在……我现在就开始论证这个问题……

——斯瓦米·克里希纳穆尔蒂

（乔姆·戈德堡博士）

---

①耶稣被钉死在十字架上的地方。在耶路撒冷附近，是个小山丘，形似髑髅，又称髑髅地。《圣经》四福音书都提到此地，但其确切位置不详，多数学者认为在耶路撒冷圣墓大教堂内。在这里，各各他隐含死亡或极大的痛苦之意。

36. 严酷的天空

到了夜晚,肉眼可以更加清楚地看到导带。当夕阳西沉、各种信号灯打开以后,导带便成为一条细细的、辉耀夺目的光带,它向高空射去,消失在星空之中。

它已经成为全世界最伟大的奇迹。在摩根禁止外人进入工区之前,参观者的无尽人流就从来没有间断过。这些被不知是谁开玩笑地称之为"朝圣者"的人,络绎不绝地前来朝觐圣山的最后一个神迹。

他们的举动全都一模一样。首先,他们伸手轻轻碰一碰五厘米宽的导带,怀着近乎敬畏的心情用手指尖上下抚摸它。然后,把耳朵贴到它那冰冷的表面上,仿佛是希望能有幸听到从苍穹传下的音乐。有些人甚至断言,好像他们已经听到了某种浑厚低沉的曲调。当然,这是牵强附会。即便是导带自然频率的最高泛音也远远低于人听觉的音域。另外一些人离去的时候大摇其头,"说什么我也不搭乘那玩意儿上天!"可是,对于核动力火箭、宇宙飞船、飞机、汽车甚至于火车……不是也曾有人发表过一模一样的"高见"吗?

对这些持怀疑态度的人,通常的回答是,"请放心,这只不过是一些'脚手架'——把塔引向地球的四条导带之一。当空间轨道塔完工以后,'升天'同乘坐普通电梯上楼也就没什么两样了,无非是时间长些,但也舒适得多。"

可是,玛克辛·杜瓦尔的旅行却并非如此,它非常短暂,而且不那么舒服。既然摩根最终屈从了她的要求,他只能尽最大努力确保一路万无一失。

轻飘飘的"蜘蛛车"是一辆原型试验车,它的外形活像机动的吊椅。事实上,"蜘蛛"已经进行了十几次试验,不止一次带着两倍于它现在的载重量升到过二十公里的高处。它出现过试运行阶段常见的一些小问题,但不是什么大毛病,最后五次运行则完全没有故障。还会出什么问题呢?倘若供电中断——在这样一个用电池供电的简便系统里几乎是不可能的——重力会使玛克辛安全降落,而自动制动器会始终限制着下降速度。

唯一真正的危险是,驱动装置可能卡住,把蜘蛛车和它的女乘客困在大气层上部动弹不得。即便出现这种情况,摩根也有对策。

"只有十五公里?"玛克辛抗辩说,"乘坐滑翔机还不止这个高度呢!"

"你只带了氧气面罩,不能超过这个高度。当然啦,你可以再等一年,到那时我们会建造出装有生命维持系统的运行车辆,你要爬多高都行。"

"干吗不用太空服?"

摩根不肯让步,自有一番苦衷。斯里坎达山脚下备有一台小小的喷气吊车,虽然他不希望用到它,但还是让它整装待命。

操作吊车的人技术高超,惯于执行各种奇特的任务,一旦玛克辛受困,他们可以毫不费劲儿把她抢救出来,即便二十公里高空也不在话下。

但目前没有一种车辆能到达这个高度的两倍去营救她。超过四十公里就是无人区——对火箭来说太低,对气球来说则太高。

当然啦,从理论上说,火箭在燃尽所有推进剂之前可以在导带旁边悬留短短的几分钟。但它的航行问题以及同蜘蛛车对接的问题令人捏一把汗,所以摩根不打算考虑这种空中机动操作。现实生活中不可能出现这种惊险场面,他希望电视剧制片人不要自以为在这里可以捞到什么好材料,编写出扣人心弦的惊险故事。他用不着出这种风头以博得公众的喝彩。

玛克辛·杜瓦尔穿着金属箔恒温服,浑身闪闪发光,酷似南极游客。她向待命的蜘蛛车和车子周围那一群技术人员走去。她精心选择了这个时间,太阳刚刚升起一小时,斜照的阳光尽显塔普罗巴尼山水的美景。她的现场摄像师比上次那位更年轻更健壮,正为系列报道录制事件的全过程。

按照惯例,一切都已经过了精心的演习。她干脆利落地系好安全带,按下电池充电按钮,在面罩里深深吸了一口氧气,并检查了所有的电视和音响装置。随后,她像老电影里的歼击机飞行员那样,竖起大拇指发出了"起飞"信号,把调速杆轻轻向前推去。

聚集在周围的工程师们凑趣地鼓起掌来,其实,他们当中的多数人都已经不止一次地到几公里高的空中去"溜达"过。不知是谁喊了一声:"点火!起飞!"蜘蛛车开始庄严地升空了,运动速度大概跟维多利亚一世统治时期的铜制鸟笼式电梯差不多。

这很像是在乘坐气球飞行。不费力气,寂静无声。不,不是完全没有噪声——玛克辛听得见电动机发出轻微的呜呜声,为紧扣在导带扁平表面上的复式驱动轮提供动力。她没想到,蜘蛛车一点儿也不晃动,也没有振动。她沿着攀升的那条神奇的丝带尽管纤细,却像钢筋一样强固,至于运动的稳定性,那是由车子的陀螺仪来保证的。要是把眼睛闭上的话,你满可以当成自己是在已经建成的空间轨道塔内飞升。不过,她当然不愿闭上眼睛,有那么多东西要看,要了解。她还可以听到许多声音——声音的传导简直好得令人惊奇,连下面的谈话声都清晰可闻!

她向万尼瓦尔·摩根招手致意,接着寻找沃伦·金斯利。奇怪的是,她竟找不到他。他扶她登上蜘蛛车,现在却不知去向了。她想起他直言不讳地承认——有时简直就像故意吹牛皮——世界上最优秀的建筑工程师害怕登高……每个人都有某种秘密的或者不秘密的恐惧。玛克辛实在不喜欢"蜘蛛"这个雅号,她想给自己现在乘坐着向天上飞去的机器起个别的什么名字。其实,世上真正叫她害怕的竟是胆怯而无害的章鱼,尽管她潜水时三天两头碰见它。

这时可以看见整座圣山了,只是从正上方无法估计它的真正高度。修在山坡上的古代梯道,看上去好像是弯弯曲曲的平路。梯道周围荒无人烟,一段山路甚至被倒下的树木挡住了——三千年后的大自然仿佛已经发出了警告:它很快就要收回自己的领地(指三千年后地球将因太阳"生病"而进入新的"冰河期")。

玛克辛让一号摄像机对准下方,开始用二号机遥摄。一幅幅画面掠过监视器屏幕,先是田野和森林,接着是远处拉纳普拉雪白的圆屋顶,再接着是内陆海深色的水域,然后出现的是亚卡加拉山……

她把镜头推近魔岩,只能依稀看见覆盖整个山顶表面的废墟的模糊轮廓。镜壁仍然处在阴影中,女神画廊也是如此——从这么远的地方当然不可能看清她们的真面目。但是游乐园的布局,连同园中的水池、人行道和四周宽阔的护城河都清晰可见。

那条细小的白色羽状水柱使她一时迷惑不解,但她很快就明白,她俯瞰的是卡利达萨向神明挑战的另一个象征——他所谓的"天堂的喷泉"。真有意思!要是国王看见她正不费吹灰之力地飞向他幻想中的天国,又该做何感想呢……

自从她上次同拉贾辛哈大使谈话以来,已经过去快一年了。她一时心血来潮,接通了拉贾辛大使别墅的电话。

"向您致意,约翰。你喜欢亚卡加拉山的俯瞰景观吗?"

"早安。这么说,您总算把摩根给说服了?感觉怎么样?"拉贾辛哈问道。

"心旷神怡——这是唯一准确的字眼。我所领略到的真是无法形容——我在旅行中乘坐过所有的交通工具,但是都跟乘坐这玩意儿的感觉不可同日而语。"

"'安然飞渡严酷的天空……'"拉贾辛哈顺着玛克辛的话意吟诵了一句诗。

"这是谁的作品?"

"20世纪初的一位英国诗人。"拉贾辛哈答道," 完整的句子是:

我不在乎你是架桥跨越大海,
还是安然飞渡严酷的天空……"

"我完全安然。现在我看得到整个海岛了,甚至看到了印度海岸。我的高度是多少,万?"玛克辛同摩根之间的通信是始终保持畅通的。

"大约十二公里。剩下的行程还有三公里。你的氧气面罩有没有戴牢?"摩根那边立即传来了答话。

"没问题。我希望它不会挡住我的声音。"

"别担心——你的话仍然可以听得一清二楚。还有三公里。"

"贮氧柜里还有多少氧气?"

"很充足。如果你要上升到十五公里以上,我就用超驰控制器把你送回地面。"

"完全正常。祝贺您的设计——顺便祝贺你——这是一个绝妙的观景台。你可以让顾客排队参观。"

"这一点我们已经想到了——通信卫星和气象卫星部门已经在投标了。我们可以把他们喜欢的任何高度的中继站和传感器让给他们,这对减轻我们的税金负担着实可以帮点儿忙。"摩根不无得意地说。

"我能看见你了!"拉贾辛哈突然叫了起来,"我用望远镜看到你了。现在你挥挥手……那儿怎么样,不会寂寞吧?"

双方难得地沉默了一阵子,接着玛克辛·杜瓦尔平静地回答:"不像尤里·加加林那样寂寞,他当初比我要足足高出两百公里呢。万,你给这个世界带来了新事物。天空可能还是严酷的,但你把它驯服了。可能有些人永远无法面对这种交通工具——我为他们感到遗憾。"

37. 十亿吨金刚钻

过去七年里已经做了大量工作，但还有同样多的工作要完成。一座座高山——还有一颗颗小行星被挪动了位置，在地球附近，稍高于同步空间轨道的位置上，出现了第二颗月亮。它的直径开始时大约有一公里，后来，随着碳的开采而迅速地减小了。所有剩下的东西——铁芯、尾料和工业残渣——嗣后形成了使空间轨道塔保持垂直的配重。它将是长达四万公里、眼下每二十四小时随地球转一圈的抛石索的石子……

在"阿育王"号空间站以东五十公里的位置上，飘浮着巨大的工业中心，它把几百万吨"没有重量"——但不是没有质量——的原料制成了超级纤维。因为成品百分之九十以上由碳组成，碳原子排列成严密的晶体点阵，因此人们给空间轨道塔起了个诨名叫做"十亿吨金刚钻[①]"。阿姆斯特丹珠宝商联合会尖酸刻薄地指出：1. 超级纤维压根儿不是金刚钻；2. 假如承认这是金刚钻，空间轨道塔的重量应该是 $5×10^{15}$ 克拉。

论克拉也好，论吨也罢，材料的用量是如此之大，需要把各

[①]金刚钻由碳原子构成。在金刚钻的原子结构中，整个晶体的每个碳原子都与相邻的四个等距离的碳原子键合在一起。

处宇宙殖民地的全部资源都动用起来。在各种自动矿场和工厂里,采用了技术领域的许多最新成就,而这些成就是人类在两百年宇宙时代的历程中花费了巨大努力才取得的。随后,空间轨道塔结构的全部元件——几百万个标准件——源源不断送来,悬浮着堆积在太空中。

然后,装配工们动手干了起来。轨道塔朝两个相反的方向延伸——向下通往地球,向上通往轨道上的配重锚,整个过程随时加以调节,使轨道塔始终处于平衡状态。塔的横断面从轨道到地球渐渐缩小,在轨道上它所受的应力最大,塔也将朝着锚固配重方向渐渐缩小。

这项任务完成以后,整个建筑综合体将被发射到火星的转移轨道上。这是合同的一部分,它已经引起了地球政客和金融家的忌恨,因为太空梯的潜力正在得到人们的承认,尽管为时晚了一些。

火星人签订了一项有利可图的契约——他们的投资虽然不能马上获利,可是,在以后的整整十年里,他们将拥有这类建筑工程的专利权。按照摩根的预计,帕沃尼斯空间轨道塔只是未来许多轨道塔中的第一座。就各方面的条件而言,火星是最适于安装宇宙升降机系统的星球,它那精力充沛的居民们不可能坐失这种良机。如果说他们在未来的岁月里想把自己的世界建设成为行星际商业中心,那么摩根衷心希望他们获得成功。他自己则还面临着许多其他的艰巨任务。

尽管这座塔硕大无朋,可它不过是整个复杂得多的工程的基础。沿着它的四个棱面,将要铺设长达三万六千公里的轨道,这些轨道必须适应前所未有的速度。轨道全程必须用超导电缆供电,电缆与大型聚变发电机组相连接,整个系统由极其复杂的故障保险[1]计算机网络控制。

顶部终端站本身就是一个大工程,它是旅客和货物往返于塔和靠站宇宙飞船之间的转运站。中途站和地球终端站也是如此,后者目前正在圣山的心脏部位用激光"烧制"。此外,还有宇宙空间的清扫问题……

两百年来,地球轨道上聚集着大小不一、形状各异的卫星,小到零零散散的螺母和螺钉,大到整个太空村。在塔的最大高度以下运行的障碍物,无论什么时候经过,现在都得加以考虑,因为它们有可能危及轨道塔。这些"材料"中的四分之三是早已被人遗忘、谁也用不着的废物,为了保证空间轨道塔的安全,必须逐一确定其位置,设法把它们处理掉。

幸运的是,旧时的轨道堡有极好的设备可以完成这项任务。它们的雷达原先用于寻找突然来袭的火箭,现在完全能够轻而易举地截获各种"污染"宇宙的东西。然后,轨道堡的激光会将有些"卫星"烧成极细的尘埃,而那些大一点儿的"卫星"则会被迁移到更高更安全的空间轨道上去。至于某些具有历史价值的东西,就把它们恢复原状,送回到地球上去。在这次清扫行动中,还有不少令人意外的发现——例如,人们发现了在执行某项秘密任务中死去的两名宇航员的尸体和好几颗不知是哪国发射的侦察卫星。当然,这些事情已经没有了任何现实意义,因为它们的发生时间距今至少已有一百年以上。

至于大量必须在离地球不远的轨道上工作的现役卫星和空间站,得仔细检查它们的空间轨道,并在某些情况下加以改变。

---

[1] 运行系统内部的安全装置或安全系统。发生故障时,它能自动保护操作者不受伤害,防止运行系统受到损坏。在计算机里,故障保险装置在元件出现故障时仍然能够保障计算机不间断地处理数据。

不言而喻,同所有各种经由人类之手创造出来的东西一样,空间轨道塔不可避免地要受到陨石的袭击。每一天,塔的地震仪网络都会记录下许多次作用力为若干毫牛顿的冲击,它每年也可能会受到一两次轻微的损伤。而或迟或早,说不定在哪个时候,就会有什么庞然大物撞到轨道塔上,使得一两条轨道暂时陷于瘫痪状态。在最坏的情况下,塔的某一处甚至可能会被撞断。

然而,发生这种情况的可能性相当于大型陨石击中伦敦或东京,既然这两个城市的居民不会为这种可能的灾难耿耿于寐,他万尼瓦尔·摩根也可以理所当然地高枕无忧。

不管将来还可能出现什么问题,轨道塔终归是一个即将实现的理想,现在已经没有人怀疑这个事实了。

第五部 攀 登

38．无声风暴区域

马丁·塞苏伊教授在授予他诺贝尔物理学奖仪式上的讲演摘录（斯德哥尔摩，2154年12月16日）

在天与地之间存在着一个往昔哲学家从未梦想过的广阔区域。直到20世纪初，准确地说，直到1901年12月12日，这个区域才第一次对人类产生了影响。

这就在一天，古列尔莫·马可尼通过无线电把三个"点"组成的摩尔斯电码"S"发送到大西洋彼岸。在此之前，许多专家曾断言这是办不到的，其理由是：电磁波只能沿直线传播，不可能绕过地球。马可尼的业绩不仅宣告了全球通讯时代的来临，也证明了大气顶层存在着一面带电的反射镜，能够把无线电波反射到地面。

现在已经清楚地知道，所谓的肯涅利-亥维赛电离层[①]是一个十分复杂的区域，至少包含三个主要层面，其高度和密度都容

[①]距地面90～150公里能反射无线电波。层内的电子密度夜间降低，中午时最高。1902年，美国电气工程师肯涅利听说马可尼成功地把电波传送到大西洋彼岸，便提出无线电波能被大气层上部的电离层反射回地面的假设。不久之后，英国物理学家亥维赛独立提出并证实了这一假设。

易发生重大变化。在三个层面的最高极限处,就是范艾伦辐射带[①],它的发现是太空时代初期的第一项杰出成就。

这个广阔的区域大概从五十公里高度开始,向外延伸到几个地球半径以外的空间,这个空间现在称为电离层。人类利用火箭、卫星和无线电波对它进行的探测,已经历时两个多世纪。我要向我的同行前辈们致敬,他们是美国人图夫和布赖特、英国人阿普顿、挪威人斯托默,尤其是贵国国民汉尼斯·阿尔文,他于1970年获得我现在荣幸领取的同一种奖项……

电离层,是太阳任性的孩子,即便现在,它的行为也不是随时可以预测的。远程无线电通信曾完全取决于它的"情绪"。它拯救过不少生命,但也有许多人由于它不留痕迹地吞食了他们在绝望中发出的求救信号而丧生,其人数之多是我们永远无法知晓的。

在通信卫星投入使用之前将近一个世纪里,电离层是人类宝贵而难以捉摸的仆人,对于开发利用它的三代人来说,它价值无限。

电离层为文明人类服务,只是不久以前的事。然而,要是没有它的话,甚至未必会有人类出现!因为电离层是地球特殊"盾牌"的一部分——正是这面盾牌,使得我们免受来自太阳足以致命的伦琴射线和紫外辐射的伤害。假如这些射线直射到海平面的话,或许地球上照样可能出现某种生命,但它将永远不能进化成为类似人类的生物……

因为电离层同它下面的大气层一样,归根结底是由太阳控

[①] 环绕地球的两个高能带电粒子环——带电粒子可能产生于太阳,并被地磁场俘获。其内环能量较高,约距地面300公里;外环约距地面16,000公里。两个辐射带于1958年由美国物理学家J.范艾伦根据卫星数据发现,故名。

制的,所以它也有气候变化。在太阳扰动时期,电离层受带电粒子风暴的冲击,被地球磁场扭曲成为圆圈和旋涡。在这种情况下,它不再是看不见的了,它会以极光的形式显现。极光是大自然最令人敬畏的景象之一,以其神秘的光辉照亮寒冷的极地之夜……

即便现在,我们也没能了解电离层中发生的变化的全过程。研究工作之所以不易进行,一个重要原因是,火箭和卫星运载的所有仪器是以每小时数千公里的速度穿越电离层的,我们无法站着不动进行观察!现在,开天辟地头一回,拟建的轨道塔使我们有可能在电离层建立固定的观察站。塔本身可能会改变电离层的特性,但它当然不会像比克斯塔夫博士所说的那样使它"漏电"!

既然这个区域对于通讯工程师来说已经无关紧要了,我们干吗还要研究它呢?事实上,除了它的绚丽和奇异之外,它的活动还与人类命运的主宰——太阳的活动密切相关。现在我们知道,太阳不是我们祖先所想的那种稳定而规矩的恒星,恰恰相反,它经常不断地发生长时间和短暂的摄动。目前它仍然处于1645至1715年所谓"蒙德极小期"[①]之后的回升阶段,因此,现在的气候是中世纪初期以来最为温和的。但这个回升阶段将会延续多久呢?更重要的是,什么时候又将开始新的、不可避免的太阳活动衰退期呢?它对气候、对气象、对人类文明的方方面面将会产生什么影响呢?我们不仅要考虑到对地球的影响,也要考虑到对其他行星的影响,它们都是太阳的孩子……

某些理论学说认为,眼下太阳已经进入了一个不稳定时期,可能会导致新的冰川期,而且冰川覆盖的地域会比过去任何一

---

①指1645~1715年间太阳黑子显著减少的那一段时期。

个冰川期都更加广袤。假如这种学说正确的话,我们就需要煞费苦心获得点点滴滴的情报,以便采取对策防备这种厄运的到来。即便提前一个世纪做准备也可能来不及。

电离层促成了生命的出现,它引发了通信革命,它还可能在很大程度上决定人类的未来。因此我们应该继续研究这个充满太阳力和电力的广阔而动荡的空间——这个神秘的无声风暴区域。

39. 受伤的太阳

上次摩根见到德夫的时候,他这外甥还是个小娃娃。如今他已经十三四岁了。要是往后他们的会面还这么"频繁"的话,那下次见面时,德夫就该是成年人了。

不过,这位工程师对此只有一点儿淡漠的内疚感。最近两个世纪以来,家族关系越来越疏远了,因此,摩根同他的妹妹也几乎没有什么来往。他们一年或许会打六七次电话相互问候,交谈几句,双方的关系倒也还算融洽,但他竟然连他们上次见面的时间和地点都想不起来了。

然而,他跟这个勤学好问的聪明孩子打招呼的时候(看来对方丝毫没有被大名鼎鼎的舅舅吓倒),摩根却感受到一种酸甜交织的亲情。他没有儿子可以延续家族姓氏,很久以前就在工作和生活之间做出了选择——在人类事业的最高层次上,这种选择往往难以避免。有三次——不包括同英格丽德的那段感情——他可以走上不同的道路,但或是出于偶然的因素,或是为了自己的抱负,他还是改变了自己的方向。

他知道为达成这笔"交易"必须付出代价,但他还是欣然接受了它,为一些琐碎事发牢骚已经晚了——成为过去的东西是无法挽回的。历史是否会给摩根做出应有的评价无关紧要，他所做成的和将要做成的事业，确实是没有多少人能够与之相比的。

在刚刚过去的三个小时里，德夫在地球终端站上看到的东西要比任何一位贵宾都更加全面。他从山脚下进入斯里坎达山体里面，穿过即将竣工的通道走到南站，被领着迅速参观了旅客和行李运输设施、控制中心以及密封舱的编组场。就在这个地方，沿东西两条轨道降下的宇宙密封舱将转到南北两条轨道上起升。他翘首凝望五千米高的梯井——几百个记者用沙哑的嗓音报道过，它像硕大的炮管直指星空——车流将沿着梯井升降。

他提出的问题把三位导游弄得疲惫不堪，直到这个时候，他们中的一位才想起：最好的办法是把孩子送回到他舅舅那里去。

"交给你吧，万。"当沃伦·金斯利乘坐高速电梯把德夫带到削平了的山顶上时，他无可奈何地说，"依我看，他好像打定主意要抢我的饭碗。"

"我还不知道你对技术问题这么感兴趣，德夫。"摩根颇感意外地对外甥说。

小家伙的自尊心似乎受到了伤害，还稍稍流露出失望的神情，"我过十岁生日的时候你送给我第十二套梅卡马克斯，难道你忘了吗，舅舅？"

"当然没忘——记得，记得。我只是开个玩笑罢了。"（说实话，他没有真的忘记那套建筑组装玩具，只是一时想不起来罢了。）"在这山顶上你不觉得冷吗？"小家伙不像大人们那样穿着防寒衣物，对通常使用的轻便电热衣也不屑一顾。

"不冷——我很好。这是哪一种喷气式飞机？你们打算什么时候打开梯井？我可以摸摸导带吗？"孩子连珠炮似的提出了一串问题。

"现在您领教了吧?"金斯利洋洋得意地冲摩根抿嘴笑道。

"第一,这是阿卜杜拉酋长的专车——他儿子费萨尔即将来访;第二,我们要让这个盖子一直关着,直到轨道塔通到这座山并进入梯井时才打开——眼下我们要用它当作工作平台,它还可以挡雨。第三,你喜欢的话可以摸摸导带——别跑——在这个高度奔跑对身体不好!"

"他才十二岁吗?"金斯利望着德夫迅速离去的背影说。他们不慌不忙地走过去,在东面锚铁附近赶上了德夫。

小家伙同成千上万来过这里的人一样凝望着狭窄的暗灰色导带。它从地下笔直上升,直冲云霄。德夫的目光随着它上升——上升——上升,直到脑袋再也不能继续仰起。摩根和金斯利没照他的样子去做,但是,即使到了现在——经过这么多年,想这样向上看看的诱惑力还是很大的。他们没有提醒德夫,有些游客就是这样看得头晕目眩,以至于趴在地上,没有人搀扶就走不开。

小家伙很有韧性,他向着绝高的远处凝视了几乎一分钟之久,仿佛是希望看到蔚蓝的苍穹以外悬着飞翔的数千个工作人员和几百万吨材料。接着他做个鬼脸,闭上眼睛,晃了晃脑袋,又睁开眼睛看了看双脚,仿佛要证实自己还站在坚实可靠的地球上。

他小心翼翼伸出手去,抚摸着连接地球同它的新月亮的狭窄丝带。"假如带子断掉,会出什么事呢?"他问。

这是一个老问题,许多人听到答案后感到惊讶之至。

"没事。实际上它目前没有受到多少张力的作用。假如你把导带切断,它就会吊在那儿,随风飘荡。"

金斯利露出不满意的神情。不消说,他俩都知道,这种说法未免过于简单了。就目前来说,四条导带中的每一条都承受着大约一百吨的应力,但这同系统投入运行,导带与塔结构合为一体时可以承载的设计负荷相比,简直微不足道。然而,完全没必要用这样的技术细节去让小家伙伤脑筋。

德夫思忖了一阵子舅舅的话,然后试探着弹了弹导带,仿佛希望能弹出音乐的声响来。可回答他的却是短促而发钝的声音。

"假如你用大锤砸它一下,"摩根逗趣地说,"大约十小时以后再回来,就恰好可以听到中途站传来的回声。"

"未必听得到,"金斯利说,"系统的阻尼太大。"

"别说扫兴话嘛,沃伦。走吧,咱们去看看真正有趣的玩意儿。"

他们走到圆形金属盘的中央,眼下这个圆盘成了这座山的一顶大帽子,像一个巨大的平底锅盖封住梯井。这里有一座小屋,它与四条连通轨道塔和地球的导带距离相等,看来只是临时性建筑,像它底下的大圆盘一样迟早要拆除。小屋里架着一台怪模怪样的望远镜,径直对准上方,显然不是用来瞄准其他什么目标的。

"现在临近日落,是最好的观察时间,光线条件最佳。"

"说到太阳,"金斯利凑趣地说,"请看吧。今天的太阳也比昨天亮。"他指着正在沉入西边烟霾中的金灿灿的扁圆盘,话音里流露出几分敬畏感。地平线上的雾气大大减弱了它的光芒,你可以径直看向它,而不会觉得刺眼。

清晰呈现在太阳表面上的黑斑已经出现将近一个世纪了,现在,它几乎散布在近半个金色圆盘上,使人觉得太阳似乎患了什么不治之症,甚至被什么东西砸得千疮百孔。然而,即便万能的朱庇特也不可能给太阳留下这样的创伤——最大的斑点直径达二十五万公里,可以吞没一百个地球。

"据预报今晚又会出现大范围的极光影像——塞苏伊教授和他那伙人真走运。"

"咱们看看他们进展得怎样了。"摩根一边调节目镜一边说,"你来看吧,德夫。"

小男孩聚精会神地看了一会儿,回答说:"我看见那四条导带往里面伸展——我是说,往上面延伸——直到看不见。"

"中间什么也没有吗?"摩根启发式地问道。

德夫又沉默了一阵子,"没有——看不到空间轨道塔。"

"不错——塔在六百公里上面,而咱们现在用的是望远镜的最低放大率。来,我把镜头推远。把安全带系好吧。"摩根跟外甥开起了玩笑。

德夫听到这种老掉牙的陈词滥调,不由自主笑了笑,他是从几十出历史剧里熟悉这些话语的。起初他看不出有什么变化,只是指向望远镜中央的四条直线变得不那么清晰了。过了几秒钟他才明白,他不可能看到什么变化,因为他的视线沿着系统的中心轴线看上去,在整条轴线的任何一点上,四条导带都是完全一样的。

突然,它出现在那儿,虽然他在一直期盼着,但还是惊讶不已——那是一个细小的亮点,出现在望远镜的正中央。他看着亮点不断扩大,第一次体会到了速度感。

过了几秒钟以后,他看出亮点是一个小圆圈——不,这时他脑子里想的和眼中看到的都是一个正方形。他看见的是塔的基部,塔正以每日两三公里的速度沿导带爬向地球方向。四条导带已经消失了,离得这么遥远,是无法辨别它们的。可是,那个仿佛是用魔法固定在天上的正方形却在继续扩大,尽管现在使用了最高的放大倍数,它看上去仍然模糊不清。

"你看到什么啦?"摩根问。

"一个明亮的小正方形。"

"好。那是塔的底面受到了强烈阳光的照射。咱们这里天色转暗以后,你还可以用裸眼再看一个小时,直到它没入地球的阴影为止。喂,你有没有看见别的东西?"

"没,没有……"小家伙过了好一阵子才回答。

"你应该看到的。有一组科学家正在塔的最底端安装研究设备。他们刚刚从中途站下来。仔细瞧瞧,你会看到他们的运输车的——在南面轨道上——从这里看是在塔的右侧。你集中注意力寻找一个亮点,它大约有塔底面的四分之一那么大。"

"对不起,舅舅,我找不到。你来看看吧。"

"嗯,能见度可能变差了。有时候塔会消失不见,尽管大气看起来可能……"

摩根还来不及接替德夫往目镜里面观看,他的个人接收机发出了两声短促而刺耳的双鸣信号音。一秒钟以后,金斯利的警报器也响了起来。

这是空间轨道塔有史以来第一次发出四级警报。

40. 路线的终端

难怪他们称它为"横贯西伯利亚大铁路"。即便是不费吹灰之力的下行,从中途站到塔基部也要花费五十个小时。

总有一天,这段旅程只需要五个小时就可以完成,不过那是两年以后的事,到那时轨道通了电,磁场便会被激活。眼下沿塔面上下跑动的检验维修车是用老式轮箍驱动的,轮箍紧扣着导槽的内侧。蓄电池电力有限——即使电力允许,这样的系统以每小时五百公里以上的速度运行也是不安全的。

遗憾的是谁也没有想到过这一点———也许是大家的工作太忙了吧!塞苏伊教授和三个学生一直忙着观察、检测仪器、确保转入轨道塔以后可以立即投入工作。密封舱全部工作人员,包括司机、工程助理和一个服务员也忙得不可开交。这不是日常运行。"塔基室"在中途站以下两万五千公里,眼下距离地球只有六百公里,自从建成以后还没有人去过。直到现在还没必要光顾那个地方,因为那里的几台监视器从来没有报告过异常情况。塔基室是一个十五米见方的增压舱,它是分设在塔的全长各段的数十个应急避难所之一。

塞苏伊教授是在施加了他本人全部的影响力之后才借到这

个独一无二的场所[①]——它眼下正以每日两公里的速度穿过电离层,朝着与地球的会合点向下爬去。教授极力争辩说,他必须赶在太阳黑子极大期的高峰到来之前把设备安装好。

太阳活动已经达到了空前的水准,这使得塞苏伊的助手很难集中精力在安装仪器上,外面壮丽的极光影像对他们有难以抵御的吸引力。连续几个小时,南北两个半球都充满缓慢移动着的淡绿色光帘和流光,美不胜收,又令人望而生畏——相比之下,在南北两极出现的只是幽灵般蒙眬的空中焰火而已。极光难得远离自己的"法定活动范围",在世世代代的时间里,它只有一次侵入到赤道上空。

塞苏伊把学生赶回去工作,告诫他们说,以后长途跋涉爬回中途站的过程中有大量时间可以观光。可事实上,教授本人也被灿烂辉煌的天空迷住了,在观察窗前站了好几分钟。

有人把这次旅行叫作"地球之行"——就距离而言,这种说法的真实性可以说达到了百分之九十八。随着密封舱以可怜的五百公里时速沿着塔表面向下慢吞吞爬行,你可以感觉到下面的地球越来越近,因为重力正在慢慢增加。从中途站令人愉快的、小于月球的重力增加到近乎地球表面的标准重力。对于任何有经验的太空旅行者来说,这种变化确实是一桩咄咄怪事:进入大气层之前就感觉到引力,似乎不合常规。

除了对伙食有些牢骚——操劳过度的服务员忍气吞声——这次旅行平安无事。距离塔基室一百公里的时候,制动器轻轻刹车,速度减半。到了五十公里处,速度再一次减半——正如一个学生所说:"在轨道的终点处出了轨,岂不尴尬?"

[①]指"塔基室",其建造速度是每天两公里。因为太空梯是从同步轨道向地球修建,所以才有下文的说法。

司机(他坚持要别人叫他飞行员)回嘴说,这是不可能的,因为密封舱沿着导槽降落,导槽距离塔的末端还有几米就终止了,另外还有一个精心设计的缓冲系统,以防万一四套独立的制动器全都失灵——大家一致认为,那个学生的玩笑除了荒唐透顶之外,调子也非常不吉利。

41. 流　星

　　两千年来,被称为帕拉瓦纳海的浩瀚人工湖安静地躺在自己缔造者石雕的目光之下。虽然现在,前来拜谒卡利达萨父亲孤寂雕像的人寥寥无几,可他创建的功业却比儿子的作品更加长寿。人工湖为国家造福,一百代人有了它才有吃有喝。受惠的还包括千百代鸟类、鹿、水牛、猴子和以它们为食的肉食动物——例如眼下,正在湖边饮水的那只豹子就浑身毛色油亮,肉满膘肥。此地大型猫科动物繁衍太多,大有泛滥成灾之势,因为猎人绝迹,它们再也没有什么可害怕的了。不过,只要不刺激或触犯它们,它们是不会袭击人类的。

　　一只对自己的安全深信无疑的豹子正在逍遥自在地畅饮。湖边的阴影却渐渐伸长,暮色从东方扩展过来。它突然竖起耳朵,警觉起来。单凭人的感官察觉不出大地、水域或者天空发生了什么变化。黄昏像往常一样静谧。

　　突然,从天空中传来一阵微弱的尖啸声,声音渐渐增强,终于变成隆隆的轰鸣,带着猛烈的呼啸,完全不像航天飞机重返大气层的声响。只见天空中有个金属物体,在夕阳照耀下闪闪发光,形体越来越大,后面拖着一条长长的尾烟。它一边扩大一边将碎片射向四面八方,一边散射一边燃烧。有那么几秒钟时间,在那个金属物体炸成无数碎片之前,豹子犀利的目光瞥见它大致呈圆筒形状。但豹子没有等到最后灾难的发生,便早已遁入丛林不见踪影。

晴天霹雳炸中了帕拉瓦纳海,一股夹着泥浆的水柱冲向百米高空,大大高过亚卡加拉山的天堂喷泉,几乎达到了魔岩的高度。水柱在空中悬停了片刻,与重力作着无谓的抗争,然后跌回被搅成混沌的湖里。

惊恐万状的水鸟早已飞上天空,黑压压一大片,满天盘旋着。在它们中间振翅飞行的,还有通常只在黄昏以后飞上天的大狐蝠,它们同样多得不可胜数,恰似一群阴差阳错存活到现代的皮肤粗糙的翼手龙。鸟群和蝙蝠都被吓得惊慌失措,乱哄哄地展开了一场割据天空的争夺战。

流星坠毁的最后回声消逝在四周的丛林里之后,寂静重又笼罩人工湖。经过了很久,湖面恢复到了波平如镜的状态。帕拉瓦纳大帝的眼睛注视着这一切,却什么都没有看到。

42. 轨道上的死亡

据说每建一座大型建筑都至少要搭上一条人命,直布罗陀大桥的桥墩上镌刻着十四个人的名字。但是,在空间轨道塔的建设过程中,由于对安全的关心达到了无微不至的程度,发生的不幸事故少之又少,甚至有一整年没出过任何死亡事故。

可是过去某一年捐了四条人命,其中两人死得特别凄惨——一位空间站组装视导员由于习惯了在零重力条件下工作,忘了自己虽然身在太空中,却不在空间轨道上,结果让毕生经验葬送了自己。他像块石头一样陡直降落了一万五千多公里,进入大气层时像流星一样被烧成了灰烬。不幸的是,他太空服里的无线电对讲机在最后那几分钟仍然在工作……

对轨道塔来说,那是一个不幸的年头。第二起悲剧持续的时间长得多,也同样发生在众目睽睽之下。一位女工程师远离同步轨道,在配重上工作,由于没有系好安全带,她像抛石索里的石子一样被弹入太空。在那样的高度,她既不能降落到地球上,也不能越出地心引力的范围。最最令人无可奈何的是——她那件宇航服内的空气总共只够用两个小时。

在这么短的时间里不可能对她施行救助。尽管公众强烈呼呀，但施工方没有办法采取任何营救行动。蒙难者以大无畏的英雄气概表示合作。她发送了无线电告别辞，然后，在氧气还可以使用三十分钟的时候，她敞开太空服，将自己暴露在真空中。几天以后，无情的天体力学定律把她带回到长椭圆形轨道的近地点，她的尸体被收了回来。

当摩根同愁眉苦脸的沃伦·金斯利和吓坏了的德夫一起乘坐高速电梯下降到指挥所的途中，他的头脑里接连闪过了这些悲剧的回忆。今天这场惨祸属于不同的类型，这是塔基室里面或者附近发生的爆炸。显然运输车已经坠落到地球上了，此后公众收到了一则失实的报道，称塔普罗巴尼中部某地出现"强大的陨石雨"。

在没有掌握新的事实以前，对此进行种种推测是毫无用处的。而在这次事故中，可能所有的证据都被毁坏了，再也找不到任何事实。他知道，太空事故很少是由单一的原因造成的，通常是一连串事件连锁反应的结果，而这些事件本身往往是没有什么危害的。即使工程师们在安全技术方面采取了一切可能想到的预防措施，也仍然无法保证绝对的可靠性，甚至有时候他们过于精细的预防措施反倒会酿成灾难。摩根对工程本身牵肠挂肚，远甚于对死亡事故的关注，他并不因为自己怀有这种心态而感到羞耻。人死不能复生，你什么忙也帮不上，只能尽力确保今后不再发生同样的事故。但如果即将竣工的空间轨道塔遭到了威胁，那可就是另外一回事了……

电梯轻轻停了下来，摩根走出梯间，进入操作室——正好赶上当晚另一个叫人目瞪口呆的意外事件。

43. 故障保险

　　距离终点站五公里的时候,飞行员鲁珀特·张又一次减速。现在乘客们才第一次发现,塔面不仅仅是一个平淡无奇又模糊不清的影子。塔面朝着上下两个方向一直通向无穷远,他们旅行其上的复式槽也一直延伸到无穷的尽头——或者说,至少延伸二万五千公里,按照人类的尺度来衡量,反正都一样。

　　但是向下看,终端已经进入了视域。削平的塔基在塔普罗巴尼翠绿色背景的衬托下清晰可见,再过一年稍多一点儿的时间,太空塔就要建到那里,并同它结成一体。

　　显示板上,红色警报信号又一次一齐闪亮。张懊恼地皱起眉头,观察了一番,随手按下复位按钮。信号只闪了一下,随后全部熄灭。这种情况最早发生在上方两百公里处,那时他曾匆匆请示过中途控制站,对各个系统进行了迅速的检查,结果没有发现任何故障。本来嘛,假如什么警报都信以为真的话,运输车早就没法运转了。

　　显然是警报线路本身的毛病,塞苏伊教授的解释令人心悦诚服,大伙儿都放宽了心。大概车子已不再处于规定的纯真空使用环境下,一遇到电离骚动,便会触发警报系统敏感的探测器。

"早该有人想到这一点了。"张抱怨说。总共剩下不到一小时行程,他并不怎么担忧。他说他将不断地对所有关键参数进行手控检查,中途站对此表示同意,反正除此以外别无他法。

他最关注的恐怕是蓄电池的状况了。离得最近的充电站在上头两千公里处,假如出了事又不能爬回那上面,他们就要倒霉了。但在这一点上,张倒是一点儿也不担心。在制动过程中,运输车的驱动电机一直起着发电机的作用,百分之九十重力能已经回馈给了蓄电池组。

现在蓄电池充满了电,多余的几百千瓦过剩电能已经通过车后部的大型散热片排放到了太空中。张的同事们常常逗他,说那些散热片使他这辆独特的运输车看起来活像旧时的空投炸弹。这个时候,散热片应该是非常灼热的,发出暗红色的亮光。

不言而喻,假如张知道散热片一点儿也不烫手的话,他恐怕就要陷入恐慌了。因为能量永恒不灭,它必须转移到某个地方——不幸的是,它经常转错地方。

当"火灾-电池室"信号第三次闪亮的时候,张毫不迟疑把它复位了。真正发生火灾的话,火焰会自动触发灭火器。其实,他最担心的事件之一反而是灭火器可能在不必要的时候自动喷射。眼下,显示板上出现了几处异常现象,尤其是在电池充电线路上。

一旦旅行结束,张打算爬进电机房,用古老的目视方法好好检查一遍。

事故发生在离终点总共只有一公里的地方。异样的味道首先引起了他的警觉,但当他看到控制板上冒出一缕轻烟的时候,心里仍在怀疑。他脑子里还能冷静思考的部分说:多么幸运的巧合,等到旅途尽头才着火!

此后他才想起最后制动阶段所产生的巨大能量,并且毫不费力地猜出了事件的前因后果。显然,保护线路失灵了,蓄电池一直在过量充电。

故障保险装置一个接一个地出了毛病,无计可施。在电离层风暴的配合下,完全反常的事件发生了。

张按下电池室灭火器的按钮,至少这一措施奏效了,因为他能听见舱壁另一边氮气喷射时发出的沉闷呼啸声。十秒钟以后,张打开阀门,打算把废气扫入太空中去——同时把大部分热量一起带走。阀门也正常地起了作用。张如释重负地听着大气从太空车中逸出的尖啸声,他希望这也是自己最后一次听到。

运输车终于缓缓地驶入终点站,他再也不敢依靠自动制动程序——他受过充分训练,能识别所有视觉信号,所以能在距离进站接合器大约一厘米的位置把车停住。两个锁气室匆匆对接起来,补给品和设备从联接管[①]里推了过去……

……塞苏伊教授等人也被推了过去。他试图返回运输车取他的宝贝仪器,结果飞行员、助理工程师和服务员把他顶住了。

在机舱间的舱壁快要坍塌之前几秒钟,锁气室的门"砰"的一声严严实实地关上了。

此后这些得救的人什么也干不了,只能在那个寒冷彻骨、十五米见方的舱室里干等着(里面的生活设施还不如设备良好的牢房),寄希望于火会自己烧尽熄灭。乘客们不明真相反倒是一种幸运,这对保持他们的精神镇静大有好处——

只有张和他的轮机员牵挂着一项致命的计时:充满电的蓄电池相当于一枚延时起爆的炸弹,眼下这枚炸弹的定时器正在

[①]运输车进站以后,它的锁气室与终点站的锁气室对接,二者之间是一条很短的联接管,直径大于人的一般身高,是人往返于运输车和终点站之间的通道。

轨道塔外面嘀嗒嘀嗒地走着呢。

他们匆匆躲进室内以后十分钟,炸弹爆炸了。开始传来的是沉闷的爆炸声,爆炸只引起塔身轻微的振动,接着是金属撕裂的声音。虽然破碎声不太猛烈,但还是使听到的人心里冷了半截:唯一的交通工具毁了,他们被搁在距离安全场所两万五千公里的地方。

接着传来了第二次爆炸声,持续时间较长,随即是一片寂静。人们猜测车子已经从塔面上掉落了下去。他们惊魂未定地意识到,虽然刚才奇迹般逃离了死亡,但想要得救还是太困难了。

44. 空中避难所

在大山深处，摩根和他的工程人员置身于地球操作中心的显示器和通信设备之间，围观轨道塔底部比例尺为一比十的全息图。图像详尽无遗，甚至能显示出沿各塔面延伸的四条薄如丝织的导带。它们离开地面后，消失在稀薄的空气中。真是难以想象，即使在缩小到十分之一的情况下，还是能看到导带向下伸展出六十公里之遥——直到地壳的下部。

"给我们显示一下剖面图吧。"摩根说，"把塔基室提升到人眼的高度。"

轨道塔的全息图失去了原先明晰的立体感，变成了一个发光的幻影——一个长长的薄壁四方形匣子，里面除了用于供电的超导电缆以外空无一物。最下面那部分被称为"塔基室"，尽管眼下它正位于这座山的一百倍高度上。它已经完全封闭起来，形成一个正方体的单间舱室，边长有十五米。

"进出口呢？"摩根问。

图像中相关部分的亮度迅速加大。两个完全相同的锁气室的外门显现在轨道塔南北两个面上，轮廓分明，位于导轨槽之间——按照所有太空居住舱通常采用的安全预防措施，两个锁气室尽可能地拉开了距离。

"可以想象,他们是从南门进去的。"值班官员解释说,"我们不知道南门在爆炸中是否损坏了。"

摩根想,另外还有三个入口呢——他感兴趣的是下面那一对入口。这是后来添加的几项设施之一,是在设计后期加进去的。其实,整个塔基室都是后来加上的——有一段时间,人们认为没必要在这里建造隐蔽所,因为空间轨道塔上的这一段最终是要成为"地球"站的一个组成部分的。

"把底部转过来,对着我。"摩根命令道。

轨道塔的图像翻倒下来,划出一道明亮的光弧,横卧着飘浮在半空中,底部对着摩根。现在他能详尽无遗地看见二十米见方的底板——或者叫作顶盖,假如从轨道建造者的角度看的话。

靠近底板南北边缘,与两个独立的锁气室相通的是可以从下方进入的两个舱口。唯一的问题是如何到达舱口,它们位于六百公里的高空中。

"生命保障系统呢?"

锁气室淡出,消失在塔的结构中。图像中出现了舱室中央的一个小柜。

"问题就出在那儿,博士。"值班官员阴沉地评论说,"屋内只有一个供氧系统。却没有净化器,当然也没有能源。在失掉了运输车的情况下,我不知道他们怎样才能活过今夜。温度已经在下降了——从日落到现在降低了十度。"

摩根觉得太空的寒气仿佛浸入了他的灵魂。失事运输车上所有人员都还活着的消息曾令他欢天喜地,但现在,这种兴奋情绪一下子消失了。假如他们在黎明前就会被冻死的话,即便塔基室内的氧气够用几天,对他们来说也没什么意义了。

"我想跟塞苏伊教授谈一谈。"

"我们无法同他直接联系上——塔基室的应急电话只通到中途站。不过,我试一试……"

结果没有他形容的那么绝望。线路接通的时候,接电话的人是司机-飞行员张。

"对不起,"他说,"教授正忙着。"

摩根心里疑惑不解,沉默片刻方才作答,说话的时候一字一顿,特别强调了自己的名字,"告诉他,是万尼瓦尔·摩根要同他讲话。"

"我会转告他的,博士——但是恐怕没有用。他跟他的学生正在摆弄设备,那是他们抢救出来的唯一的东西——一种什么分光仪,他们正拿着它对准一个观察窗……"

摩根竭力压下心头怒火。他正要回嘴说"他们疯了吗",这时张又开口说话了。

"您不了解教授。最近一个星期我一直跟他待在一起。他这个人哪——嗯,我可以说,太死心眼儿了。我们三人一齐上阵才阻止他返回运输车继续去找他的设备。他刚刚对我说,反正我们要死了,应该充分利用时间,哪怕确保一件设备正常工作也好。"

从张的语气中摩根可以听出,尽管张心中不悦,但他对这位尊贵而执拗的乘客是相当崇敬的。教授这么做自有他的道理。多年的心血最终都被投入到这次倒霉的考察中,尽可能多抢救一些东西是言之有理的。

"那就算啦。"摩根终于无可奈何地说,"既然塞苏伊教授不能接电话,请你简要介绍一下情况吧。至今我听到的都是二手的材料。"

他突然想到,不管怎么说,张的报告或许比教授能提供的要有用得多。这位司机硬要人家称呼他为飞行员,常常因此招来嘲笑,但他确实技艺高超,在机械工程和电力工程方面训练有素。

"我能报告的情况非常有限。事故突如其来,我们来不及抢救出什么东西——除了那台该死的分光仪。老实说,我压根儿没想到能走过锁气室。我们只有身上穿的衣服——情况大致就是这样。一个女学生顺手抓走了自己的旅行袋。你猜怎么着——里面装着她的论文草稿,写在纸上。天哪!压根儿不防火,这违反了轨道塔的规章制度。假如耗得起氧气的话,我们要把它烧了取暖。"

摩根听着从太空传来的话音,看着透明的——但显然是坚实的——轨道塔的全息图,顿时产生了一种极其怪异的幻想。他能想象,在最低的隔间里有几个十分之一比例的小人在来回走动,只要伸出手去便可以抓住他们,把他们拎到安全的地方……

"除了寒冷,另一大问题是空气。我不知道逐渐增浓的二氧化碳什么时候会让我们窒息而死——或许有人能把这一点也计算出来。"张的声音压低了几分贝,开始用一种近乎鬼鬼祟祟的音调悄悄说话,显然是要避免被旁人听见,"教授和他的学生还不知道南面的锁气室炸坏了,出现了漏气状况——密封垫四周持续发出嘶嘶声。情况有多严重,我说不清。"说话人的声音又提高到正常水平,"好啦,情况就是这样。我们等着你的回话。"

摩根自忖,除了"永别",我们还能说什么呢?

对于那些善于在危急情况下做出决策的人们,摩根永远是钦佩的,但绝不忌妒。亚诺什·巴尔托克是轨道塔保安官,他就在中途站上,现在由他负责处理这个局面。两万五千公里下面,山体里面那些人距离事故现场只有六百公里,但他们能做的只有听取汇报、出出点子和尽量满足新闻媒体的好奇心。

不消说,玛克辛·杜瓦尔在事故发生几分钟后就与摩根联系上了,像往常一样,她的问题总是一针见血。

"中途站的人能不能及时赶到他们那儿?"

摩根迟疑了一阵子。毫无疑问,答案是"不"。但这么早就放弃希望似乎是不明智的——甚至是残酷的——要知道,遭受危难的人们已经交过一次好运……

"我不想给人虚假的希望,但我们这回可能不需要中途站帮忙也能应付。有一队人员在距离出事地点很近的地方工作——就在10K站——也就是一万公里站——他们的运输车在二十小时以后可以赶到塔基室。"

"那它干吗还不下来?"

"保安官巴尔托克很快就会做出决定——但是这么做可能也是白费力气。我们认为,他们的空气只够维持那段时间的一半。而且更严重的是保温问题。"

"此话怎讲?"

"眼下那上面是黑夜,而他们没有热源。暂且不要把这个情况透露出去,玛克辛,现在还不知道什么会先用完——热量还是氧气。"

双方沉默了几秒钟,然后玛克辛·杜瓦尔一反常态地用一种不自信的声调说:"我有个想法,也许很愚蠢,气象站有大型红外线激光器,肯定……"

"谢谢你,玛克辛——愚蠢的是我。请稍等,我跟中途站谈一谈……"

摩根打电话的时候,巴尔托克挺有礼貌,但他的回答很不耐烦,明白无误地表明他认为这是外行人瞎掺和。

"对不起。"摩根道了歉,把线路转回到玛克辛那儿,"有时我们这位专家真的过于胜任了。"他带着愁苦的自豪感说道,"十分钟以前他就打电话给季风监控台。眼下他们正在计算光束的功率——当然啦,他们不能使用过分强大的激光,免得把他们都烧成灰烬。"

"这么说来,我想对喽?"玛克辛用悦耳的声音说,"你早该想到了,万。你还忘了别的什么呢?"

这无从回答,摩根也不想回答。他仿佛看到了玛克辛头脑里的那架计算机正在飞快地想出各种主意,并且猜到了她接下来就要提出的问题。

"难道你不能用那些蜘蛛车吗?"

"即便最新建造的蜘蛛车也会受到爬升高度的限制——蓄电池只能提供上升三百公里的动力。它们是用来检查轨道塔的,要等到塔进入大气层以后才用得上。"

"哎呀,装上更大的蓄电池不就得啦?"

"在两个小时之内能装上吗?问题甚至不在于此。现在正在试验中的唯一一辆车并不适于运送乘客。"

"你可以往上放空车嘛。"

"对不起——我们想过了。当蜘蛛车上升到塔基室的时候,车上要有一个操作员来完成对接作业。再说,一次接一个人,照样要花费几天工夫才能把七个人都接下来。"

"可你们总得想出个办法来才成呀!"

"有几个,都是疯狂的计划。假如有什么切实可行的东西,我会告诉你的。在此期间,你倒是可以帮我们做点儿事。"

"什么事?"玛克辛疑惑又充满兴趣地问。

"请向你的观众解释一下,为什么宇宙飞船可以在六百公里高空相互对接,他们当中却没有一艘能同轨道塔对接上。等你做完这件事,我们可能有一些消息可以提供给你。"

玛克辛略带愠色的图像从屏幕上淡出,摩根再次转过身来,面对操作室里有条不紊的忙碌景象,力图整理好自己的思路。尽管中途站上干练的保安官客客气气地让他碰了个软钉子,但他仍有可能想出一些有用的办法。他并不奢望有什么神奇的对策,但他比任何活着的人都更了解轨道塔的情况——沃伦·金斯利可能是个例外。沃伦也许比较了解细枝末节,但他摩根更能把握总体情况。

男女七人搁浅在高空,他们的处境在星际航行的整个历史上是独一无二的。一定有个办法可以让他们脱离危险,不能眼巴巴看着他们被二氧化碳窒息而死,或者等到舱室因为压力降得太低而变成一座名副其实的坟墓。

45. 合适的人选

"有办法了。"沃伦·金斯利笑呵呵地说,"蜘蛛车可以开到塔基室。"

"这么说,你找到了加大蓄电池功率的办法?"摩根问道。

"是的,不过刚刚够用。蓄电池分两个阶段使用,就像早期的火箭那样。外接蓄电池一用完就马上丢弃以减轻蜘蛛车的自重,这项作业大约会在四百公里处完成。蜘蛛车的内设蓄电池将为剩余的路程提供动力。"

"这样能送上去多少有效载重?"

金斯利的笑容消失了。

"很少。用最好的蓄电池的话,约莫五十公斤。"

"只有五十公斤?!这有什么用?"

"应该够了。两只新型的一千大气压氧气瓶,每只装上五公斤液态氧。七个分子过滤面罩,防止吸入二氧化碳。一点水和压缩食品。一些药物。总共不超过四十五公斤。"

"咳!你肯定这就足够了吗?"

"是的——这些东西可以让他们渡过难关,支撑到10K站运输车的到来。必要的话,蜘蛛车可以再跑一趟。"

"巴尔托克的意见怎么样？"

"他表示同意。毕竟没有人能想出更好的办法嘛。"

摩根觉得肩上卸下了千斤重担。事情可能还会遇到千难万险，但好歹有了一线希望，不至于走投无路。

"这一切什么时候备妥？"他问。

"不耽搁的话，再过两个小时，最多也就三个小时。幸好所有设备都是标准型的。眼下蜘蛛车正在做检查。只有一件事有待解决……"

万尼瓦尔·摩根摇了摇头，"不，沃伦，没有什么事情需要解决了。"他缓缓地说，语气平静而又坚定，他的朋友从没有听到过他这样讲话。

"我不是利用自己的地位权势压你，巴尔托克。"摩根说，"这是一个简单的逻辑问题。不错，蜘蛛车谁都能开——但只有五六个人熟悉所有相关的技术细节。到达轨道塔以后可能会遇到一些操作上的问题，我最有能力解决那些问题。"

"请允许我提醒你，摩根博士。"保安官说，"你已经六十五岁了，还是派一个年轻一点儿的人上去比较明智。"

"第一，我不是六十五，是六十六。第二，年龄跟这件事毫不相干。这项工作没有危险，对体力也没什么要求。"

他本来还可以补充说，心理因素比体力因素重要得多。几乎每个人都可以坐在密封舱里，让人载着跑上跑下，玛克辛·杜瓦尔亲身经历过，在今后的岁月里千千万万人也将经历。可在空寂的六百公里高空，能否处理随时可能出现的突发情况，那就完全是另一码事了。

"我还是认为，"保安官巴尔托克用温和的语气坚持说，"最好派一个年轻人去。比如说,金斯利博士。"

摩根听到(要么想象到)他背后的同事突然倒抽了一口气。多年以来,他们一直拿沃伦·金斯利寻开心,因为他对高空厌恶之至,甚至从不察看自己设计的建筑物。当然,他的这种畏惧心理还没发展到极端程度,万不得已时他可以克服这种心理,毕竟他跟摩根一起从非洲走到了欧洲①。但是只有那一次,人们看见他在公众面前醉倒,此后二十四小时压根儿不见人影。

沃伦不在考虑之内。尽管摩根知道,派他去的话他能壮着胆子上去,可有时光凭技术能力和匹夫之勇是不够的。

没必要对保安官作这一番解释。有一条较为简单而且同样令人信服的理由可以说服他。万尼瓦尔·摩根平生只有寥寥几次为自己身材矮小感到得意,眼下是其中一次。

"我比金斯利轻十五公斤。"他告诉巴尔托克,"在这样一次性命攸关的行动中,体重是决定性因素。所以,咱们不要再把宝贵的时间浪费在争论上了。"

他知道这么说是不公道的,因此良心上略有几分负疚。巴尔托克恪尽职守,工作效率很高,再过一小时密封舱就要准备好了。没有人在浪费时间。

两人盯着对方的眼睛看了好长一阵子,仿佛他们之间不存在两万五千公里的距离。如果这是一场意志力的较量,情况可能会变得一团糟。巴尔托克名义上主管着一切安全操作,从理论上说甚至可以否决总工程师兼工程总裁的意见。然而他的职权难以行事,摩根和蜘蛛车都在下面遥远的斯里坎达山上,如同诉讼中常见的,现实占有,败一胜九。

巴尔托克耸耸肩膀,摩根松了口气。

---

①从直布罗陀大桥的南端走到北端。

"也许您是对的,我还是不太情愿,但我将同您合作。祝您好运。"

"谢谢你。"摩根平静地回答,巴尔托克的图像从屏幕上淡出。

他转过身,对仍然沉默不语的金斯利说:"咱们走吧。"

他们离开操作室,在返回山顶的路上,摩根不由自主地摸了摸佩戴在衬衫里面的小玩意儿。科拉已经有几个月没打扰他了,连沃伦·金斯利也不知道它的存在。他是不是在拿自己和别人的性命作赌注,仅仅为了满足自私的虚荣心呢?假如保安官巴尔托克了解这一点的话……

后悔也来不及了。无论怀有什么动机,他已经重任在肩了。

46．蜘蛛车

摩根想,自从第一次见到这座山以来,它的变化真大呀！山顶已经完全削平,成了一片平坦的高地,其中央部分就是那个巨大的"平底锅盖",封住不久将涌来无穷人流的梯井。想想也奇怪,太阳系最大的航天港竟然深藏在大山深处……

谁也猜想不到,这里曾经矗立着一座古老的寺院,在三千年时间里凝聚着数十亿人的希望和敬畏。这里至今尚存的唯一与佛门有关的物品是马哈法师留下的遗物,不知其用意如何,东西现在已经装箱待运。

时至今日,无论亚卡加拉当局还是拉纳普拉博物馆馆长,对卡利达萨这口不祥的大钟都没有多大兴趣。最后一次鸣钟的时候,山顶遭到那阵短暂但非同小可的大风的袭击——那确实是一阵翻天覆地的狂风。眼下空气几乎静止不动,摩根和助手们缓步走向等候着的密封舱,它在检查灯的照耀下闪闪发光。有人用镂刻板在密封舱外壳下部印上"蜘蛛二号"的字样,下面潦草地写着这样的诺言:

毋负众望。

摩根想:但愿如此!

他每次上这儿来都觉得呼吸困难,盼望大股氧气很快涌入他那饥渴的肺。然而,他感到惊奇和欣慰的是,他到山顶上来的时候,科拉连一次预备性警报也没有发过。看来森医生嘱咐的养生法正发挥着令人叹服的功效。

所有物品都已经装上蜘蛛车,物品用千斤顶托起,外接蓄电池将吊在下面。技工们还在忙着,匆匆完成最后的调节,撤掉多余的电源线。罗网般的电缆对于不习惯穿太空服行走的人来说是一个不大不小的危险。

摩根的弹性太空服是三十分钟以前刚刚从加加林送来的,有一阵子他认真考虑过是否可以不穿这种衣服。"蜘蛛二号"比玛克辛·杜瓦尔乘坐过的那辆简单的原型车要高级得多。它实际上是一艘小型宇宙飞船,装配着生命保障系统。一切顺利的话,摩根将把它跟轨道塔底部的锁气室对接起来,锁气室在几年前就是专为这个目的设计的。

算了,弹性太空服非常贴身,它同最早的一批宇航员穿过的蠢笨盔甲毫无共同之处,人的动作几乎完全不受拘束。他看过制造商的广告表演,由几个穿着太空服的杂技演员献艺,最精彩的节目是击剑和芭蕾舞。表演滑稽可笑,但证明了设计者所言非虚。

摩根爬上那段短短的台阶,在密封舱狭小的金属入口处站了一会儿,然后小心翼翼地倒退着进入舱内。他坐下来,系上安全带,又惊又喜地发现空间很宽敞。"蜘蛛二号"是单座式的,即便装了额外的设备,也不像他担心的那样狭窄得叫人患上幽闭恐惧症。

两个氧气瓶巧妙地存放在座位底下,二氧化碳面罩装在梯子后面的一个小箱子里,梯子通向头顶上的锁气室。这么一点儿设备竟然决定了那么多人的生死!

摩根只带着一件私人物品——很久以前第一次访问亚卡加拉山时的纪念品,从某种意义上说,那是所有事件的起点。那个细丝收放器几乎不占地方,总共只有一公斤重。过了这么些年,它已经成了某种随身法宝——它依然是演示超级纤维性质最有效的方法之一,没有随身带上的话,他总觉得不踏实。而这一次旅行,它可能也会派得上用场。

他把太空服的快速释放操纵缆插入电源插座,试验供气的气流。在舱外,电源电缆已经切断——蜘蛛车靠自己供电了。

在这样的时刻,很难想到什么豪言壮语,这次救助行动毕竟是一种简简单单的作业。摩根咧开嘴冲金斯利勉强笑了笑,"把工作料理好,沃伦,等我回来。"随后他注意到密封舱周围人群里一个孤单的小人影。他暗想,天哪,我差点把这可怜的小家伙给忘了……"德夫,"他叫道,"对不起,我一直没工夫关照你。回来再补上。"

我会关照他的,他想道。轨道塔竣工以后,干什么都不愁没有时间了——甚至可以弥补他完全无心顾及的人际关系建设。德夫值得好好看护。他这样的小男孩,已懂得什么时候不该打扰大人,这表明他有远大的前途。

密封舱曲面门"砰"的一声关上,与衬垫紧密贴合在一起——门的上半部是用透明塑料制成的。摩根按下检查按钮,蜘蛛车的重要统计数字一个接一个显示在屏幕上。全是绿色数字,没有必要注意实际数值是多少。假如哪一个数值超出标定范围,数字会转成红色,每秒闪烁两次。诚然如此,由于工程师们一丝不苟的工作习惯,摩根观察到氧气指示为百分之102,主电池功率百分之101,外接辅助电池百分之105……

指挥员就是多年前主持那一次流产放线的同一人,一个沉着冷静的专家,他平静而安详的声音在摩根耳边响起:"所有系统处于标定值。你一切正常。"

"我一切正常。我正等着下一分钟的到来。"

旧时代发射火箭要有精确的倒计时,分秒不差的正时点火,接着是轰鸣声和猛烈的喷发。发射密封舱与发射火箭大相径庭,你很难想到二者之间有任何相似之处。摩根只需静待定时器上最后两个数字变为00,然后接通电源,把电能设定在最低值。

被探照灯照得明晃晃的山顶在他身下渐渐沉降下去——平平稳稳,无声无息。即便气球升空也不可能更加悄然无声了。但如果仔细倾听的话,他能分辨出双电机的嗡嗡声,它们驱动着巨大的摩擦驱动轮,轮子在密封舱的上下两方紧扣着导带。

速度表显示,上升速度每秒五米。摩根一步一步慢慢加大功率,直到读数达到每秒五十米——控制在每小时两百公里以下。按照蜘蛛车现有的负荷,这个速度是最经济的。辅助电池投弃以后,速度可以升高百分之二十五,达到每小时将近二百五十公里。

"谈点什么吧,万!"下面传来沃伦·金斯利欢快的话音。

"别打扰我。"摩根平静地回答,"我想放松一下,欣赏两个小时的景观。要听实况报道的话,就该请玛克辛·杜瓦尔上来喽。"

"她最近一个小时都在试图打电话给你。"

"代我向她致敬,说我忙着呢。也许,等我到达轨道塔……轨道塔上传来的最新消息怎么样?"

"温度稳定在二十度——季风监控台每隔十分钟以适度兆伏数向他们发射一次激光。塞苏伊教授火冒三丈,抱怨说这种做法把他的仪器扰乱了。"

"空气怎么样?"

"不太好。压力明显下降了,二氧化碳当然也在增浓。不过你按时到达的话,应该没问题。他们尽量停止了一切不必要的活动,以便节省氧气的消耗。"

摩根想,我敢打赌,所有人都会老老实实待着不动,除了塞苏伊教授——跟这位老兄见面一定很有意思。他读过这位科学家写的广受赞誉的科普著作,那些书文笔华丽,啰啰唆唆。文如其人嘛,摩根猜想此公定是那副德性。

"10K站情况如何?"

"运输车还得两个小时才能开出。他们正在安装一些专用线路,以确保这一趟路上不着火。"

"好主意。我猜是巴尔托克的点子。"

"有可能。他们准备沿北轨下来,以防南轨在爆炸中损坏了。一切顺利的话,他们将在——呃——二十一小时以后到达。一切顺利的话,我们就不用派蜘蛛车运送第二趟了。"

不言而喻,两人彼此都很清楚,要想高枕无忧还为时尚早。目前一切似乎确实像期待的那样进展得很顺利,未来三小时他当然无事可干,只能继续欣赏越来越开阔的景观。

他已经到达三十公里高空,在热带的夜空中迅速而无声地不断上升。虽然没有月亮,但下方的大地上灿烂的灯光勾勒出一个个城镇和村落的轮廓,如同一个个星座。摩根望着天上和身下的星辰,不由自主想象着自己远离世界,迷失在宇宙深处。过了一会儿,他看到了整个塔普罗巴尼岛,海岸边村落的灯光影影绰绰。在遥远的北方,一片暗淡的亮光正在爬上地平线,仿佛预示着黎明的来临。他一时迷惑不解,继而意识到他看到的是印度斯坦南部的一座大城市。

现在他已上升到任何飞机都达不到的高度,航空史上还不曾有过这样的先例。虽然蜘蛛车和它的先驱者已经无数次爬到二十公里高度,但是没有人得到过允许超越这个高度,因为在二十公里以上是无法实施救援的。按照原计划,要等到塔基修到较为接近地面的时候才会正式开始这样的高空作业,到那时这辆蜘蛛车至少会增加两个伙伴,可以沿着系统的其他导带上下奔驰。摩根正在竭力撇开一个念头——假如驱动机械发生故障而动弹不得,结果会怎样呢?恐怕不但他自己的命保不住,塔基室里的人也完了。

五十公里。他已经到达了电离层正常时期最低的层面。他没期望能看到什么。可是他错了!

第一个征兆是密封舱的扬声器发出微弱的噼啪声,然后他用眼角瞥到了电光闪烁。闪光就在他的正下方,他是从装在蜘蛛车密封舱窗外面的反光镜里看见的。他尽可能地把镜面扭转过来,让它对准密封舱下面两米的某个点。他一时目瞪口呆,心里有点发毛,随后他拨通了斯里坎达山的电话。

"我有伴儿了。"他说,"我想这属于塞苏伊教授的研究领域。有一团亮光——哦,直径约莫二十米——正沿着我下方的导带移动。它跟我保持固定的距离,我希望它别靠过来。我承认它十分绚丽,呈现出一种动人的淡蓝色亮光,每隔几秒钟闪烁一次。我通过无线电线路能听到它的声音。"

过了足足一分钟,金斯利才用抚慰的口吻回答。

"别担心——那只是圣爱尔摩火[①]罢了。雷暴期间导带上出

[①]围绕空气中一个物体发生的刷状或树状放电现象,常发生在暴风雨天气,出现在桅杆、树木等高耸物体的尖端。圣爱尔摩是地中海的渔业守护神,早期的航海者把这种辉光叫作圣爱尔摩火,并把它视为保佑自己的标志。

现过类似的光。第一架'蜘蛛'的驾驶员曾被它们吓得毛骨悚然呢。不过你就不用担心什么了——你浑身的屏蔽设施再好不过了。"

"我不知道在这么高的地方会发生这种现象。"

"我们也不知道。你最好同教授一起研究一下。"

"哦——它在慢慢消失——变大、转暗——现在不见了。我想空气太稀薄,不适合它存在。看着它消失,我很遗憾。"

"那只是开场戏罢了。"金斯利说,"瞧你头顶正上方有什么情况。"

摩根把外视镜转过来对准中天,外视镜里立即出现了许多星星。于是他把控制板上所有指示灯都关掉,在一片漆黑中守候着。

他的眼睛渐渐适应过来,在外视镜深处,一团微弱的红光开始燃烧、扩大,吞噬了星辰。它变得越来越亮,溢出外视镜的边框。现在他可以直接看到它了,因为它从中天扩展到半空中。那是一团笼状亮光,犹如一条条闪烁移动的标杆,正在向地球射去。摩根终于明白了,像塞苏伊那样的人,为什么会为了揭开它的秘密而奉献终生。

这是极光——它离开地极,浩浩荡荡直奔赤道而来,它是这里的稀客。

47. 极光的上空

摩根怀疑，五百公里上方的塞苏伊教授是不是也在目睹如此壮丽的景观。磁暴正在迅速增强，眼下全世界许多非紧要的短波无线电一定中断了。摩根吃不准他是听到还是感觉到一阵飒飒声，犹如落叶的沙沙声或者枯枝折断的噼啪声。这声音肯定不是从扬声器系统里传来的，因为他把线路断开以后声音依然存在。

一幅幅带绯红色边缘的淡绿色火帘仿佛被一只无形的手拉着遮蔽了天空，然后缓慢地来回抖动起来。太阳风正以每小时百万公里的速度从太阳吹向地球，直到更远的地方，而这些火帘在阵阵太阳风的袭击下颤动着。即便在火星上，眼下也有幽灵般微弱的极光在闪烁。朝着太阳方向，金星充满毒气的天空在熊熊燃烧。在皱褶的火帘上方，长长的射线恰似半开着的扇子的支骨，在地平线上扫荡，有时它们像巨型探照灯的光束，径直射入摩根的眼睛，晃得他几分钟内什么也看不见。已经没必要关掉密封舱的照明灯以避免晃眼了，外面空中的焰火灿烂辉煌，足以借着它的亮光阅读。

两百公里。蜘蛛车还在无声无息、轻快地攀登。很难相信他在一小时以前才刚刚离开地球——确切地说,很难相信地球依然存在,因为眼下它正在火焰峡谷的两壁之间飞升。

这种错觉仅仅延续了几秒钟,此后,磁场和迅速接近的带电云层之间短暂而不稳定的平衡被破坏了。但是在之前那一瞬间,摩根完全可以相信,他正在从一个峡谷的底部升上去,峡谷深不可测,使得火星的马里纳里斯大峡谷相形见绌。不久之后,闪亮的峭壁——至少一百公里高——变成了半透明体,星光透射过来。他能看清它们的真面目——只是一些放射出荧光的幻象。眼下蜘蛛车正爬到光帘上方,就像飞机穿越低空云层一样,把令人激动不已的景色留在了下面。

摩根从火雾中冒出来,火雾在他下面扭转翻腾。好多年以前,当他乘坐定期远航的大海轮在热带洋面上夜航的时候,曾经在船尾同其他旅客聚在一起,入迷地欣赏过船尾浮游生物发光的奇迹,陶醉在它的绚丽之中。这时在他下方闪烁着的蓝色和绿色亮光,可以与他当时看到的浮游生物相媲美。他不由自主地想象自己看到了居住在大气层顶部、平时看不见的巨兽在自由翱翔……

他险些忘了自己的使命,等他回过神来,想到自己的职责,心里着实大吃一惊。

"蜘蛛车的电力情况怎么样?"金斯利问,"蓄电池只能再用二十分钟。"

摩根瞟了一眼仪器控制板,"下降到百分之九十五,但我的攀登速度已经增加了百分之五。我现在的运行时速是二百一十公里。"

"差不多吧。蜘蛛车受到的重力减少了——在你的高度上降低百分之十。"

对于被绑在驾驶椅上、身穿几公斤重宇航服的摩根来说,恐怕未必能感觉出如此微小的变化。然而,他的全身却洋溢着一种飘飘欲仙的感觉,使他不由怀疑自己是否吸入了过量的氧气。

不,氧气的流速完全正常。他不过是被下面的奇观弄得太兴奋了——眼下那种景观开始暗淡,向南北两个方向退去,仿佛在撤回极地大本营。他之所以感觉飘飘欲仙,大概是因为心中怀着那种兴奋之情,他运用了前人未曾在天地间试验过的技术,使这次作业得以一路顺风。

这种解释完全合情合理,但无法完全说明他的幸福感和喜悦感。沃伦·金斯利喜欢潜水,他经常告诉摩根说,在海里失重的环境下就有这样的感觉。摩根从没体验过那种感觉,但他现在领略到那是什么滋味了。他所关注的全部事业,仿佛都已被遗忘在下面——那个现在已被一串串渐渐暗淡下去的光环和巧夺天工的极光图案笼罩的行星上了。

星星逐渐恢复原样,不再受到来自地极的神秘入侵者的挑战。

摩根聚精会神地向中天看去,希望能看见轨道塔,但能辨认出的只有离得最近的几米狭窄的丝带。丝带仍然映照着微弱的极光,蜘蛛车正沿着它平稳地向上飞奔。他和另外七个人的性命所依靠的这一条薄带平淡无奇,摩根觉得很难相信,蜘蛛车正以每小时两百多公里的速度风驰电掣般向上行进。想到这里,他突然回忆起童年,从而明白了自己心满意足的原因——

他很快从丢失第一只风筝的痛苦中振作起来,进而制作出更大更精致的风筝。在发现梅卡马克斯建筑模型并从此抛弃风筝以前,他有一阵子试验过玩具降落伞。摩根认为这个游戏是他发明的,并为此自鸣得意,尽管他完全可能在书上或者电视里事先看到过玩具降落伞。

这游戏的技术非常简单,一代又一代的男孩子都会重新发现这种游戏。

首先他削了一条大约五厘米长的薄木片,把两只回形针夹在上头。然后,他把回形针套在风筝线上,以便这个小玩意儿能够顺畅地上下滑动。他又用卷烟纸做了一个手绢那么大的降落伞,附上丝线,用一小片四方形硬纸板当作有效载重。他用橡皮筋把四方形硬纸板套在木片上——不能太紧——这就可以了。

小降落伞被风一吹,沿着风筝线往上飘去,爬上优美的吊线,直到碰到风筝。然后,摩根猛然把线一拽,硬纸板重物从橡皮筋里滑出,于是降落伞飘入天空,夹着回形针的木片迅速滑落到他手里,随时可以进行第二次升空。

当他看着自己创造的小玩意儿轻飘飘飞到海上去的时候,他多么憧憬高天翱翔的它啊!多数玩具降落伞飘不到一公里就会落入海里,但有时,小小的降落伞飞到看不见还依旧傲然高踞蓝天。他喜欢想象这些幸运的航行者飞到太平洋的岛上,为此还在硬纸板上写了自己的姓名和地址,但从来没有得到回音。

想起这些遗忘已久的往事,摩根很欢乐。这些往事很能说明问题,成年生活的现实已经远远超越了童年的梦想,他满足了自己。

"快到三百八十公里了。"金斯利说,"功率怎么样?"

"开始下降,只剩下百分之八十五的功率。蓄电池开始衰耗。"

"好,再顶二十公里的话,它就完成任务了。你感觉好吗?"

摩根很想用夸张的话回答,然而,那种天生的矜持让他克制住了冲动。

"我很好。"他回答说,"要是我们能保证所有乘客都能看到今天这样的场面,那我们的主顾就会多得无法应付了。"

"也许可以安排一次表演。"金斯利笑着说,"可以请季风监控台在适当的地方倾倒几桶电子。这不是他们通常干的行当吗?但他们更善于即兴发挥……不是吗?"

摩根抿嘴笑了笑,没有回答。他注视着仪表板,看得出功率和爬高速度都在下降。但这种情况不足以引起惊慌。蜘蛛车已经运行了预定四百公里的三百八十五公里,而外接蓄电池仍然"一息尚存"!

到了三百九十公里高度,摩根开始减速,蜘蛛车攀登的速度越来越慢了。最后密封舱几乎爬不动了,终于在还不到四百零五公里处停了下来。

"我要扔掉蓄电池了。"摩根报告说,"当心你们的脑袋。"

工程师们一度绞尽脑汁,想回收这套沉重而又昂贵的蓄电池,但时间不够,已无法临时搞一个制动系统,它只能像摩根的风筝线上套着的滑动装置般滑落下来。幸好降落区在地球终点站以东十公里,位于茂密的热带丛林里面。塔普罗巴尼的动物世界将不得不再忍受一次"听天由命"的安排了。至于环境保护管理部门嘛,最好还是等事情过去之后再向他们打招呼吧。

他转动保险钥匙,然后按下红色按钮激发起爆电荷。引爆的时候,蜘蛛车短促地颤动了一阵子。摩根随即接通内设电池,慢慢松开摩擦制动器,重新将电机开动起来。

密封舱开始最后冲刺。可是,只要朝仪表瞟上一眼,就会马上明白发生了某种不妙的事情。蜘蛛车本来应该以两百公里以上的时速上升,可现在即便开到最大功率,它的速度也不足一百公里。不需要做什么试验或者计算,摩根即可做出诊断,因为数字是最能说明问题的。他被挫折搞得心烦意乱,立刻向地球方面报告。

"我们有麻烦了。"他说,"电荷引爆了——但外接蓄电池压根儿没有脱落。有什么东西把它卡住了。"

毋庸赘言,远征遭受了严重挫折。谁都知道,蜘蛛车载着数百公斤荷载,是绝不可能爬到塔基室的。

48. 别墅之夜

近来,拉贾辛哈大使在夜里稍稍睡一会儿便可满足,似乎仁慈的造化有心让他最充分地利用好余生的时间。自从塔普罗巴尼的天空被世界上最伟大的奇迹装饰得如此辉煌灿烂之后,谁还能老躺在床上消磨时间呢?

他多么希望保罗·萨拉特到这里来伴他共赏这奇景啊!

他没想到自己会如此深切地怀念这位老朋友,没有一个人能像保罗那样令他恼怒却又使他兴奋——他和其他任何人的联系都没有这么紧密。拉贾辛哈从没想过保罗会先他而去,也没想到他自己能活着看到十亿吨重的轨道塔像顶天立地的钟乳石一般矗立在塔普罗巴尼和三万六千公里上空的轨道基地之间。保罗死心塌地反对这项工程,称它为达摩克利斯之剑,而且不断预言它终将栽倒在地球上。然而连保罗也承认,轨道塔已经带来了某些益处。

世界其他地方或许有史以来第一次真正了解到塔普罗巴尼的存在,并且开始探索它的古代文明。亚卡加拉山森然逼压的威势和尔虞我诈的传说吸引了人们特别的关注,因此,保罗珍爱的几个项目得到了财政支持。人们着迷于亚卡加拉山的天国创造者谜一般的个性,为之创作了不可胜数的书籍和电视剧,魔岩脚下的声光表演更是始终场场爆满。保罗临终之前曾挖苦说,人们在卡利达萨身上做足了生意,越来越难分清什么是事实什么是虚构……

午夜以后不久,极光活动显然已经过了高潮,拉贾辛哈被抬进了卧室。他向家里的佣人们道了晚安以后,照例捧起一杯香甜热酒放松身心,同时打开电视观看晚间新闻摘要。他唯一感兴趣的新闻是摩根的进展如何。这个时候,他应该快要到达塔基了吧。

新闻编辑用突出的画面报道最新发展,一行不断闪烁的文字宣布:

摩根在距离目标200公里处受困

拉贾辛哈用指尖按动按键,看了这条新闻的详细内容。令他欣慰的是,摩根实际上不是受困,只是无法走完全程。如果愿意的话,他随时可以返回地球——不过,一旦他返回地球,塞苏伊教授和他的同事肯定完蛋。

在他头顶正上方正在演出一场无声的戏剧,但图像节目中竟然没有新的内容——眼下屏幕上正在重播几年前玛克辛·杜瓦尔乘坐最早的蜘蛛车上天的录像。

"看这些旧闻还不如我自己看现场实况。"拉贾辛哈嘟囔着,打开了他心爱的望远镜。

他卧床不起的最初几个月里曾经无法使用望远镜,直到有一次摩根到他府上做了短暂拜访,分析了情况,并很快提出了补救措施。

一个星期以后,令拉贾辛哈又惊又喜的是,一小群技术员来到亚卡加拉别墅,把望远镜改装了一番,以供他遥控操作。现在他可以舒舒服服地躺在床上,观察繁星灿烂的天空和魔岩影影绰绰的峭壁。他对摩根的友好姿态深为感激。工程师的性格中流露出这样的一个侧面,是他原先没有想到的。

在漆黑的夜里,他不知道自己能看见什么,但他完全知道应该往哪个方向观看,因为他长期以来一直观察着轨道塔慢慢向下延伸。

当太阳光照射角度合适的时候,他甚至可以瞥见四条导带直上云霄,在绝高的天顶重合在一起,仿佛是用极细的线条描绘在空中的四重唱……

他调好望远镜控制器上的方位,把望远镜转过去对准斯里坎达上空。他开始慢慢向上搜索,寻找密封舱的踪影,心里想着马哈法师对这种最新发展不知做何感想。自圣山僧侣全体迁往拉萨后,拉贾辛哈还没有同那位现已年过九十的高僧通过话,但他好像听说,布达拉宫没有为长老提供合适的住所。宏伟的布达拉宫日渐颓败,尚有待中国政府拨款维修。根据拉贾辛哈收到的最新信息,马哈法师眼下正同梵蒂冈协商,他们同样处于长期财政困难之中,但至少还能支撑门面。

万物皆为过眼云烟,谁又能看出轮回的模式呢?或许数学天才帕拉卡尔马-戈德堡能够看出。拉贾辛哈上一次见到他时,他因为对气象学做出的重大贡献正在领取一项科学大奖。假如在其他场合见面的话,拉贾辛哈怎么也认不出他来,对方的头发剃得精光,穿着刚刚流行的新拿破仑式时装。眼下的他似乎改变信仰了……望远镜向上倾斜,对准轨道塔,床尾大型监视屏幕上的星星徐徐滑落下来。

虽然看不到密封舱的踪影,可拉贾辛哈肯定它眼下一定在望远镜的视场里。

他正要拨回定期新闻频道,靠近画面的下边突然闪现出一点明星,如同一颗正在爆发的新星。拉贾辛哈一时纳闷是不是密封舱爆炸了,然而星光持续而稳定。他把镜头对准那个影像,推近到最大倍数。

很久以前,他看过一部两个世纪以前早期空战的电视纪录片,他突然想起了那些表现夜袭伦敦的画面。一架轰炸机被一束锥形探照灯光盯住,犹如一粒炽热发光的尘埃悬浮在空中。现在他看着同样的景象——只不过这一次,所有的地面力量动员起来,并非是为了歼灭夜间的入侵者,而恰恰是为了帮助它。

49. 坎坷的旅程

沃伦·金斯利的声音恢复了平静,可他那喑哑的声音里却禁不住流露出内心的悲观失望。

"我们正在尽力劝说那个技工不要自杀。"他说,"很难责怪他,有人匆忙交代他一件紧急活儿,他一时分心了,竟然忘了拿掉外接蓄电池的保险带。"

也就是说,又一次发生了人为的失误。连接引爆线路的时候,外接蓄电池是用两条金属带固定好位置的,结果只有一条被解开拿掉……这样的事屡屡发生,因为单调的工作使人感到厌倦……有时候,这些现象只是让人觉得不痛快而已,但有的时候,却会造成灾难性的事故,负有责任的人只好愧疚终生。不管怎么说,互相指责无济于事,现在最最重要的是考虑下一步怎么办。

摩根把外视镜调到最大的向下倾斜度,仍无法看清造成故障的原因。极光已经消逝,密封舱下部漆黑一片,没有照明的光源。当然,至少这个问题可以马上解决。如果季风监控台能往塔基室里投下几千瓦红外线的话,可以轻易地分享一些可见的光子。

"我们可以用自己的探照灯嘛。"摩根提出上述请求时,金斯利说。

"不行——探照灯会直接射入我的眼睛,我就什么也看不见了。需要的是从后面和上面射来的光——看看有没有谁正好在合适的方位上。"

"我马上查查看!"金斯利答道,由于多少能为摆脱目前的困境干点事了,他的情绪稍稍轻松了一些。摩根觉得,金斯利似乎沉默了很长一段时间,可一查计时器,他诧异地发现总共才过去了三分钟。

"季风监控台可以照办,但是他们必须重新调谐并且散焦——我想他们生怕把你烤焦了。'肯特'号空间站可以马上发送红外线,他们有拟白色激光,而且位置正合适。要不要我告诉他们开始行动?"

摩根核实一下他的方位——想想看,"肯特"号空间站应该在西边高天上——这能行。

"我准备好了!"摩根回答着,闭上了眼睛。

顷刻间,密封舱被照得亮光闪闪。摩根小心翼翼地睁开眼睛,只见光束从西方高空中直射过来,虽然射程近乎四万公里,但仍然亮得令人眩目。它看来是纯白光,但他知道,这实际上是光谱中红、绿、蓝三种颜色精确调和而成的。

摩根动手调节外视镜,几秒钟以后终于看清那条肇事的带子就在脚下半米的地方。他看到其一端被一颗蝶形大螺帽固定在蜘蛛车的底部。他只要把螺帽松开,蓄电池便会脱落下去……

摩根默默坐着,思考了好几分钟。金斯利又打来电话,这位副手的话音第一次流露出一线希望。

"我们一直在做计算,万……有个办法,不知你觉得怎么样。"

摩根听他说完,轻轻吹了一声口哨,"你对安全系数有把握吗?"

"当然。"金斯利答道,听他那口气,好像有点儿受委屈似的。摩根不怪对方,但他自己不是那种爱冒无谓风险的人。

"行啊——那我试试看。但是第一次只试一秒钟。"

"一秒钟不够。不过,这是一个好的开始——你可以通过这个把情况搞清楚。"

摩根慢慢地松开把蜘蛛车一动不动地固定在导带上的摩擦制动器。因为失重,顷刻间他好像从座位上飘了起来。他数着,"一、二!"又把制动器合上。

蜘蛛车抽搐了一下,刹那间摩根又被死死地压回到座位里。制动装置发出一阵不祥的吱吱声,密封舱发生了轻微的扭转性振动,这种振动转瞬即逝,密封舱又静止不动了。

"颠簸得简直像在坎坷不平的路上跑车一样,"摩根定了定神说,"不过我总算还活着,那个该死的蓄电池也是如此。"

"我早就提醒过你了。你得使劲儿试一试。至少两秒钟,不能再短了。"金斯利胸有成竹地说。

摩根知道,现在要同金斯利争辩是很困难的,因为有电子计算机在做对方的后盾。但他还是觉得有必要做一些心算才能放心。两秒钟自由下落,比如说用半秒钟踩下制动器,蜘蛛车的质量酌情再多算一吨……问题是:哪一个会先掉下去呢——是扣住蓄电池的保险带,还是把他悬在四百公里高空的导带?在正常条件下,钢的强度是比不上超级纤维的,可如果他制动得过猛,或者因为胡乱刹车使得制动器被卡住的话,那么钢带和超级纤维都可能断裂。这么一来,他和蓄电池将会几乎同时落到地球上。

"两秒钟。"他告诉金斯利,"这就开始了。"

这一回震动太猛,简直无法忍受,而振动的衰减时间也比上一次长得多了。摩根满以为自己感到了、甚至是听到了保险带断裂的声音,可当他往镜子里一瞥,却不由得"哎呀"了一声——蓄电池还在老地方待着呢!

金斯利似乎不太着急,"可能要试三四次。"他说。

摩根很想顶他一句:"您不想上我这儿来试试吗?"但终于还是忍住了。顶嘴的话,沃伦倒没什么,不知情的人听了未必知趣。

但第三次滑落以后,连金斯利也不那么乐观了。摩根自以为下降了几千米,其实只有一百来米。这一招显然不灵。

"请代我向这个保险带的制造者致敬!"摩根挖苦说,"你还有什么建议?要不要来一次三秒钟的降落,然后再踩制动器?"

他仿佛看见沃伦正大摇其头,"那太冒险了。我担心的倒不是导带,而是制动装置。它的设计不适于干这种事。"

"算了,"摩根回答,"我还不打算认输。我他妈的决不会被鼻子底下五十厘米处一只不起眼的螺母搞得走投无路。现在,我要到舱外去把它拧掉。"

50. 坠落的星星

011524

我是"友谊七号"。我想描述一下我创造出了什么景象。我置身于一大片很小的粒子里面,粒子被照得亮晶晶的,仿佛在发冷光……它们从密封舱旁边经过,好像一群雨点般的小星星飘过去。

011610

粒子速度非常缓慢,它们正在飘离我的密封舱,速度或许不超过每小时三至四公里……

011938

在潜望镜里,太阳刚刚从背后升起……我回头往窗外望去,少说也有数千个发光的细小粒子在密封舱四周旋转……

——水星计划[①]"友谊七号",约翰·格伦中校[②](1962年2月20日)

[①]美国第一个载人航天计划,该计划使用了一系列飞船,每艘重约3,000磅,仅载一名航天员。

[②]美国第一个绕地球作轨道飞行(1962)的航天员。他于1943年加入美国海军陆战队,曾参加第二次世界大战和朝鲜战争。当A.谢波德和V.格里索姆分别进行最早的两次亚轨道航天飞行时,格伦是他们的后备驾驶员。1962年2月20日,格伦驾驶"友谊七号"航天飞船从卡纳维拉尔角发射,轨道高度约159~261公里,绕地球飞完3圈后降落在靠近巴哈马群岛的大西洋中。

如果摩根穿的是老式宇航服,那是绝不可能收拾掉这颗螺母的。即便穿着眼下这身弹性太空服,要做到这一点也不容易。

他认真仔细地重温了行动流程,因为此举维系着他本人和其他几个人的性命安危。他必须检查太空服,给密封舱减压,打开舱盖——幸好它是竖直的。此后他必须松开安全带,跪下来——但愿跪得下——伸手去拧蝶形螺母。一切都取决于螺母的松紧程度。

蜘蛛车上什么工具也没有,有的只是自己的手指头——而且是戴着手套的指头……

他正要说明行动计划,看地面上的人能不能指出计划中存在的灾难性风险,突然感到有点内急。当然,他完全可以熬过去,但没有必要冒这种风险。使用密封舱内的抽水马桶,免得动用太空服内置的别别扭扭的"潜水员之友"……

方便以后,他转动倒尿器的钥匙,却被密封舱底部附近一次小小的爆炸吓了一跳。顷刻间,他愕然发现在蜘蛛车外面生成了一片若隐若现、好像微缩银河的星云。摩根有一种幻觉,似乎它一动不动悬浮在密封舱外面,随后直往下落,就像石头落地。数秒钟之后,星云缩成一点,然后消失不见。①

这种现象再清楚不过地说明,他依然是地心引力的俘虏。他想起在早期的轨道飞行中,宇航员曾被地球周围伴随他们的冰晶光晕搞得稀里糊涂,继而又感到滑稽好笑——他们闹出了所谓"尿星座"的拙劣笑话。然而那种现象不可能出现在这里,

---

①这一段文字所说的星云是尿液化成的雾气,由密封舱内外压力差造成。星云缩成一点,然后消失,因为它渐去渐远,最终看不见。本章开头约翰·格伦报告的粒子和下一段所说的冰晶同样是尿液化成的微粒。

这里掉下的任何东西,无论多么轻飘飘,都将立刻坠入大气层里。他一刻也不敢忘记,尽管他到达了这个高度,但他不是宇航员,不可陶醉于失重的轻松之中。他仍是在一座四百公里高的楼房中,准备打开窗子,爬到外墙的架上。

51．舱口廊上

　　山顶既寒冷又混乱,人却越聚越多。天空中那颗明亮的小星星好像具有催眠般的魔力,眼下全世界的注意力都如同"肯特"号的激光束一样把焦点集中在它上面。来访的人到了山顶多半会向北面的导带走去,怯生生地抚摸它,好像在说:我知道这么做未免自作多情,但却使我觉得自己同摩根心连着心。然后他们聚到自动咖啡机旁边,听着扬声器播送的报道。从塔里的避难者那边没有传来新消息,他们在睡觉,或者想睡觉,以便节省氧气。摩根还没有超过规定的时限,所以他们还不知道蜘蛛车抛锚了。但不出一个小时,他们肯定会打电话给中途站,打听出了什么事。

　　玛克辛·杜瓦尔来到斯里坎达山的时间恰恰晚了十分钟,没有见到摩根。在过去,这样失之交臂的话,她会火冒三丈,现在她只是耸耸肩膀,安慰自己等这位工程师一回来,她将第一个逮住他。金斯利不允许她与摩根通话,连这样的禁令她也欣然服从了。是的,她渐渐变得老成持重了……最近五分钟,传到地球上的只有这样两句话:"已经接通。我正在检查。"这些话是摩根说的,他正在同中途站的一位专家一起对太空服进行彻底的检查。眼下检查结束了,人人都在紧张地等待着下一步决定性的行动。

"我在开阀排气。"摩根说,他已经关闭了头盔的面罩,话音有点儿瓮声瓮气,"舱内压力为零。呼吸正常。"停顿三十秒之后,"正在打开前门——打开了。正在解开安全带。"

围观的人群不由自主激动起来,他们议论纷纷,嗡嗡声不绝于耳,仿佛人人都在上面的密封舱里,面对着突然展现在眼前的茫茫空间。

"搭扣已经迅速脱钩。我在伸腿。密封舱内部高度不大……太空服很舒适,相当柔韧——我要到舱口廊上去了——别担心!——我把安全带捆扎在左胳膊上了……

"哟。难办,身子弯成这样。我看到那个蝶形螺母了,在舱口廊护栅下面。我在琢磨怎么够着它……

"现在我跪着——不太方便——我摸到了!看看能不能拧得动……"

山上的人们僵着身子,静静听着——然后不约而同吐了一口气。

"没问题!很好拧。转两圈了——快了——还有一点点——我感到它脱出了——下面留神!"

人群爆发出阵阵掌声和欢呼声,有些人用手护着脑袋,蜷缩着身子装出一副战战兢兢的样子。有那么一两个人,看起来真的受惊不小,他们不了解,掉下来的螺母要过五分钟才会着地,而且会落在东面十公里处。

只有金斯利没有与民同乐,"不要高兴得太早。"他对玛克辛说,"还没有脱离险境呢。"

时间一秒一秒慢吞吞地熬过去……一分钟……两分钟……

"没有用。"摩根终于说,话音中充满怒气和失望,"蓄电池的保险带拖不动。电池太重,把带子死死压在螺纹里。刚才颠了那么几下,肯定把它同螺栓卡在一起了。"

"回来吧,越快越好!"金斯利说,"已经有一个新的蓄电池快要送来了,一小时以内我们可以安装好重新跑一趟。这样算来,大概六小时以后照样可以赶到塔上。当然啦,假如不再发生任何事故的话。"

摩根想,确实如此,可在没对这番经过粗暴使用的制动装置进行彻底检修之前,他不愿意再开蜘蛛车上来跑一趟。他也不相信自己还能再跑第二趟,刚才几小时的工作已经令他感到十分吃力。由于疲乏,他的身心变得迟钝——而营救行动却需要身体灵活、头脑敏锐,才能发挥出最大的功效。

他坐回到座位上,但密封舱仍然开着,与太空相通,安全带也没有解下来。关上舱门,系好安全带,就等于承认失败,摩根从不轻易认输。

"肯特"号空间站发射的激光几乎紧贴着他头顶直射过来,无情的光束穿透了一切。他竭力把思想集中在蓄电池保险带的问题上,就像那束激光聚焦在他身上。

他需要的只是一件金属切割工具——弓锯或大剪刀,能切掉挡住蓄电池的保险带就行。可蜘蛛车里根本没有工具箱,就算有,里面也未必配有他需要的工具。

然而蜘蛛车的内设蓄电池里贮存着数兆瓦小时的电能,他能不能想个办法利用它呢?他突发奇想,想用电弧烧断保险带,可即便能找到合适的大功率导体——当然找不到——从控制室也爬不到主电源那儿。

沃伦和聚集在他周围的技术专家都无计可施。无论在实际操作还是智谋上,他都只能依靠自己了。

摩根正要伸手去关密封舱的门,突然心生一计。闹了半天,该用的工具早就唾手可得了!

52. 旅　伴

对于摩根来说,肩上的千斤重负似乎已经卸下了。他得意扬扬,信心十足。这一次肯定能否极泰来!

诚然如此,但在把所有最微小的细节都周详地考虑好之前,他并没有离开原地。金斯利又一次催他赶快返回,声音听起来有些焦急,摩根给了他一个模棱两可的回答——他不想给地面上或者塔里的人不切实际的希望。

"我在做一个小试验。"他说,"让我安静几分钟。"

他拿起使用过多次的纤维投放器——几年前帮助他坠下亚卡加拉山峭壁的那个小小的"细丝收放器"。打那时起,为安全起见,细丝已经做了一点改装。超级纤维的开头一米部分裹上了一层保护性塑料,这样一来,它就不像以前那样完全看不到了,甚至可以用裸露的手指小心操作。

摩根端详着手中的小盒子,意识到自己这些年来十分虔诚地把它看作护身符——逢凶化吉的护身法宝。不消说,他并不真心相信这玩意儿。他随身带着这个细丝收放器,自有合乎逻辑的理由。这一次攀登之前,他想到它也许能派上用场,因为它强度大,具有独一无二的起吊力。他险些儿忘了它还有其他功能……

他又一次费劲儿地从座位里爬了出来,跪在蜘蛛车小型舱口廊的金属护栅上,检查引起这一切麻烦的原因——肇事的螺栓就在护栅另一边,距离仅仅十厘米。虽然栅条排列很密,手伸不过去,但他试过了,可以从护栅旁边伸出手去,这没有多大困难。他放出开头一米裹着塑料的细丝,把末端的环用作铅锤,让它向下穿过护栅。他又把细丝投放器牢牢塞在密封舱的一个角落里,以免不小心把它碰出舱外,然后他从护栅旁边伸出手,直到抓到晃荡着的环。这不像他预料的那么容易,因为即便穿着这种上乘的太空服,他的胳膊也不能随意弯曲,那个环来回摆动,老是抓不着。

试了五六回,虽说还不至于烦躁,但确实是相当累人的。他知道自己迟早会成功——他已经把纤维圈套在了螺栓的无螺纹部分,位置刚好是在螺栓卡住的带子后面。现在,真正棘手的工作是……

他从细丝收放器中放出足够长的超级纤维,让裸露的纤维伸出并绕过螺栓,接着他把两端收紧,直到感觉到圈套切入螺纹槽内。摩根还从来没有跟一厘米粗的淬火钢料打过这种交道,他也不知道完成这项操作需要多长时间。他把身子死死抵在舱口廊上,开始拉起他那看不见的锯子。

五分钟后,他汗流浃背了,却搞不清楚工作是否取得了进展。他不敢松手,生怕纤维脱出螺栓上锯出的锯槽——他希望自己已经锯出了锯槽,因为它同纤维一样细得看不见。沃伦呼叫了好几次,声音一次比一次慌张,摩根却只简单回答了几句,让他放心。过会儿他得休息一下,喘口气,解释一下他在试着干什么。他至少应该对心急火燎的朋友们说明这一点。

"万,"金斯利问,"你到底在搞什么名堂?塔里的人一直在打电话,我该怎么向他们交代呢?"

"再给我几分钟——我正在锯那只螺栓呢……"

一个平静而威严的女性声音打断了摩根的话,让他大吃一惊,险些儿撒手丢了那条宝贵的纤维。太空服使她的话音低沉了一些,但影响不大。他对她的话音非常熟悉,虽然已经几个月没听到她说话了。

"摩根博士,"科拉说,"请躺下来休息十分钟。"

"商量一下,五分钟行吗?"他请求道,"我这会儿正忙得不可开交呢。"

科拉不屑回答。有些机子能够进行简短的对话,但摩根的机子不在此列。

摩根遵守了承诺,他持续做了整整五分钟均匀的深呼吸,然后又开始拉锯。一前一后,一前一后,他操作着那条超级纤维,俯身面对护栅和四百公里下的地球。他能感觉到相当强的阻力,这说明他已经取得了进展,那只顽固的钢制螺栓一定被锯开一个口子了。但是要确认缺口到底有多深是不可能的。

"摩根博士,"科拉说,"你非躺半小时不可。"

摩根小声骂了一句。

"你搞错了,小姐,"他回嘴说,"我的自我感觉很好嘛。"他在撒谎,科拉知道他胸中的疼痛……

"你到底在跟谁说话,万?"金斯利问。

"一个过路的天使。"摩根回答,"抱歉,我忘记关上麦克风了。我想再歇一会儿。"

"你进展如何?"

"不好说。不过我肯定,已经锯得相当深了。一定有……"

他恨不得把科拉关掉,但即便她不是深藏在胸骨和太空服织物之间根本摸不着,她也是关不掉的。能够被关掉的心脏监控器不但无用,而且危险。

"摩根博士,"科拉说,她现在显然十分恼火了,"我不得不坚持我的意见。你必须彻底休息半小时以上。"

这一回摩根懒得回嘴。他知道科拉说得对,但你不能指望她懂得现在的问题不止是一条人命。他也深知,她同他所造的桥梁一样,有一个内设的安全系数。她的诊断是悲观的,他的状况不会像她煞有介事地宣称得那么严重。或者说,他真心希望不会演化到那么严重。

他胸中的疼痛似乎没有加剧,他拿定主意对疼痛和科拉都置之不理,继续用那一圈纤维缓慢而坚定地锯下去。他坚定地思忖着:要一直锯下去,无论需要锯多久。

新的警告并没有接踵而来。当重达四分之一吨的无用累赘从蜘蛛车上卸落的时候,车身猛然倾向一侧,摩根险些被摔到外面的无底深渊里。他丢下细丝收放器,伸手去抓安全带。

一切却如做梦般缓慢。他没有恐惧,只是横下一条心,决不在引力作用面前不战而降。然而,他找不到安全带,它一定被摔进舱室里了……

他甚至没意识到自己正在使用左手,最后才突然注意到左手夹在开着的舱门的铰链旁边。然而他没有缩手回到舱内,因为掉落的蓄电池对他产生了催眠作用,只见蓄电池像某种怪异的天体一样慢慢旋转着,逐渐从视野淡出,过了好长一段时间才完全消失不见。直到这时,摩根才勉强回到驾驶舱,一屁股坐到座位里。

他在那儿坐了好久,心脏怦怦直跳,等待着科拉再一次提出愤慨的警报。令他惊讶的是,科拉默不作声,似乎她比摩根本人受到了更大的惊吓。他不想再惹她生气了,从现在开始,他要安安静静坐在控制台前,尽可能放松紊乱的神经。

他终于恢复镇静了,于是打电话给斯里坎达山。

"我把蓄电池甩掉了。"他听到地面传来的欢呼声,"现在我要关上舱口盖继续上路。请转告塞苏伊教授一伙,一个多小时后准备接我。感谢'肯特'号空间站提供光照——现在不需要了。"

他给座舱重新增压,打开太空服的头盔,深深吮吸了一口富含维生素的橘子汁。然后,他挂上驱动杆,松开制动器,蜘蛛车全速攀升,他往后靠去,感到浑身轻松愉快。

只是等车子攀登几分钟以后,他才觉察到有一件东西丢失了。他急切地凝望着外面舱口廊上的金属护栅。不,它不在那儿。没关系,他随时可以再做一个细丝收放器,替换跟着废弃蓄电池落回地球的那一个。一个小小的牺牲,换取了这么大的成就,完全值得嘛。

他又是为什么不能纵情享受胜利的喜悦呢……

他失去了一位忠诚的老朋友。

53. 电力衰减

他比预定时间仅仅耽延了三十分钟,这简直令人难以置信,凭直觉,摩根认为密封舱至少停留了一个小时。现在,离空间轨道塔已经不到两百公里,上面大概已经在准备热烈迎接他了……

蜘蛛车经过五百公里标高时,运行仍然正常,地面发来了一份祝贺词。"顺便提一下,"金斯利补充说,"鲁哈纳禁猎区的渔猎执法官报告说一架飞机坠毁。我们再三解释,让他消除了疑虑。假如能找到那个坑的话,我们或许会送给你一份纪念品。"摩根对此并不热心,他宁可再也不要见到那个该死的蓄电池。假如他们能找到那个细丝收放器倒还——可惜那是一项毫无希望的事……

离目标还有五十五公里时,第一次出现了反常的迹象。到这个时候,攀登速度应该达到每小时两百公里以上,可实际上却只有一百九十八公里。虽然二者相差甚微,对他的到达时间影响也不大,但是摩根放心不下。

距离轨道塔只有三十公里时,他悟出了问题的原因,并且知道这一回他完全束手无策了。蓄电池本来应该有充足的电力,可输出电压开始衰减了。或许这是那几次剧烈的震动和重新启动造成的后果，精密构件甚至可能遭到了机械损伤。不管原因何在，反正电流正在缓慢降低，密封舱的速度也随之下降。摩根向地面报告了显示器的读数，地面人员惊恐万状。

"我想你说得对。"金斯利哀叹道，他差点儿没哭出来，"建议你把时速降到一百公里。我们尽可能地算出蓄电池的能量，不过也只能凭经验做猜测。"

还有二十五公里，即便按照现在降低了的速度行驶，也只要十五分钟！倘若摩根懂得如何祷告的话，他一定会向神祈祷的。

"根据电流下降的速度判断，我们估计你还可以行驶十到二十分钟。恐怕刚刚可以蹭到塔基室。"

"我还要减速吗？"

"暂时不必。我们正在优化蜘蛛车的放电率，这个速度看来大概能行。"

"得啦，那就请你们把灯光打开。假如我命中注定到不了空间轨道塔，我也得好好地看它一眼。"摩根的心情真是有点儿难以形容。

"肯特"号或其他轨道站是无法帮助他的，因为他要看的是头顶上塔的底面。能够照亮塔底面的只有斯里坎达的探照灯，它垂直指向天顶。

过了一阵子，从塔普罗巴尼心脏地区射来的眩目光束透入了密封舱。几米开外，另外三条导带离得很近，他觉得自己似乎可以摸到它们——但见导带如同亮光闪闪的丝线，朝着塔的方向聚合在一起。他沿着渐行渐小的三条导带看去——塔基室就在那儿……

剩下二十公里！过十二分钟他就应该到达那儿，像离群索居的圣诞老人背着礼物，从小小的正方形塔基室底面爬进去

——它正在空中闪闪发光呢！尽管他下定决心休息一下，服从科拉的指示，但事实上他做不到。他无意中绷紧了肌肉，仿佛这样一来就可以帮助蜘蛛车走完最后这一小段路程似的。

到十公里处，驱动电机的声音显然改变了，摩根早就料到会出现这种情况，于是立刻做出反应。他不等地面的意见，便把速度降到每小时五十公里。照这个速度运行，他又得走十二分钟。在绝望中，他心里揣测情况是不是类似阿喀琉斯和龟赛跑[1]，倘若每次距离减半的时候速度也减半，他能不能在有限时间内到达轨道塔呢？倘若在过去，他可以不假思索就得出答案，但眼下他太累了，算不出来。

到五公里处，他看到了塔的建筑细节——狭窄的栈道和护栏，后者是为了迎合公众舆论而虚设的安全网。他瞪大眼睛使劲瞧，还是看不清锁气室。他正煞费苦心以这种慢吞吞的速度向它爬去。

可是，随后这一切全都失去了意义。到距离目标两公里处，蜘蛛车的电机完全停转了。摩根来不及刹车，密封舱甚至倒退了几米。

令摩根惊讶的是，这一回金斯利却没有过分垂头丧气。

"你还可以继续前进。"他说，"让蓄电池休息十分钟。它还有足够的电能，可以走完最后两公里。"

这是摩根平生经历过的最漫长的十分钟。他本来可以满足玛克辛·杜瓦尔越来越绝望的恳求，让这十分钟过得快一些，但他感到心灰意冷，实在不想说话。他对此抱歉万分，希望玛克辛

---

[1] 为证明运动的不可能性而采用的论证，称为阿喀琉斯悖论。如果在阿喀琉斯和龟的一次赛跑中，让龟从稍前处出发，那么阿喀琉斯永远追不上龟，因为在他为到达龟的出发点所用掉的那段时间里，龟已经又前进到了另一个地方；在阿喀琉斯为抵达那个地方而用掉的时间里，龟再次前进到另一个更远的地方。以此类推。

能理解并原谅他。

他倒是同飞行员张交谈了几句,张报告说塔基室里的避难者活得好好的,见到他近在咫尺都欢欣鼓舞。他们轮流通过锁气室外门的小舷窗偷偷观看他,不相信他跨不过他们之间这一段微不足道的空间。

为讨个吉利,摩根让蓄电池多休息了一分钟。令他欣慰的是,重启的电机强劲有力,输出了大功率。但蜘蛛车行驶到离塔半公里的地方时,又一次抛了锚。

"再来一次吧。"金斯里精神抖擞地说,可这一回摩根却感到老朋友的话语中带有一丝勉强的成分,"请您原谅所有这些耽搁……"

"再等十分钟吗?"摩根无可奈何地问。

"恐怕需要十分钟吧。这一回请采用启动三十秒、中间歇一分钟的办法。这样,你可以把蓄电池里最后一丁点儿能量都掏出来用尽。"

摩根想,还得把我自己的最后一丁点儿能量也掏出来用尽吧。奇怪的是,科拉默不作声好久了。当然啦,这一回他没有实际耗费体力——这只是他的心理感觉罢了。

由于他一心扑在蜘蛛车上,完全顾不上照料自己,刚才一小时里他忘了服用零残余葡萄糖基强身药片和小型塑料泡包装的果汁。按规定剂量服用了这两种东西之后,他觉得自己精神多了。现在他又产生了一种幻想——用什么办法把自身多余的热量输送给正走向死亡的蓄电池呢?

已经到了关键时刻,成败在此一举。目标近在咫尺,失败似乎是不可思议的。命运不可能这样捉弄人,要知道,只剩下几百米路程了……

可是,曾经有多少飞机,在安全飞越大洋以后,偏偏在跑道旁边撞毁?多少机器或者赛跑选手,到了最后几毫米路程时竟会发生故障或肌肉痉挛?命运难测,厄运像好运一样随时随地可能降临到人们头上。摩根没有权利指望得到命运的特殊照顾。

密封舱艰难地、间歇地、抽搐着往上爬行,犹如垂死的动物在寻找最后的憩息所。当蓄电池的能量最终耗尽时,塔的基部似乎占据了半个天空。

但是,头顶上还有二十米距离。

54．相对论

最后一点动力耗尽了，蜘蛛车显示板上的指示灯终于熄灭。在那个绝望、毫无出路的瞬间，当剩下的最后一点精力也用尽之后，摩根才屈从于命运。过了几分钟，他才想起，只要松开制动器，他就可以滑落到地球上。三个小时以后，他便可以平平安安地躺在床上。谁也不会责怪他没有完成使命，因为他已经做了人力所能及的一切。

有那么一阵子，摩根窝着一肚子火，怒气冲冲地盯着那个可望不可即的正方形塔基室，蜘蛛车的影子恰好投射在它上面。他脑子里反复思考着一连串疯狂的计划，这些计划一个比一个缺乏理性。假如他手头还有那个忠诚的细丝收放器的话……没什么用处，因为他无论如何也不可能把它扔到空间轨道塔上去；如果避难者们有一套太空服，他们就可以放一根绳子给他——然而，偏偏所有的太空服都同运输车一起烧毁了。

如果这是一出电视剧而不是真实生活的话，这时准会出现某个英勇的志愿者——若是巾帼英雄就更妙了——气度高雅地走出锁气室，抛下一根绳子，利用进入真空状态还能保持知觉的十五秒钟舍己救人。有那么一瞬间，摩根甚至想自己实施这个办法,这足以说明他已经落到了走投无路的地步。

从蜘蛛车放弃同引力的战斗到摩根最后承认自己的无能为力,前后经过的时间大概还不到一分钟。此后金斯利向他提了一个问题,在这种危难时刻,他问的似乎是一个毫不相干到足以惹人发火的问题。

"请再报告一下你的距离,万——你距离轨道塔到底有多远?"

"这有什么鬼关系?就当是一光年吧!"

地面沉默片刻,然后金斯利又说话了,那口气好像在哄孩子或者劝导任性的病人,"是远是近可大不一样呢。好像你说过是二十米?"

"对,约莫这个数。"

令人难以置信却又千真万确的是,沃伦宽慰地舒了一口气,摩根听得十分清晰,他甚至用喜悦的语调回答说:"万,这些年来,我还以为你真是这项工程的总工程师呢。假定距离仅仅二十米……"

摩根突然大嚷起来,打断了对方的话,"我简直是个糊涂虫!告诉塞苏伊,嗯,十五分钟以后对接。"

"十四分半,如果你猜测的距离准确无误的话。现在世上再也没有任何东西能阻拦你了。"

不过,误差是存在的,摩根希望金斯利不要做这种断言。有时候因为制造公差的微小误差,对接适配器未必能完全锁合在一起。不消说,过去从来没有机会调试那个特定的系统。

他对自己脑子的一时糊涂并没有感到特别不好意思。不管怎么说,人在极度紧张的状态下有可能忘记自己的电话号码,甚至忘记自己的生日。眼下左右局势的决定性因素在之前曾是那样地无足轻重,完全有可能在一时之间被忽略掉。

这只是一个相对论的问题。他费尽心机也爬不到轨道塔那儿,但是塔却在以每天两公里恒定不变的速度向他靠拢过来。

55. 硬对接

当空间轨道塔的装配工作处于最容易施工的阶段时,建设的日进度纪录是三十公里。现在,空间轨道上正在建造最困难的部分,因此进度降到了每天两公里。弥合这最后二十米的间隔,这样的速度是完全够用了——摩根可以有充分的时间检查对接器的相位对正,再在心里默演从确认硬对接到松开蜘蛛车制动器之间这至关重要的几秒钟里,相当难以把握的动作。假如他让制动器处于刹车状态的时间太长,那么在密封舱和数兆吨延伸着的塔之间就会有一场力量极为悬殊的较量。

这是漫长而又平静的十五分钟,摩根希望这段时间足以使科拉老老实实安静下来。一切似乎进展迅速,到了最后一刻,沉重的"屋盖"向他压来,他感到自己好似一只蚂蚁,就要被捣碎机砸得粉身碎骨。刚才塔的底部还在几米之外,一眨眼工夫他就感觉到对接装置互相撞击的震动,并听到了撞击的声音。

好几个人的性命依赖于几年前工程师和技工们的工作技术和工作态度。假如联接器未能在允许的公差范围内对正接合的话,假如碰锁装置作用不灵的话,假如密封圈漏气的话……摩根想分辨耳边许多嘈杂的声音,但他怎么也听不出那些声音是怎么来的。

此后,犹如发出胜利的信号,控制板上的对接完毕信号灯开始闪亮。还要再等十秒钟,因为套管式减振元件还在吸收塔的追进运动,摩根足足等了五秒钟才小心翼翼地松开制动器。一旦蜘蛛车开始下滑,他准备立即刹车——但是根据传感器反映的实际情况——塔和密封舱牢牢对接在一起。摩根只要再爬几级阶梯便可以到达目的地。

他向地面和中途站的听众报告了对接成功的消息,人们欢呼雀跃。他坐了一会儿,松了一口气,这才回想起他曾经到这个地方来过一次。那是十二年前的往事,离此三万六千公里。在进行所谓的"奠基礼"(姑且称为奠基,缺乏合适的字眼)时,在塔基室里举行了一次小型酒会,人们在零重力条件下频频干杯,开怀畅饮。塔基室不仅是待建工程的第一段,也是塔从轨道一路延伸到与地球相接的第一段。因此,举行某种仪式庆贺似乎是理所当然的事。现在摩根想起来了,连他的宿敌科林斯参议员也彬彬有礼地前来,在一次虽然带刺但总体堪称和善的讲话中祝愿他交好运。

而现在,当然更有理由庆祝一番了。

摩根听得到锁气室另一边表示欢迎的微弱叩门声。他解开安全带,笨拙地开始登梯。头顶的舱盖打开时略有一点阻力,仿佛是处处同他作对的那股力量正在作阻止他的最后尝试。空气"嘶嘶"响了一会儿,这说明蜘蛛车和塔基室的压力已经趋向平衡。圆形盖板向下打开,几只焦急的手急忙把他拉进上面的塔里。当摩根吸到第一口恶臭的空气时,不禁奇怪他们是怎么在这里存活下来的。倘若他的使命中途失败,他可以肯定,再跑第二趟就来不及救人了。

室内空荡荡的,凄凉暗淡,只有太阳能荧光板反射进来的亮光,十多年来那些荧光板一直在耐心捕捉阳光,为的就是对付紧急事件,眼下这种事件终于发生了。在"阳光"照耀下,呈现在摩根眼前的是一片狼藉,好似昔日战争年代的场面——从城市废墟中逃出来的难民们,无家可归,蓬头垢面,狼狈不堪地挤在一个防空洞里,带着能抢救出来的少得可怜的家当。然而,在那个遥远的年代,难民中谁也不会提着这样的袋子,上面标注着"工程规划""月球饭店公司""火星联邦共和国财产",或者无处不在的"可／勿在真空中存放"等字样。也很少有难民会如此兴高采烈,即便那些为节省氧气而躺卧着的人也开心地露出了笑容,懒洋洋地招了招手。摩根刚刚还礼,双腿便瘫了下去,眼前发黑。这是他平生第一次晕倒。

一股冷氧气使他苏醒过来,他首先感到的是太尴尬了。他的视线渐渐清晰起来,看见一个个戴着面罩的人影在他上方浮动。有一阵子,他怀疑自己是不是住院了。此后脑子和视觉都恢复了正常,当他失去知觉的时候,他带来的宝贵货物一定被卸下来了。

那些面罩是他带到塔上来的分子过滤器,戴在鼻子和嘴巴上,可以挡住二氧化碳,让氧气通过。这些面罩结构简单,但技术上十分复杂,可以使人在立即引起窒息的大气中存活。通过它们进行呼吸要多费点劲儿,但大自然从不提供无偿的恩赐——这点儿代价应该说是够低廉了。

摩根仍然双腿发软,但他拒绝了别人的搀扶,自己站了起来,然后被介绍给他拯救的每一个男女。这个礼节显然滞后了。有一件事仍然挂在他心头:他昏迷的时候,科拉有没有发表过演说呢?

他不想提这个话题,可总归放不下心来……

"我代表在场所有的人,"塞苏伊教授真诚地说,只是显然有些笨嘴拙舌,因为他从来没有对任何人说过恭维话,"衷心感谢您所做的一切。您救了我们的命。"

在这种场合下,任何合乎逻辑的答辞总不免会带有虚伪客套的味道,所以摩根装模作样调整着面罩,嘟嘟囔囔地说了几句别人听不清的话。他急于核实设备是否都卸下来了,这时塞苏伊教授相当焦急地说:"我很抱歉。这儿连一把可以请您坐下的椅子都没有——这是我们能凑合的最好的玩意儿了。"他指着一上一下叠放着的两个仪器箱,"你实在应该好好休息一下了。"

这句话听起来很耳熟,这意味着科拉肯定是说了什么的。在场的人都有几分尴尬,一时沉默不语,摩根注意到了这个情况。不言而喻,其他人也都知道——谁都默不作声,处于一种心理默契状态,这种状态通常会出现于一群人深知某个秘密、却又心照不宣的时候。他作了几次深呼吸(那么快就适应了面罩,真是令人惊奇),然后在供奉他的箱子上坐下。我无论如何也不能再晕倒了,他郁郁不乐地思忖着,我先把货移交,然后尽快离开这里,希望能赶在科拉再发警告之前溜之大吉。

"那一罐密封剂,"他指着带来的容器中最小的一个说,"可以防止泄漏。把它喷在锁气室密封垫四周,几秒钟以后它就会凝固。氧气只到必要的时候才使用,你们可能要吸一些氧气才能入睡。每人配一个二氧化碳面罩,另有两个是备用的。这是三天的食品和水,应该绰绰有余了。10K站的运输车明天就到。至于那个医疗箱,我希望你们压根儿用不着它。"

他停下来喘了一口气,戴着二氧化碳过滤面罩说话着实不方便。他越来越感到必须保存精力了,塞苏伊的人现在可以自己照料自己了,他只有一件事要做——而且越早越好。

摩根回头对张司机平静地说:"请帮我穿上太空服。我要检查一下导带的情况。"

"别忘了,按照设计规定,您那件宇航服的独立活动时间总共只有半小时!"

"我只需要十分钟,顶多十五分钟。"

"摩根博士,我是合格的太空飞行员,您可不是。穿三十分钟太空服,不带备用包或者供应联系缆①,谁也不许外出。除了紧急情况。"

摩根疲惫地笑了笑。张说得对,直接的危险已经消除了。然而,什么叫紧急情况终归是总工程师说了算。

"我要看看损坏情况,"他回答说,"检查一下导带。要是10K站的人由于某种意想不到的障碍而不能赶到,那就太伤脑筋了。"

张并不乐意让摩根去冒险(摩根不省人事的时候,那个贫嘴的科拉叽里呱啦说些什么来着),但他也无从争辩,只好跟着摩根走进北边的锁气室。

摩根在关上面罩之前问道:"教授是不是闹了很多别扭?"

张摇了摇头,"依我看,是二氧化碳让他安静了下来。他再折腾的话——喏,我们人多势众,六比一压倒他,不过我吃不准他那几个学生能不能站在我们这一边。有些学生也像教授一样疯疯癫癫,你瞧那个姑娘,成天躲在角落里涂涂写写。她深信太阳就要熄灭,或者就要爆炸——我吃不准她说的究竟是哪一项

---

①航天员离开航天器(例如飞船)在太空作业时系在身上的空间生命管线。管线通到航天器内部,有三个用途,一是供氧,二是通信联络,三是防止航天员飘离航天器。摩根穿的太空服只能供氧三十分钟。

——她发誓在临死去之前警告全世界,说这是行善积德的壮举。我个人是情愿什么也不知道的。"

摩根不由自主地笑了笑,他确信教授的学生一个也没疯。他们或许性情乖僻,但是一个个才华横溢,没有这德性的话,就不会同塞苏伊在一起工作了。总有一天,他要好好结识一下他救出的这几个男女,这要等到他们分别返回地球以后才行。"我准备绕塔迅速走一圈,"摩根说,"遇到损坏的话,我会把情况说清楚,便于你向中途站报告。跑一趟不会超过十分钟的。稍微超过的话——得啦,别费心把我拽回来。"

张司机动手关上锁气室的内门,他的回答可谓言简意赅:"我有什么鬼能耐能把您拽回来呢?"

56. 眺台景观

北边锁气室的外门毫不费劲儿就打开了,门外一片漆黑。那片黑暗之中横贯着一道火红的线条,它是架空栈道的手扶护栏,被下面遥远的山头直射上来的探照灯光照射得光彩夺目。摩根深吸一口气,整理了一下太空服。他感到浑身舒畅极了,于是透过锁气室内门的窗子看着张,挥了挥手,然后走到塔外。

围绕塔基室的架空栈道是由金属格栅构成的,约莫两米宽;格栅外面还张着一张安全网,延伸出三十米。摩根放眼望去,安全网在耐心守候的几年间一无所获。

他开始绕塔行走,用手遮掩着眼睛以挡住从脚下射上来的强光。在斜向光线照射下,塔面上哪怕最微小的撞凹处和破损处都显露出来。塔面在他头顶延伸,像一条通往外星的道路——从某种意义上说,它确实如此。

如同他希望和预料的,塔的另一边发生的爆炸并没有让这里造成损伤。塔身是如此坚固,如果南侧的爆炸能伤害北侧的话,那需要一枚原子弹,而不仅仅是一枚电解质炸弹。车道上的双槽向上伸展到无尽头,呈现出崭新完善的英姿,等待着首次行驶。眺台下面五十米处——

由于强光晃眼,不能朝那个方向看——他勉强可以看出终点防撞栅,那玩意儿随时准备完成一项或许永远不须执行的任务。

摩根贴着陡直的塔面,从容不迫地向西慢慢悠悠走去,来到了第一个拐角。转过拐角的时候,他回头看了看锁气室敞开的门,它代表着安全——当然只是相对的安全!此后他放胆继续沿西侧空荡荡的墙壁走去。

一种兴奋而又夹杂着恐惧的古怪心情紧紧地抓住了他,这种奇异的感觉他经历过一次,那是在他第一次潜入深水的时候。他相信自己不会遭遇什么危险,可危险毕竟有可能藏在什么地方等待他。

他强烈地意识到了科拉的存在,知道她也在等待时机教训他。但摩根最讨厌半途而废,他的使命还没有完成呢。

西边的塔面同北边的完全相同,只是没有锁气室。尽管这里距离爆炸现场比较近,但也没有损坏的痕迹。

摩根按捺住加快步伐的内心冲动——不管怎么说,他在外面总共才待了三分钟——继续漫步走向下一个拐角。没等转过那个拐角,他就看出自己无法如愿绕塔走一周了。架空栈道已被炸断,成了一条歪歪扭扭的金属舌头,悬垂在太空中。安全网则完全荡然无存,显然被坠落的运输车扯掉了。

摩根对自己说:不要再拿自己的生命作无谓的冒险了。可他仍然抓住残存的那一段护栏,情不自禁地从拐角探出头去张望。

墙壁上嵌着许多碎片,塔的表面被炸得变了色。就摩根看得到的情况来说,即便这个地方也没有遭到严重破坏,只要派几个人带上切割喷灯干两个小时就可以修好了。他向张详细描述了情况,张表示欣慰,并催促他尽快返回塔里。

"请放心,"摩根说,"我还有十分钟时间,而需要通过的距离只有三十米而已。这点儿路我就是屏着气也足以跑回来了。"

他当然不打算做这种试验,一夜之间他经受的刺激已经够多了。要是相信科拉的诊断的话,他受的刺激已经过头了。从现在开始,他要老老实实听从科拉的一切命令。

他回到锁气室开着的门前,倚着护栏站了一会儿,全身沐浴在从遥远的斯里坎达山顶投射上来的光的喷泉中。亮光把他顾长的身影笔直地投在塔上,顶天立地,直入星空。影子大概延伸了数千公里,摩根突然想到它甚至可能会投映到正在迅速降落的10K站运输车上。如果他挥手的话,那些救援者或许能看见他发出的信号,他甚至可以用摩尔斯电码与他们通话。

这个可笑的幻想引出了一个比较正经的念头——就同其他人一起待在塔基室里等着,而不用冒险驾驶蜘蛛车独自返回地球,这岂不是上策吗?但他继而一想,虽然在中途站可以得到良好的治疗,但这段上行旅途将耗时一个星期,这显然不是明智的选择,因为要赶回斯里坎达山,只需三个钟头就够了。

该回去了!——剩下的空气已经不多,而且也没有什么好看的了。唉!只要一想到那些通常在白天黑夜都能从这里看到的激动人心的景色,就该知道眼前的遭遇是多么讽刺了。现在,由于斯里坎达山射来的炫目强光,下面的地球和头顶的天空都看不见了。他飘浮在光的小宇宙里,被四面八方沉沉的黑暗包围着。他简直无法相信自己置身太空之中。他感到无比地安全,仿佛是站在斯里坎达山上,而不是在它上方六百公里的高空中。这种意境值得好好品味,值得带回到地球上。

他轻轻拍了拍光滑坚硬的塔面,塔同他相比,其悬殊甚于大象同变形虫之比。但是变形虫是永远想象不出大象的,更不用说创造出大象了。

"一年以后,地球上见。"摩根低声说。他进入塔基室,轻轻关上锁气室的门。

57．最后的黎明

摩根回到塔基室以后只待了五分钟——眼下可不是客套寒暄的时候,他也不想白白消耗他千辛万苦带来的宝贵氧气。他同所有的人握了手便爬进蜘蛛车。

摘下面罩,呼吸起来真痛快——更痛快的是,他意识到自己的使命已经圆满完成,再过不到三个小时他就要平平安安回到地球上了。老实说,为了从地球爬到塔基室,他大费周折,真是太不愿意重新听命于重力的摆布了——可现在毕竟还得靠重力带他回家。他打开对接锁扣,开始下行的时候,出现了几秒钟的失重。

当速度指示器的读数达到每小时三百公里时,自动制动器系统开始生效,重力恢复了。强行耗尽的蓄电池眼下应该在重新充电,可它大概已经到了报废的程度。

报废的蓄电池有一个难兄难弟——摩根不禁联想到自己劳累过度的身体。然而他禀性倔强高傲,不愿意向待命的医生求教。他跟自己开了一个小小的赌局,只有科拉再一次讲话,他才会向她求医。

他在夜空中风驰电掣般降落,科拉却默不作声。摩根感到浑身轻松愉快,他让蜘蛛车自动运行,自己欣赏着天空美景。乘坐太空飞船难得看见如此广袤无际的景色,人间有几人能有这样的际遇?极光已经完全消失,探照灯也熄灭了,再也没有任何东西与群星争辉斗艳。

是的,再也没有什么了——除了人类创造的星星。几乎位于头顶正上方的是"阿育王"号空间站炫目的灯标,它天长日久地停留在印度斯坦上空,距离轨道塔综合体仅仅几百公里远。东边半空中是"孔夫子"号空间站,它的下面是"卡米哈米哈"号空间站,而西方高天上闪耀着"肯特"号和"英霍特普"号两个空间站。这些仅仅是赤道上空最明亮的灯标,实际上还有其他数十个人造星星,全都比天狼星亮得多。倘若古代某位天文学家看见这条围绕天空的项链,他会多么惊愕啊!而当他观察了个把小时,发现这些星星全都静止不动,既不上升也不下落,而他熟悉的星星仍然沿着永恒的路线飘移时,他又会多么迷惑不解呢!

摩根凝望着横跨天空的钻石项链,在他昏昏欲睡的脑子里,这串项链被慢慢转化成某种更为引人入胜的奇迹。用不着花费多大的想象力,那些人造星星就变成了一座宏伟大桥上的路灯……他越想越离奇。当古代斯堪的纳维亚传说中的英雄们从阳世走向阴间的时候,他们进入瓦尔哈拉殿堂所走的那一座桥叫什么名字来着?他想不起来了,然而那是一个金灿灿的梦。在人类出现之前的漫长岁月里,有没有别的生灵妄图在他们世界的天空中架桥呢?他想到环绕土星的灿烂辉煌的光环,想起了天王星和海王星幽灵般的拱形光影……尽管他深知这些世界从来没有生命涉足,但是一想到那些世界上残存着半途而废的桥梁支离破碎的遗迹,仍令他感到兴味盎然。

他很想睡觉,但事与愿违,他的想象力抓住这个念头不放,犹如一条狗刚刚发现一块新鲜的骨头,怎么也不肯放弃。其实,这种想法并不荒诞,甚至不是他刚刚才有的。许多同步轨道空间站的规模已经扩展到方圆几公里,或用缆绳沿着轨道联结起来,跨度相当可观。把同步轨道空间站联结起来,从而形成环绕地球的闭合环,这个工程比塔的建设简单得多,所需的材料也少得多。

不,不是一个环,而是一个轮。这座塔只是整个轮的第一根辐条而已。还会有其他辐条(四根?六根?十根?)间隔一定距离沿赤道一字排开。一旦把它们牢牢联结在轨道上,纠缠着单座塔的稳定性问题就迎刃而解了。需要的话,非洲乃至南美洲、吉尔伯特群岛、印度尼西亚都可以提供建造地球终端站的场所,因为总有一天,材料改进了,知识水平提高了,塔便可以建造得更加牢固,最强的飓风也动不了它一根毫毛,塔就再也没有必要建在高山上了。

假如再等一百年的话,摩根或许不必惊动马哈法师,用不着将和尚们从斯里坎达山上赶走……

正当他想入非非的时候,一勾细细弯弯的残月已不知不觉升起在东方的地平线上,与黎明的第一道熹微曙光同放光辉。月面灯光在月球的整个盘面上闪亮,摩根看得到陆地的许多细节。他瞪着眼睛,希望能瞥见旧时代没有人见过的最妩媚动人的景色——蛾眉月怀抱中的星星[①]。可惜今晚看不清人类第二家园的任何一座城市。

只剩下两百公里,不到一小时的行程,没必要熬着不睡觉。蜘蛛车装备着自动进站程序,它用不着打扰摩根的酣梦就可以

[①] 这里指月球阴暗面上的亮光,即人类城市之光。

完成降落……

可摩根还是从沉睡中惊醒了过来。让他辞别梦乡的是疼痛,紧接着则是——科拉的呼唤。

"靠着别动,"她心平气和地说,"我已经发无线电求救了。救护车已经开出。"

小题大做,太滑稽可笑了。但摩根命令自己别笑,她只是要做到万无一失罢了。他一点儿也不慌张,虽然胸骨里面疼得厉害,但还不至于疼得叫人抬着走。他竭力把思想集中在疼痛的部位上,这一招果然减轻了症状。很久以前他就发现,对付疼痛的最好方法就是抱着客观的态度研究它。

沃伦在呼叫他,但他的话既遥远又没有什么意义。他听得出朋友的话音里充满焦虑,所以他希望自己能说点什么让对方放宽心,但他已经没有力气去处理这个问题,没有力气处理任何问题了。现在他连话语都听不见了,一种微弱而持续不断的隆隆声湮没了一切。他知道,这种声音只存在于他的脑子或耳朵的神经回路里,但听起来却十分真实,他可以感到自己站在大瀑布的水帘下……隆隆声渐渐变得低沉、轻柔、悦耳。他突然听出了那是什么声音。

在这静寂的太空边缘,他再次倾听到自第一次到亚卡加拉山就铭记在心的喷泉之声,这是多么心旷神怡啊!

重力正在把他拉回家,正是这同一只无形的手,千百年来塑造了天堂喷泉的起落轨迹。但他已经创造出另一个奇迹,只要人们还没有丧失智慧和保存它的愿望,重力就再也不能任意摆布它了。

他的腿多么冰凉啊!蜘蛛车的生命保障系统怎么啦?但是黎明即将到来,到那时气温就会回暖的。

星辰开始隐没了,它们没有权利那么快藏匿起来。这真是一桩咄咄怪事。天就要亮了啊,可他周围的一切都在发黑。喷泉正在落向地球,它的声音越来越低……越来越低……越来越低……

现在响起了另一个声音,但是,万尼瓦尔·摩根并没有听到它。那是科拉,她发出阵阵短促而刺耳的信号,向来临的黎明呼叫:

请救援!凡是听见我呼叫的人
请赶紧到这里来!
我是科拉急诊警报器!
请救援!凡是听见我呼叫的人
请赶紧到这里来!

她一直在呼叫着,太阳升起来了,第一缕阳光洒落在一度神圣不可侵犯的斯里坎达山顶上。下面远处,斯里坎达的阴影突然倒映在云层上方,尽管人类已经改造了这座山,但它的正圆锥形状仍然完美如初。

眼下,已经没有香客前来观赏浮印在这片苏醒的大地上的永恒图腾了。然而,在未来的几个世纪里,当千千万万人沿着轨道塔舒适而安全地奔向星空时,他们一定会看到它的。

58. 尾声：卡利达萨的胜利

在冰川掩没赤道之前，在地球上那个最后的短暂夏天的最后几天里，星河之洲的一位使者来到了亚卡加拉山。

它是蜂群之主，最近才变成人形。要是对个别微不足道的细节不予深究的话，它可以说变得惟妙惟肖。但是在自动直升机上，陪伴这位星河岛民的十二个孩子总是有点儿按捺不住自己病态的兴奋情绪——较小的孩子看着它，老是忍俊不禁，动不动就咯咯笑起来。

"有什么好笑的？"它用地地道道的太阳语问道，"是不是你们私下闹着玩的？"

孩子们拿定了主意，不愿向这个正常色视力完全处于红外区的星河岛民解释清楚，人类的肤色可不是由斑斑驳驳的红色、绿色和蓝色胡乱拼凑而成的。甚至当它威胁要立即变成恐龙、把孩子们统统吃掉的时候，孩子们还是拒绝满足它的好奇心。孩子们甚至向它——越过了几十光年距离来到这里、对地球上三千年间积累的知识博学无遗的生物！——指出，如果它想变成一条大恐龙的话，它总共只有一百来公斤的物质，恐怕是不够用的。

星河岛民并没有同孩子们抬杠,它的耐性是很好的,而且,地球上这些孩子的生理和心理状态,对它来说都是趣味无穷的研究对象。所有生物的幼崽都很有趣——不消说,这里指的是会产崽的动物。星河岛民已经研究了九个会产崽的物种,现在它几乎可以想象出,长大、成熟、死亡是怎样一个过程……不过,这只是大致的过程,并不十分准确。

展现在十二个人类和一个非人类面前的是一片杳无人烟的土地,一度郁郁葱葱的田野和茂密的森林已被从南北两极夹攻而来的寒潮摧毁了。婀娜多姿的椰子树早就绝迹,就连取代它们的阴森森的松树也只剩下光秃秃的树干,树根则被日益扩展的永久冻土冻死了。在地球表面上,生命已经绝迹,唯有在大洋的深渊中,这个行星内部的热能拦截了冰凌的去路,一些丧失了视力的饥饿动物还在爬行、游动、互相吞食着。

然而,对于一个故土环绕暗红矮星旋转的生物来说,晴空中的太阳似乎仍然明亮得无法消受。尽管在一千年前,"疾病"侵袭了太阳的核心,夺走了它所有的热气,但它强烈的冷射线仍然把地球罹难的土地映照得一览无余,使得不断推进的冰川反射出绚丽的辉光。

孩子们正在茁壮成长,对于他们来说,零下温度是一种刺激。他们赤身裸体,在雪堆之间蹦蹦跳跳,光脚丫子踢起一阵阵粉末般干燥而闪亮的雪尘,孩子们的淘气行为迫使他们装备的电子保护系统不时地发出警告:"不要闹得手脚净是冻疮!"要知道,他们都还小,没有大人帮助是不会复制四肢的……

最大的男孩子正在出风头,他蓄意对抗寒冷,满怀豪情地声称自己是火神(星河岛民记下这个术语,以备日后研究。当然,它将会越研究越糊涂)。只见那个大出风头的小家伙指着一个喷出蒸汽的柱子,那柱子在古代的砖墙之外。其他孩子偏偏不买他的账,故意装出一副不理不睬的样子。

然而,对于星河岛民来说,这却使它联想到了一桩极其有趣的反常现象。既然这些人同他们火星上的远亲一样具有抵御寒冷的能力,干吗还要回这颗行星呢?这个问题太怪,它还没有得到满意的答案。它又一次考虑到亚里士多德所给的谜一般的答复,至少,它们之间可以驾轻就熟进行对话。

"任何抉择都有一定的时间性嘛。"全球的大脑回答说,"有时要同大自然作战,有时要顺应大自然。真正的智慧在于做出正确的选择。漫长的严冬过后,人类将回到获得新生并且生机盎然的地球上来。"

在过去几个世纪里,地球的全体居民涌上一座座赤道塔,朝着太阳的方向迁徙,奔向金星年轻的海洋和水星温带肥沃的平原。五百年以后,一旦太阳恢复了健康,流亡的人们将返回故土。水星将被遗弃,除了两极以外又将成为无人居住区,金星则可能作为人类的栖身之处保留下来。"太阳正在冷却"这一严酷的事实,为促使人类征服地球以外原本毫无生机的世界提供了动因,而科学技术的发展则提供了这种可能性。

这些事对于人类虽然重要,但是同星河岛民却没有直接的关系,它的兴趣集中在人类文化和人类社会更加微妙的方面。每个有理性的物种都与其他物种迥然不同,每个有理性的物种都有自己固有的特点和独特的癖性。在太阳系中,人类这个物种让星河岛民首次见识到令人困惑的"负信息"概念——用地球术语来说,就是幽默、幻想和神话。

星河岛民闹不清这些奇怪现象,有时候竟然绝望地自言自语说:我们永远无法理解人类。它偶尔会十分沮丧,唯恐自己不由自主地变成某种形态，从而招来种种不愉快的后果。然而现在它已经取得了长足的进步。它还记得自己第一次成功地开玩笑时的那份得意——孩子们全都哈哈笑了。

同孩子们一起工作有助于了解人类，这是亚里士多德给它出的主意。"有一句古老的谚语说，孩子是人类之父。虽然'父亲'的生物学概念是不适用的，但是在这一句话里，'父亲'这个字眼具有双重涵义……"

于是它跟孩子们打成一片，希望他们能使它理解他们最终将要长成的成年人。有时孩子们会实话实说，然而，即便他们闹着玩（又一个难懂的概念）并且发出负信息，星河岛民也已经不会再感到泄气了。

不过，有时候也会发生无论孩子还是大人，甚至包括亚里士多德在内，都说不清事实真相的情况。在纯粹的幻想和确凿的历史事实之间似乎存在着一个连续系谱，其间包含着各种可能的事情。系谱的一端是哥伦布、莱昂纳多、爱因斯坦、列宁、牛顿、华盛顿等等，他们的音容笑貌得以保存；系谱的另一个端则是宙斯、爱丽丝、金刚、格利佛、齐格弗里德和梅林，他们不可能存在于现实世界里。然而，论到罗宾汉、泰山、基督、夏洛克·福尔摩斯、奥德修斯、弗兰肯斯坦，你又该归入哪一类呢？要知道，虽然有一定程度的夸张，但他们完全有可能是真实的历史人物。

三千年来，"大象宝座"变化甚微，但是，它还从来不曾有过接待如此奇特的客人的机会。星河岛民坐在大象宝座上，眺望着南方，把那座从山顶直上云霄的半公里粗的圆柱塔同它在其他世界上看到的工程奇迹作了一番比较。对于一个这么年轻的种族来说，这座圆柱塔实在是动人心弦。它看上去似乎随时要从天上倒塌下来，但它已经在这里屹立十五个世纪了。

不消说，它原先并不是现在这个模样。现下，它离地一百公里处有一座空间城市，某些宽敞的楼层上依然有人居住。十六条车道通过那座城市，过去每天往往运载一百万乘客，现在只有两条车道还在使用。几小时以后，星河岛民和它的护卫队将沿着这座有凹槽的粗大圆柱塔扶摇直上，返回围绕地球的环形城。

星河岛民把自己的眼睛调到远距离模式，慢慢扫视着中天。

是的，它就在那儿，白天不容易看见，但是晚上就容易了，因为从地球阴影旁边射过的阳光依然映照在它上面。那条闪闪发光的薄带把天空分割成了两个半球，带子本身就是一个完整的世界，在那上面居住着五亿人，他们选择的是永恒的零重力生活。

就在那上面，在环城旁边，停泊着星际飞船，它运载着这位使者和蜂巢星的随员飞越了星际的深渊。眼下它正在为重新起航作准备，但它丝毫没有紧迫感，因为准备时间长达几年呢，下一阶段又是六百年的航行。对于星河岛民来说，六百年是无所谓的，因为要到航行结束时它才会变回原来的模样。但是，在实现最终目标的过程中，现在所面临的局面大概是它整个漫长生命中最为危急的。一个星际探测器进入某个太阳系以后不久便被摧毁了，至少是不声不响地消失了，这是前所未有的情况。或许星际探测器终于同神秘的黎明猎户取得了联系，黎明猎户在许许多多世界上都留下了踪迹，并不可思议地接近了万物之源。倘若星河岛民懂得敬畏和恐惧的话，只要想象一下今后六百年的征途，它既会感到敬畏，也会心怀恐惧。

然而，眼下它还站在雪花纷飞的亚卡加拉山顶，面对着人类通往外星的道路。它把孩子们召集到身边（当它真心要人服从的时候，他们总能明白），指着耸立在南方的高山。

"你们知道得很清楚,"它激动地说,这种情绪只有几分是装出来的,"一号地球港的建造时间比这座破败的宫殿晚了整整两千年。"

孩子们全都庄重地点头称是。

"那么请问,"星河岛民的目光沿着从中天到山顶的直线巡视了一遍,"人类干吗把那座圆柱塔命名为卡利达萨塔呢?"

后记：资料来源和鸣谢

历史小说家对读者负有一种特殊的责任，当他涉及人们不熟悉的时代和地点时尤其如此。作者不应该歪曲已知的事实和事件，若出现虚构的事实或事件（往往不得已而为之）时，作者有责任指明想象和现实之间的分界线。

科幻小说作家理所当然应负同样的责任。我写出以下的说明，不仅希望尽到上述责任，也希望为读者增添一点乐趣。

塔普罗巴尼和锡兰

为增强戏剧性效果，我对锡兰（今斯里兰卡）的地理作了三处小小的改动。我把这个岛国南移八百公里，使它横跨赤道——这正是它两千万年前所处的位置，有朝一日它说不定还会回到赤道上。如今这个岛国位于北纬六至十度之间。

此外，我把圣山的高度增加了　倍，并把它向"亚卡加拉"推近了一些，这两个地方都存在，实际情况与我描写的十分相似。

斯里坎达山或称亚当峰，是一座惹人注目的圆锥形高山，山顶有一座小寺庙，佛教徒、穆斯林、印度教徒甚至基督教徒都把这座山视为圣地。寺庙里有一块石板，上面有一个凹陷处，长达两米，据传为佛陀留下的脚印。

许多世纪以来，每年都有成千上万的香客不畏山路险峻，登上2,240米高的山顶。如今上山已不再有什么危险了，因为有两段阶梯直通山顶（这一定是世界上最长的阶梯）。我受《新纽约人》记者杰里米·伯恩斯坦的唆使，爬过那座山一回（参见他写的《对科学的体验》）。此后我双腿发僵，好几天动弹不得。尽管如此，这一次爬山还是值得的，因为我们都很幸运，看到了黎明时分美丽而令人敬畏的峰影奇观——完全对称的圆锥形山影投在脚下很远的云海上，几乎延伸到地平线，这一景象只有在日出之后几分钟才看得见。此后，我又对那座山进行了探索，是搭乘斯里兰卡空军直升机去的，省劲儿得多。直升机离寺庙很近，看得到和尚脸上无可奈何的神情，他们对这种吵吵闹闹的侵扰已经司空见惯了。

亚卡加拉巨石要塞实际上是西吉里亚（或西吉里，即"狮子岩"），它的原样已经够吓人了，我没必要在作品中对它作任何更改。我擅自更改的只有年代，因为根据僧伽罗编年史《小史》的记载，巨岩上面的宫殿建于弑父夺位的国王卡西亚帕一世统治年间（公元478~495）。然而，似乎令人难以置信的是，在这短短的十八年间，一个随时可能受到挑战的篡位之君竟能完成如此巨大的工程，而西吉里亚的真正历史完全可能比这些日期早好几个世纪。

关于卡西亚帕的性格、动机和实际命运，历来众说纷纭，莫衷一是。最近僧伽罗学者塞内拉特·帕拉纳维塔纳教授的遗著《西吉里故事》得以出版（科伦坡湖泊出版社，1972），对这场争论更是火上浇油。我也读了他研究镜壁石刻的两卷本不朽著作

《西吉里题壁》(牛津大学出版社,1956),获益匪浅。我引用的部分诗句就是他的原作,其他诗句我也只是稍加杜撰。

湿壁画是西吉里亚最大的荣耀,现已精印出版,书名为《锡兰:寺庙、神龛和岩石上的绘画》(纽约绘画社/联合国教科文组织,1957)。可惜原画竟于20世纪60年代毁于不知名的艺术摧残狂之手。画中的女侍从右手托着用铰链接合的神秘盒子,显然在听盒子发出的声音。此盒至今无法确认为何物。我说那是早期僧伽罗人的晶体管收音机,但当地的考古学家不以为然。

西吉里亚的传说最近由迪米特里·德格伦沃尔德搬上银幕,片名叫《神王》,卡西亚帕的角色由利·劳森扮演,给人留下了十分深刻的印象。

太空梯

这个狂热的构想最早是在一封信里向西方世界提出的,该信刊发于1966年2月11日的《科学》杂志上,题为《卫星延长为真正的"天钩"》,作者是斯克里普斯海洋研究所的约翰·D.艾萨克斯、休·布拉德纳、乔治·E.巴克斯以及伍德湾海洋研究所的阿林·C.瓦因。海洋学家居然耽迷于这种构想,似乎是吃饱饭撑的,然而只要仔细想想,自从阻塞气球的伟大时代以来,恐怕只有他们还在研究长缆绳在自重负载下悬吊的课题,因此他们提出这一构想也就不足为奇了。

后来发现,这个构想其实在六年前就提出来了,而且更为雄心勃勃,首创者是列宁格勒的一位工程师Ю.Н.阿尔楚丹诺夫(见《共青团真理报》,1960年7月30日)。阿尔楚丹诺夫考虑架设"天空缆车道",准备用他自己的名字给这个装置命名,到时每天可将不少于12,000吨业载提运到同步轨道。奇怪的是,这个大胆的设想竟没怎么引起公众的注意,我只在一本精美的画册看到过它,该书题为《外星等待着我们》(莫斯科,1967),由阿列克谢·列昂诺夫将军和索科洛夫编著。其中一幅彩图画着"太空梯"在运行,说明文字是:"……可以说,卫星将固定停留在天空的某一个点上。如果从卫星把一条缆绳放到地球上,你就有了一条现成的缆车道。这就可以建造'地球-人造卫星-地球'太空梯,用于客货运输,它的运行不需要任何火箭的推进。"

1968年,列昂诺夫将军出席维也纳的"和平利用太空"会议,送给我一本他编著的上述画册。诚然如此,这个构想竟然也没有引起我的注意,尽管图中的太空梯恰恰高踞在斯里兰卡上空!当时我可能以为,素以幽默著称的宇航员列昂诺夫开了一个小小的玩笑。太空梯这一构想是许多人自然而然产生的。1966年艾萨克斯的信发表之后十年内,至少又有三人三次独立提出这一构想,这足以证明事出必然。1975年9~10月号的《宇航员РиГ行传》发表了《轨道塔:利用地球自转能量发射太空飞船的装置》,作者是赖特-佩特森空军基地的杰尔姆·皮尔逊博士,文章对太空梯作了详细的探讨,包含了许多新思想。后来皮尔逊博士得悉早先的研究,感到十分惊愕。他的计算机检索未能找到早期的信息,他是读到我1975年7月在太空委员会代表会上的发言才知道真有其事的(参见《锡兰景观》)。

此前六年,A.R.科勒和J.W.弗劳尔在《(相对)低空24小时卫星》一文中已经得出了实质上相同的结论(《英国星际学会会刊》,第22卷,442~457页,1969)。他们研究在低于36,000公里的自然海拔高度悬吊同步通信卫星的可能性,虽未曾论述到从卫星将缆绳一直放到地球表面的问题,但这显然是他们构想的延伸。

这里我略谈一点儿自己的情况。早在1963年,我受联合国教科文组织的委托,写过一篇论文,题为《通信卫星的世界》(现收入《空中之声》),刊登在1964年2月号的《宇航科学》上。我在文中写道:

"作为一种更为久远的可能性,可以说,要建成低空二十四小时卫星,有多种理论方法。但这些方法都取决于技术的发展水平,而这种水平在本世纪是不可能达到的。我将这些方法作为练习留给学生去思考。"

当然,这些"理论方法"首推悬吊卫星。

我根据现有工程材料的强度,在一个信封背面做了粗略的计算,结果让我对整个构想深表怀疑,因此懒得费心仔细琢磨下去。假如我少一点保守,或者当时手头有一个较大的信封的话,我可能会走在每一个人前面,仅次于阿尔楚丹诺夫。

这本书(我希望)是长篇小说,不是工程学论著,因此我劝有志于研究技术细节的读者去查阅有关这一论题的文献资料,如今这方面的资料正在迅速增多。最近的论文包括杰尔姆·皮尔逊的《利用轨道塔发送脱离地球引力的每日业载》(第27届国际宇航学会大会论文,1976年10月),还有汉斯·莫拉韦克不同凡响的论文《非同步轨道天钩》(美国宇航学会年会,旧金山,1977年10月18~20日)。

承蒙朋友们为我提出有关轨道塔的宝贵意见,我在此深表感谢。

他们是罗尔斯-罗伊斯公司已故的A.V.克利弗、慕尼黑技术大学的航天学教授英·哈里·鲁佩博士,还有卡勒姆实验室的艾伦·邦德博士。

他们对我在小说中的发挥不需负任何责任。

卫星通信实验室的沃尔特·L·摩根(据我所知,与万尼瓦尔·摩根非亲非故)和加里·戈登以及联合国外层空间事务处的L·佩雷克就有关同步轨道稳定地区的问题提供了极其有用的资料。他们指出,自然力(尤其是太阳–月球效应)会引起大振荡,特别是南北方向的振荡。这么说来,塔普罗巴尼可能不像我想象的那么有利,但仍然优于其他任何地方。

高空选址的重要性也是个有争议的问题。承蒙蒙特雷海军环境预测研究所的萨姆·布兰德为我提供赤道风的资料,谨此致谢。假如轨道塔最终竟然可以安全地降到海面高度的话,那么马尔代夫的加恩岛(最近皇家空军已经疏散当地居民)可能会成为22世纪最宝贵的不动产。

最后,说起来似乎是一种非常奇怪的、甚至令人愕然的巧合:在我想到这部小说的题材之前好几年,我自己下意识地受到引力的作用(原话如此),竟然迁徙到故事的发生地。十年前我在自己最喜爱的斯里兰卡海滩上置建了一所房子(参见《大堡礁的财宝》和《锡兰景观》),这所房子所处的地点恰恰是最接近地球同步稳定点的地方。

所以,值此退休之际,我希望能观看到像我一样退休了的早期太空时代的遗物在我头顶上的轨道转悠。

1969~1978

于科伦坡[①]

又有一次不寻常的巧合,我已经学会了把它看作理所当然的良机……

---

① 斯里兰卡首都。

我正在修改这部小说的校样,突然收到杰尔姆·皮尔逊博士寄来的一本美国国家航空航天局的技术备忘录TM-75174,内有G·波利亚科夫的论文《环绕地球的太空"项链"》。这是译文,原作发表于《青年技术》1977年第4期,第41～43页。

在这篇简短但发人深省的论文中,阿斯特拉罕师范学院的波利亚科夫博士从工程学的角度精确而详尽地描述了摩根关于围绕地球的连续环的最后设想。他把这种连续环看作太空梯的自然延伸,并就太空梯的构造和运行也作了论述,其方式与我的论述实际上如出一辙。

我向波利亚科夫同志致敬,同时我开始反思,我是不是又一次过于保守落后了。或许轨道塔在21世纪便有可能得以实现,不必等到22世纪。

我们的孙子辈可能用他们的成就证明——有时候,浩大就是美丽。

1978年9月18日
于科伦坡

后记补记

自我写了以上的后记,十年过去了。在这十年间,太空工程这一特定的领域取得了重大的进展,虽然大多数进展依然停留在理论上。1979年,我在慕尼黑国际宇航联合会第30届大会上做了发言,总结了这个领域在当时的状况(参见《太空梯:"思想实验"还是打开宇宙的钥匙?》,该文收入《升上轨道:科学的自传》,约翰·威利父子公司,1984)。

如果不发生悲剧性的"挑战者"号灾难的话,现在称为"太空系缆"计划的第一期工程早已试行了,其办法是在大气顶层用航天飞机拖带业载,货物系于几百公里长的缆绳末端。

至今已召开了几次会议探讨太空梯和太空系缆的应用,有关文献多得不可胜数,我不再能随时跟进新发表的论文了。看来这种性质的装置无疑可以吸取电离层的电能,并且具有其他多种用途,但是把这种装置延伸到地球表面是否切实可行,这个问题还难下定论。

有些人甚至建议,可以从地面向上建造太空梯,办法是采用一些多少令人毛骨悚然的工程计划。这些计划太复杂(也许绝密程度也太高),不便于在这里阐述。最近我偶然看到以前

(1980年2月)一次电子函件讨论会的打印材料,谈到其中一种工程计划,与会者有罗伯特·霍华德博士、汉斯·莫拉韦克博士、马文·明斯基博士和洛厄·伍德博士。在会上,伍德博士断言:"阿瑟·克拉克的'通向外星之桥'可以在今后二十年内建立起来,比他设想的时间提早两个世纪,费用则会降低四个数量级!!!"伍德博士正在为战略主动防御工程试验核泵X-射线激光机,待他大功告成之际,或许能够重新研究这个更加具有和平意义的活动领域。

说到激光机,我仍然想劝说让-米歇尔·雅尔到西吉里亚来演示一番,但又生怕本地的宾馆难以招架一百名以上的观众。比起超过百万人参与的他在休斯敦"会合点"悼念"挑战者"号机组人员的活动,西吉里亚的接待规模不可同日而语,而我有幸同"挑战者"号机组人员有过交往。

爱尔兰诗人理查德·墨菲写了一本诗集,大致以西吉里亚湿壁画为素材,题为《镜壁》(布拉达克斯书局,泰恩河畔纽卡斯尔,1989)。

最后值得一提的是,1982年访问苏联期间,我非常高兴地在列宁格勒会见了极有魅力的太空梯发明人尤里·阿尔楚丹诺夫(参见《1984:春天》),我很高兴尤里光辉而大胆的构想已经得到了世人的承认。

阿瑟·C.克拉克
1989年3月
于科伦坡